蓝土地
林慷慨 主编

摇啊摇，东沙搭桐桥

庄明松 著

春风文艺出版社
·沈阳·

图书在版编目（CIP）数据

摇啊摇，东沙搭桐桥 / 庄明松著；林慷慨主编. —沈阳：春风文艺出版社，2023.11
　ISBN 978-7-5313-6543-3

Ⅰ.①摇… Ⅱ.①庄… ②林… Ⅲ.①散文集—中国—当代 Ⅳ.①I267

中国国家版本馆 CIP 数据核字（2023）第 182038 号

春风文艺出版社出版发行
沈阳市和平区十一纬路 25 号　　邮编：110003
四川科德彩色数码科技有限公司印刷

责任编辑：韩　喆　孟芳芳	责任校对：赵丹彤
幅面尺寸：145mm×210mm	
字　　数：204 千字	印　张：9
版　　次：2024 年 3 月第 1 版	印　次：2024 年 3 月第 1 次
书　　号：ISBN 978-7-5313-6543-3	定　价：50.00 元

版权专有　侵权必究　举报电话：024-23284391
如有质量问题，请拨打电话：024-23284384

序

张均林

曾经的洞头,就像是"养在深闺无人识"的娇小美少女,在交通、信息十分闭塞的过去,人们甚至不知道洞头处在什么地方;虽号称"百岛之县",但县城面积还不如大县市的一个乡镇;历史不算悠长,然而独特的海岛人文地理还是让人交口称赞的。随着区域经济等方面的全面发展,洞头的知名度、传播度、美誉度得到了极大的提升。如何充分挖掘洞头的乡土文化、讲好洞头故事,让洞头成为"天下谁人不识君"的知性俊男靓女,确乎成为一个亟待引起重视的当下之问。《摇啊摇,东沙搭桐桥》一书的结集付梓,即不失为回应这个当下之问的破题之作。

俗话说,画鬼容易画人难。缘由无它,就虚易而写实难而已。作者能知难而上,把人人耳熟能详的东西,经过他反复的爬罗剔抉、别出心裁的推断,赋予故事以新视角、新思维、新解读。我作为生于斯、长于斯的洞头人,有幸率先读完该书,不禁感想颇多、感慨颇深。以我和作者多年的交往并就该书来评价作者本人,似乎可以形成如下结论。

首先,他是个行吟的诗人。作者的生活阅历决定了他书中故事的内容涵盖了洞头的所有乡镇(街道)。他像个行者,只要生

摇啊摇，东沙搭桐桥

活还在继续，他就不惜以自己的脚步去丈量这片土地的每个角落，去搜集他心中所要表达的各种素材，尤为难能可贵的是，在呈现这些素材时，他作为诗人的特质展现得淋漓尽致。诗人很敏感，所以平素我们觉得习以为常的"坑""岙""垄""顶"，在他的眼里都有着丰厚的内涵。诗人极富想象力，因此，洞头的歌谣被演绎成"思无邪"的《诗经》。特别神奇的是，经他一比照，洞头歌谣内容上和《诗经》"风"部分相似，表达方式都采用了赋比兴，技法上都有转韵的使用，等等。通过他"思接千载"的联想，文化的根脉就这么自然而然地勾连、融汇在一起。诗人思维活跃，他何尝不是如此，把"洞头"一名解读成"掉头"，把"铁炉头"解读成"堵路头"，诸如此类，均可见一端。用脚去翻开洞头这本书，用心、用情、用功去讲洞头这本书中的故事并赋予其诗意，作者无愧于"行吟诗人"的名号。

其次，他是勇毅的智者。由于地域的生成，洞头历史上因几次海禁而致使有些阶段在典籍中呈现阙如。坦诚地说，洞头的历史发展是碎片化、阶段性的，至少就如今掌握的史料或文物来看是如此，这对于展现过去、还原曾经是个极大的挑战。即便如此，作者也没有因此而放弃他追根溯源的努力。文中提出的一些质疑，虽说不一定就完全正确，但它何尝不是作者苦心孤诣的智慧结晶呢？"洞头，别名中界山"，这是百度上赫然标注着的，但历史文献中屡屡提及的中界山，真的就是现今的洞头吗？本人在分管文化期间，曾邀请温州市及洞头县（今洞头区）专家对此立项做过研究，无论是通过对文献的研究还是实地对年长者的专访，均无法得出"中界山即洞头"的结论。九亩丘发掘出土的文物是否能成为洞头三千多年前就有人居住的佐证，作者也旁征博

序

引提出了异议。任何人都希望自己生活的土地是历史源远流长的，是有故事的，关键是，历史不能由孤证书写，故事不能任众口胡编。不人云亦云、随波逐流，而能从实出发、据理出声，很好地显现出作者的灵台澄澈、大勇大智。

再次，他是个呕心的赤子。作者已陆续出版了数量蔚为可观的力作，综观这些作品可以看出一个共同点，即几乎都是就地取材。大家都深知，在利欲勃兴的当今，着眼于荒诞不经、玄幻虚妄的网文更能一本万利，而专心致志于现实题材的研究著述，往往入不敷出，吃力不讨好。但作者为什么会像股清流，汨汨输出自己的才华以润泽自己生长的这块土地呢？不言而喻，就源于他对脚下这片土地的眷恋，就源于他对生活于这片土地的人们的挚爱，就源于他对生发于这片土地的一切人文现象的珍视。本书冠名的故事，有考证，有例证，有分析，有猜想，尽己之所能阐古释今，穷己之所逮窥幽探秘。文中或有不够严谨处，或有流于臆测时，但"含德之厚，比于赤子"，情殷意切，日月可鉴。洞头虽小，但故事不少，望更多有志于此者能深耕乡土，发好乡音，记住乡愁，讲好家乡的故事，传播乡土的人文。

行文至此，我感觉自己似乎跑题了，明明是遵嘱为书写序，却偏偏洋洋洒洒地评人。转念一想，书由人撰，既能观书知人，又缘何不能识人通书呢？念头及此，顿感释然。

2023 年 2 月 16 日

彳亍也行（自序）

我喜欢独行，在海边沙滩上自由自在倚天看海枕风听浪；我喜欢孤行，在荒郊野外废弃的村庄里幽幽自在观花赏草；我喜欢单行，在不想被人骚扰、不想打扰别人的凡尘俗世中我行我素彳亍而行。

彳亍，走走停停、停停走走之意。

彳，象形字，许慎说是人腿上的三个组成部分，上段是股（大腿），中段是胫（小腿），下段是足（脚），意思是慢慢走（小步也）。亍，正好相反，停止的意思（步止也）。

行，人类步行的方式，包含快走和慢走；彳亍，是慢走的一种形式。

《说文解字》对"行"的解释："人之步趋也。"《说文解字注》："步，行也；趋，走也。二者一徐一急，皆谓之行。"《尔雅》对走路快慢有很生动的解释："室中谓之时，堂上谓之行，堂下谓之步，门外谓之趋，中庭谓之走，大路谓之奔。"尽管《尔雅》中没有提到"彳亍"，但它毕竟还是在行走，不能因为它走得慢而忽略了它。

彳亍也行（自序）

谁说人这一辈子都必须急匆匆地赶路呢？在这个不断进步的社会中，不是所有的人都可以当时代的弄潮儿的。有些人弄潮成功了，站在潮头上，但不一定站得稳当，站得舒心；有些人失败了，跌入浪谷，被潮水戏弄，连叹气都不能自如。而有些人就不一样，他始终站在礁石上，看脚下潮起潮落浪来浪去，看眼前日出日落月升月沉，始终是一副不紧不慢的派头。那境界，也许连那些弄潮儿都会感到羡慕。所以，人最重要的就是要称一称自己的分量，选准自己的位置，根据自己两脚的实际力量，选择一种适合于自己的行走形式，邯郸学步找不到自己，亦步亦趋找不到方向，自不量力找不到结果。俗话说的"家蚕跳跳一辈子，虱母索索一世人""蛇有蛇的路，鼠有鼠的路"，指的就是各有各的活法。

彳亍，是清闲自如的散步，是悠闲自得的放松。

人生就是旅途，人们经常把旅途中出现的种种故事看成风景，但能够认真欣赏风景的人似乎不多，为名而来，为利而往，整天碌碌忙忙，哪有时间看风景呢？哪有看风景的心情呢？有时，所谓的风景还会成为碍手碍脚搔心挠肺的纠缠。只有看淡名利忘记是非的人，才能发现风景，而发现风景之后，也只有心止如水心明如镜的人才能欣赏风景，"趋之门外、走之中庭、奔之大路"的人无论如何是不能达到这种境界的。所以，别小看"彳亍"，吃饭的味道全在慢嚼细品之中，人生的风景享受当然也离不开走走停停的"彳亍"方式了。

彳亍，是自身潜心的修炼，是自我放飞的风景。

八仙中的瘦老头子张果老，放着好端端的毛驴不正骑，偏偏

摇啊摇，东沙搭桐桥

倒着坐，玩的就是个性。他不愿意正面看到喜怒无常的人生，干脆来个充耳不闻视而不见，等各种是是非非从他身边过去的时候，则都已经成为历史，成为风景。然后，他慢慢品尝，倒着看风景，那渐渐淡去的人事情景便显得更加韵味无穷。他的人生态度说白了也就是"彳亍"两字。

彳亍而行，对我来说玩的不是风景，而是心情。当心情和记忆在一起发酵以后，行囊里就有了故事；当故事有了思念有了思考之后，就有了本集付梓的缘分。

于是，自己对自己轻轻地吟哦了一句：

彳亍而行，彳亍也行。

2023 年 1 月 1 日

目录
CONTENTS

第一辑

洞头"诗经":后垄水浸圹 / 002

洞头"诗经":鹁鸟鹁溜溜 / 008

洞头"诗经":天顶咕咕响 / 014

洞头"诗经":摇啊摇,东沙搭桐桥 / 019

洞头"诗经":月亮月光光 / 025

洞头地标:三个屿 / 031

通向北岙后的路 / 036

记忆中的老路 / 042

龟屿头几版本 / 048

屿仔散笔 / 054

东浪西浪 / 059

潭头散说 / 064

修复摩崖石刻 / 069

摇啊摇，东沙搭桐桥

第二辑

076 / 正洞头随笔

082 / 霓屿记忆

089 / 百步信"信步"

093 / 白龙屿

097 / 未名溪

101 / 白鹭门

106 / 站在大长坑之顶

111 / 大长坑顶的故事

118 / 孤独的瑞安寮

123 / 枫树坑

128 / 吉祥的观音

132 / "候鸟"青山

136 / 心中的元觉

第三辑

142 / 用北岙解锁洞头历史

147 / 再说洞头地名来历

151 / 曾经的岛屿

159 / 形象的岛礁名

166 / 消失的烟火

172 / "义冢"地名

目 录

沙岙记忆 / 178
与生产生活相关的地名 / 184
掉"坑"里了 / 189
地名中的"大"与"小" / 195
地名中的"头""尾""鼻""脚" / 201
地名中的方位词 / 206
置"顶"一下 / 210

第四辑

中界山在哪？ / 216
霓屿，霓虹之屿乎？ / 222
霓屿灵潭摩崖石刻之我见 / 227
半屏山两半爿 / 232
说说"洞头之名说" / 240
三垄二垄没一垄 / 247
番儿岙之谜 / 252
烂滩沙与冷滩沙 / 258
铁炉头之"怪" / 262
状元岙三版本 / 268

摇啊摇,东沙搭桐桥

第一辑

洞头"诗经":后垄水浸圹

担水哪儿担?后垄打水湾;
洗衫哪儿洗?后垄水窟底;
刨草哪儿刨?后垄水浸圹;
饲牛哪儿饲?后垄尾山鼻。

这是小时候就耳熟能详的一首原汁原味的洞头本土民谣,根据洞头的人居历史推测,可能产生于明末清初。说它"本土"是因为民谣始终围绕着"后垄"的地名。

后垄,是中仓行政村的一个自然村,位于中仓村西南面的山坳海边,又叫"中仓尾",和洞头村只有一条溪坑之隔。民谣中的"打水湾""水窟底""水浸圹""尾山鼻"四个地名,以后垄沟为中心而展开表述,原来只是地名而已,后来"水浸圹"有了人居,便成了自然村,"打水湾""尾山鼻"和"水窟底"还是地名。

有人认为,"打水湾"应该是"打水鞍",即现在的海天佳境社区。2010年出版的第二轮《洞头县志》(1991—2005)中收录了这首民谣，归入"地名谣"，写作"打水鞍"。但是，本人觉得这种说法有些勉强，因为"打水鞍"过去与后垄隔水相望，不在后垄境内，民谣中已经明确说明是后垄的打水湾。

为了得个究竟，本人特地走访了水浸圹自然村，但村里只有两座房子，住着外来务工人员，找不到寻访对象。后来了解到，洞头区作家协会主席施立松老师是水浸圹人，便电话询问，她母亲九十几岁高龄，应该知道。果然，回答说，是"担水哪儿担？后垄芦竹脚"。

这是另一个版本，似乎也有道理，在《百岛百村》的资料中，水浸圹的别名也叫"尾山鼻""芦苇脚"。不过，本人还是喜欢"打水湾"的版本，因为担水跟水湾有直接关系，而"芦竹脚"和担水之间的链接痕迹并不明显。另外，"湾"与"鞍"写法不同，但语音相同，既然能被县志收录，说明这个读法已在洞头境内普遍流传。

还有一个版本："担水哪儿担？后垄凸雷脚。""凸雷脚"洞头方言读作"pòng luí kā"。

当然，不管在哪里"担水"，有一点是肯定的：这首民谣的产生地是中仑和洞头一带。

从民谣所叙述的内容看，后垄曾是个自然环境十分优美的地方。"担水""洗衫"说明水源充沛、水质清纯；"创草""饲牛"必须有茂盛的草木为前提。在洞头闽南方言中，有"饲牛跟创草未落得阵"，意思是两者相互排斥，草创光了牛就没得吃，牛吃了就没草可创。然而在这个民谣中，两者居然能够和谐相处、相安无事，可见草木疯长，牛羊吃不尽、春风吹又生的兴旺蓬勃了。

　　民谣中所涉及的地名实际上只有两个处所，一个是水溪，一个是山坡。从"创草哪儿创？后垄水浸圹"的句子看，水溪和山坡是合为一体的，也就是说，在民谣产生之初，四个地名没有明确的区域划分。本人认为，水窟底、打水湾和水浸圹就是一回事，只是换了一个表达形式而已，这种表达方式叫"回文"，在《诗经》中是常见的。随着人居环境的改变，水浸圹变成了自然村名，换一句话说，如果水窟底（打水湾）也有人居住，而且和水浸圹连成一体，那么，这个自然村就不一定叫水浸圹自然村，或许是打水湾自然村、水窟底自然村了。

　　最值得一说的是，民谣采用一问一答的形式，四句结构相同，一句一韵，这就是典型的"赋"的表现方法。赋比兴是"诗经"的三种表现方法，和风雅颂合称"诗经六义"。赋，语言平铺直叙，句式铺陈、排比，相当于现在的排比修辞方法，在这首民谣中得到了十足的体现。也就是说，中华民族的传统文化的种子，即使是在偏僻贫瘠的海岛土地上也能生根发芽。这在洞头的另一首土生土长的民谣《鹊鸟歌》中更能得到进一步的印证。除"赋"的表现手法外，"一句一韵"（转韵）的特点也是和《诗经》一脉相承的。

　　关于水浸圹的写法，《洞头县志》写成"水浸矿"，《百岛百村》写成"水井圹"，也有一些文章写成"水晶圹"。这三种说法都有欠缺。首先这里是"圹"而不是"矿"。"圹"，本义是"墓穴"，引申义可以解释为"水窟窿"。其次这里不出产水晶。第三，虽然"水井"与"水浸"读音相近，有音变的可能，但水浸圹在最初没有人居的时候是没有水井的，等到水浸圹有人居住、挖水井的时候，这个地名就已经存在了，所以与"水井"无关。况且，水井在洞头方言中说成"古井"，没有"水井"的读法。

第四种写法是苏裕兴老师提出来的。苏老师是后垄人，原洞头中学校长，现年84岁，对后垄地界相当熟悉。他认为，水沟的水一直流到入海口处，水流很急，倾泻下来，形成一个三四米深的水坑，大潮时海水会漫进去，所以，应该写作"水冲圹"，意思是"水流冲走了"。这种说法很新颖，也很有道理。本人赞同这种解释。"冲"在洞头方言中就读作"qìng"，可能在民谣的流传中产生了音变，"qìng"变成了"浸"。"担水哪儿担？后垄凸雷脚"的说法也是苏老师提供的。

不管哪种写法，"水浸圹"指的是水沟中的积水坑，这个解释是不会错的。

民谣中的"打水湾""水浸圹""水窟底""尾山鼻"是民谣产生之初的地名，而不是现在的村名，两者含义是不同的，就像"洞头"，最初的地名指的是洞头江，后来的村居名、社区名、行政区域名就不一样了。"打水湾"的说法除"打水鞍""芦竹脚""凸雷脚"之外，可能还有别的说法，这是民谣的流传版本不同，没有谁是谁非、谁对谁错，只是哪种版本的分析更合情合理而已。

还有一个地名没说：水窟底。水窟：水坑，和水浸圹同个意义。水窟底到底在哪里？本人也就此问过相关人士，回答大致相同，即指的是水沟下端的水坑。这也印证了上文的推理有一定的

005

摇啊摇，东沙搭桐桥

根据。

在水浸圹自然村有几个地方值得一说。

天后宫。原名叫"妈祖宫"，建于明熹宗天启二年（1622），至今有 400 年的历史，是洞头所有妈祖宫中年代最早的。由此也可以说明后垄港是洞头岛最早的渔商港口。妈祖宫原来建在尾山鼻，2005 年因科技园区建设需要，对妈祖宫进行迁建，迁建工程于 2007 年 5 月开工，2008 年二月初二竣工。新的妈祖宫建在水浸圹自然村后的山冈上，农历三月廿三是妈祖的诞辰，每年都会有"做敬"的活动，农历七月廿九是洞头的普度节，会为海难死者做普度，因此，水浸圹也叫作"普度埕"。

石拱桥。位于水浸圹与洞头岭之间的山溪中段，建于清嘉庆年间（1796—1820），是洞头境内最早的桥梁。洞头岙内是很繁荣的渔港，后垄港是避风港，是渔商船只补给、休憩之地，两个港口相互为邻、咫尺之隔，渔民商人来来往往甚是热闹，但必须经过洞头岭和水浸圹，于是，石拱桥应时而生，且成了必经之路。虽然距今已有 200 多年，拱桥看上去有些老旧，但还很完整，没有残缺之处。岁月沧桑，如今的石拱桥已没了当年的功能，只是作为一个历史遗迹横卧在水浸圹的"肋骨"边。

番儿墓。水浸圹的另一个地名。从字面上看，这地方跟外国人有关。洞头人把外国人叫作"番儿人"，把八国联军叫作"红头毛番"，那么，番儿墓这地方就埋着外国人。乾隆二年（1737）海禁解除后，后垄街再度繁荣，商埠、渔行、店铺比邻接踵，逐渐形成了小有规模的商业街，史料上称为"后廊街"。鸦片战争发生后，岛上来了英军，守兵与英军对抗。英军占领后垄后，放火把后廊街烧毁。毙命的英军士兵就埋在尾山鼻头的海边，这地方就叫"番儿墓"。这个故事只是民间口头上流传的，并没有历史资料记载。另外还有一种说法：番儿墓过去又叫作"无人岙"，是专门掩埋从海上漂浮过来无人认领的尸体的，"番儿"是那些孤魂野鬼的替代称呼，修辞学上叫"讳饰"。这种说法也有一定道理。

水浸圹村过去属后垄地界，这从民谣中可以明确。从行政区域上说只是中仑行政村的一个自然村。后垄也是一个自然村，这么一来，后垄就有点"掉辈分"了。其实这也不奇怪，后垄街的繁荣直接催生了中仑街，中仑街才是"晚辈"。不过，在人们的口头中，一直以来水浸圹归属于后垄，只要一说起水浸圹就会说"后垄水浸圹"，从来没人说"中仑水浸圹"的。

再回到民谣上来，这首民谣还继承了《诗经》传统的另一个特点：没有题目。《诗经》中很多诗歌最初也是没有题目的，后来整理归类的时候就以首句开头的词语作为题目。此时，我想斗胆地自以为是地把这首"洞头诗经"的民谣题目取为"后垄水浸圹"。

后垄水浸圹，承载着洞头人文的历史，流淌着闽瓯文化的精血。

2022 年 2 月 13 日

洞头"诗经":鹊鸟鹊溜溜

鹊鸟鹊溜溜,
阮翁去泉州,
泉州好所在,
爱去不爱来。

娘啊娘,勿通哭,
十日八日就会到,
大帆拔起呼呼响,
二帆拔起到宫口。

鱼鲞寄来一布袋,
鳗干寄来十几尾,
寄乎安娘配,
安娘配落勤身做功课,
勿通一日想别地。

第一辑

　　这是洞头产生年代较早的一首原汁原味、土生土长的民谣，几百年来一直在民间口头流传着，几乎家喻户晓无人不知，也可以说是洞头民谣的代表作。

　　从文字上看，歌词中的一些词语要稍做解释。

　　鹊鸟，即喜鹊。但在民间文学普查中被记录成"乞鸟"，是一种同音替代的写法。虽然"乞"与"鹊"在洞头闽南方言中同音，但"乞鸟"是什么，无法解释。目前，社会上基本认可是"鹊鸟"写法，但在有些地方还写成"乞鸟"，民谣被谱成曲后，还是"乞鸟"写法，在官方的一些史料中也写作"乞鸟"，还有人把它写作"客鸟"。

　　阮翁，即我的丈夫。"阮"，洞头闽南方言解释为"我的""我们""我们的"，也是属于替代写法，但并不同音。这个写法来自闽南地区，特别是闽南歌流行的年代，歌词中都写成"阮"，此后便流行起来。其实，这是"将错就错"的写法。在古代书面语言中，并没有"们"这个词缀，在表达"我们"这个人称复数时，有两种不同的表示法，一是仍用第一人称代词"我""吾"，如"敌众我寡"；二是用"吾辈、吾侪、吾人、吾曹、吾属"等表示。所以严格说民谣中的"阮"要写成"吾"。但是，既然"阮"的写法已经具有普遍性了，那就让它继续约定俗成吧，这里只是说明一下而已。"翁"为老公应该没有异议，但是，有个别人把它写成"昂"。

　　安娘、娘啊娘，即老婆。娘，是对年轻女性的称呼，这个义项在现代汉语中仍有保留，如"姑娘""新娘"。民谣中的"安娘"解释为"少妇"，在洞头方言中，"安娘"指未生育的少妇，

摇啊摇，东沙搭桐桥

已生育的少妇叫"安婶婆"，这在洞头的另一首民谣《摇啊摇，东沙搭桐桥》中有表现。

勿通：不要。所在：地方、处所。勤身：也可写成"勤心"，勤劳、专心的意思。配：菜肴佐餐。别地：别处，歌词中指的是"别的事"。

从内容上看，这是一首思妇诗，而不是怨妇诗。

民谣中的主人翁丈夫外出（泉州）做生意，长时不归，妇人独身在家，甚是寂寞，看见家门口的树上有喜鹊在叫，触景生情，更加想念丈夫，便对喜鹊说出了自己的心事。这是民谣中的第一段。第二段、第三段是丈夫对少妇说的，劝她不要想得太多，丈夫不久就会回家，同时，寄回来一些干鱼货，希望妻子静下心来，好好持家。

思妇诗与怨妇诗是有一定区别的。思妇诗多注重思念之苦和盼归之意，而怨妇诗大都是描写妇女对负心男人的怨恨。唐代金昌绪的《春怨》："打起黄莺儿，莫教枝上啼。啼时惊妾梦，不得到辽西。"虽然题目中带着"怨"，但表达的是思念之情。怨妇诗历朝历代都有，在《诗经》中就有《卫风·氓》《召南·鹊巢》《邶风·谷风》等。汉代以后，怨妇诗成了我国诗歌文库中的一大题材类别。

在《鹊鸟歌》的民谣中，"安娘"对喜鹊说的话只有两句，表达的只是思念，当然，其中难免也带着"怨气"，但这个"怨"是埋怨，而不是怨恨，在情感上与怨妇诗不同。

从表现形式上看，这首民谣继承了《诗经》的兴、赋表现手法。

兴，即起兴，指的是借助其他事物作为诗歌的发端而引出所要歌咏的内容。孔颖达《毛诗正义》："兴者，起也。取譬引类，起发己心，诗文诸举草木鸟兽以见意者，皆兴辞也。"朱熹《诗经集传·关雎》："兴者，先言他物以引起所咏之辞也。"简单地说，"兴"就是托物起兴，言他物以触发联想，这是《诗经》的专利，在《诗经》作品中比比皆是，如：《蒹葭》，要咏"伊人"，先从蒹葭和白露写起；《关雎》，要说"窈窕淑女"，先用雎鸠来引发联想。《鹊鸟歌》中，要述"思念之情"，要说"安慰之话"，先从喜鹊开始，这就是"兴"。当然，选择什么对象来起兴，则要根据诗歌所要表达的思想内容来定，而不是随便什么都能起兴的，如果这首民谣用"乌鸦乌溜溜"来起兴，那么，它的内容就要作一百八十度转弯来解读了。

赋，即平铺直叙，表现于铺陈、排比等形式，相当于现在的排比修辞方法，是《诗经》最基本、最常用的表现手法，在《诗经》300篇作品中大多数都用了赋的手法。曾被收进中学语文教材的《伐檀》《硕鼠》就是典型。《伐檀》一唱三叹，描写了奴隶们在河边砍伐树木的劳动场景，表达了对王公贵族不劳而获的剥削生活的强烈不满和讽刺。《硕鼠》直接把剥削者当成大老鼠来谴责，这是"比"。

《鹊鸟歌》第一句以鹊鸟起兴后，用对话（叙述）的形式，表达了安娘的思念之情和丈夫的安抚之意，一赋到底。所以，可以把《鹊鸟歌》说成是"洞头的诗经"。

需要说明一下的是，《鹊鸟歌》中的对话是夫妻两人之间的对话，没有"第三者"插话。记得是在东岙第四届七夕文化节上，洞头的文艺工作者演唱了经过现代编曲的《鹊鸟歌》，把"阮翁去泉州"改成了"你（尔）翁去泉州"，虽然只有一字之差，但内容、风格全变了，用"你（尔）"来表述，诗中的主人翁就变了，主人翁一变，它就不是思妇诗。而且，这个"第三者"是谁也无法明确。此外，也有人说成"尹翁去泉州"，好像用"阮"来表达会让人误会为演唱者在唱自己一样。但是，这么一来，这首《鹊鸟歌》的主题内容就更偏了。

从结构上看，民谣有三个自然段，分为两个结构段，前一个自然段为一段，是安娘的思夫，后两个自然段分为一段，是丈夫在劝妇。一般说，每个自然段应该是四句，但是，第三自然段是五句，这就有点超乎寻常了。可能是民谣在产生之后的流传过程中新增添了一句，由于传诵的人多了，就慢慢固定下来。从第三段的内容看，新增添的一句很有可能是"寄乎安娘配"，同时还有"配落"两字。

三个自然段分别押了"iu""ai""ao""e"韵，这也是诗经转韵的特征。由此又想到了上面说的第四届七夕文化节，表演者在唱这首歌的时候，把"勿通一日想别地"的"别地（de）"唱成了"别ria"，一点都不押韵，听起来怪怪的。在洞头方言中，虽然"别地"可以读成"别de"和"别ria"，但意义还是有所不同的，"别ria"指别的地方，而"别de"，除了"别的地方"之外，还有"别的事情"的意思。

还有一点要补充一下。有的地方念这首歌的时候，把"二帆拔起到宫口"读成"到埭口"，笔者小时候也这样读过，但这是戏谑读法。一字之改至少有两点差异，一是民谣产生的地方，把洞头（宫口）说成了北岙（埭口）会转移当时洞头的经济、文化中心；二是"埭口"的说法会把民谣产生时间至少推后几十年。这对《鹊鸟歌》是一个不小的"伤害"。

　　最后，还要提出一个大胆的想法："鹊鸟鹊溜溜"是否可写成"鹊鸟曲溜溜"。理由是，方言"曲"与"鹊"同音，喜鹊在枝头叫喳喳，像唱歌一样，叫得人心里痒痒的，情不自禁会想起更多的事，产生更多的情。以喜鹊之"曲"起兴，能不能使这首民谣的境界更加完美？当然，这只是一个探讨性的想法而已。

2022 年 3 月 17 日

摇啊摇,东沙搭桐桥

洞头"诗经":天顶咕咕响

天顶咕咕响,李儿搁落罅。
罅里生李树,李树双头红。
红的摘来吃,青的送丈人。
丈人说阮好,阿哥娶阿嫂。
阿嫂水央央,阿哥打咳呛。
红缎鞋织了十八双,
一双借阮穿也勿通。
搁在踏坂头,猫鼠咬一空。
要穿无兜双,要补无闲功。
搁了丢也不甘。

从内容上看,这首民谣主要描述了三个故事情景。
第一个情景:劳动。
春天到了,春雷响了,春雨滋润着大地,正是万物复苏的季节,也是春耕播种的时候,落在田里的是春雨,播种下去的是李树。这里的李树不单单指李树,而是农作物、庄稼的代名词。

有辛勤付出就有丰厚回报。李树长大了，开了花，结果了，满树都是果实，有的已经熟透，有的还在成熟过程。但是，已经到了农作物换季种植的季节，快点把果子摘下来，好腾出时间去干别的事。

　　怎么处理李子呢？好办，分成红的和青的两类。先自己尝一下红透了的李子，好吃，那叫一个甜啊。那些还没熟透的怎么办？好说，弄一些给老丈人尝尝鲜。这种解释是很机械的，纯粹从句子、词语的表象去解释，所以就有了"红的""青的"之分。其实，这里所表现的是丰收的情景和快乐，"红""青"是一种互文的手法，不用分得这么清楚。也就是说，丰收以后的成果可以分成两大处理方式，一是把一部分粮食储藏起来，作为自家以后日常生活的物质保障；二是把另一部分收成当作娶亲成家的资本。如果从"自己吃红的，老丈人吃青的"方面来理解，那么，民谣的内容就会出现偏差，人物形象就会受到很大的影响，主题思想也会贬值。

　　第二个情景：娶亲。

　　把该准备的都备齐之后，接下来的程序就是提亲了。来到丈人家，老丈人很高兴，不仅仅是看好女婿，对相关的彩礼也感到十分满意，一口便答应了。于是，在一个大家都满意的日子里就把新娘子娶回家了。这里并没有吹吹打打的娶亲场面，甚至连轻描淡写也没有，但是，其中的喜庆场景不言而喻。

　　新娘子娶到家，揭开盖头一看，哎哟，我的天啊，漂亮得无法形容，把新郎官的眼神都看呆了，一下子说不出话来，就像是心里突然被幸福堵住了一样，只是一个劲儿地打着嗝。这个场景的描写也简单到了极点，新娘子的漂亮没有"增之一分则太长，减之一分则太短；着粉则太白，施朱则太赤；眉如翠羽，肌如白雪；腰如束素，齿如含贝；嫣然一笑，惑阳城、迷下蔡"的描述，只是用了"水央央"的素描，一词就把她的自然美、自在美、青春美勾勒出来。新郎官的喜悦表情也只是一个"打咳呛"的细节动作就活灵活现了。也有人认为"打咳呛"是对比，写出"阿哥"的尴尬、寒碜相，这种解释总觉得比较牵强，如果"阿哥"是那种上不了场面的人，那么，就不会有上文中"丈人说阮好"的铺垫了。当然，如果把"打咳呛"理解为大家都争着去看新娘子的漂亮，而把新郎官"晾"在一旁，这倒是很合情合理的。

第三个情景：生活。

生活场景并没有直接描写新媳妇怎么孝顺、怎么持家，或者怎么好吃懒做，而是从侧面表现了她的勤劳，表现了她的节俭。从歌词内容看，新媳妇的嫁妆挺多的，似乎老丈人家是个殷富人家，单就"红缎鞋"就有十八双之多，但是，实际情况并非这样。首先，歌词没有讲到其他嫁妆，只讲到红缎鞋；其次是红缎鞋乃女红之活，应该都是新媳妇出嫁之前在家里一针一线制作的；其三"十八双"不是实数，只是表示"多"的意思。由此可见，这个女人是个心灵手巧而且勤劳的人。有了"红缎鞋"做代表，至于嫁妆多少已经无须多言了。

红缎鞋这么多，引起了婆家女性的"眼红"，都想向她要一双穿穿，但是，新媳妇不肯。从歌词的语气上看，好像新媳妇很抠门，舍不得，一双借阮穿也勿通。其实并不这样，它暗示着新媳妇是个勤俭持家的人,懂得怎么过日子。鞋子是消耗品,容易穿破,而且有借无还,都把鞋子"借"出去,自己以后穿什么?

这么多的鞋子怎么穿?换着穿。可是,戏剧性的情节出现了:搁在踏坂头的鞋子被老鼠咬破了一个洞。那几个借不到鞋子的女同胞心里有点酸溜溜的,但没有嘲笑讽刺,也没有幸灾乐祸,而是继续用调侃的语气来说话,意思是:怎么样?与其让老鼠咬,还不如借给我们穿呢。这种嘻哈语气在洞头的民间俚语中经常出现,如"不甘吃,降(诱惑)乞吃;不敢煮,降猫鼠"。

最关键的是民谣的结尾:"要穿无兜双,要补无闲功,搁了丢也不甘。"三句话说了这样几层意思:一是新媳妇不是邋遢之人,不会穿着破了洞的鞋子出门;二是新媳妇不是懒惰之人,并不是她不把破鞋子补好,而是因为家务、劳动太忙了,没时间补;三是新媳妇不是败家之人,舍不得把破鞋子丢掉,总会抽个时间把它补好的。

以上三个情景围绕着一个主题:勤劳。但是没有正面表述,而是通过侧面来揭示的,而且很随口,这就是这首"洞头诗经"最值得欣赏的艺术构思之一。

从结构上看,民谣分为四段,本来应该四句一段,可是,最后一段竟然有五句。这只能说明一点:可能这首民谣在流传的过程中被"加工"过。这并非这首民谣所独有,在洞头其他的民间歌谣中都有这种现象。从最后五句内容的联系上看,最有可能被"加进去"的一句应该是最后一句,但是,从内容上看,最后一句更能表现人物的形象,加进去之后会使诗歌的主题得到进一步的升华,不会有"画蛇添足"之嫌。也许有人觉得是"搁在踏坂头"，似乎也有道理。当然，虽然四句一段是《诗经》的主要格式，但并非所有的《诗经》作品都是这个格式，也有长短句式，也有散句结构，所以，这首民谣最后有五句的结构也就不奇怪了，用不着去探讨是否有后来附加的。

从表现形式上看，民谣以"天顶咕咕响"开头，这就是"兴"。接着讲了劳动、收成、娶亲、嫁妆等事情人物，一环接着一环，形成了排比的句式，这就是"赋"。诗中用"李树"代表庄稼，"红的""青的"代表收成，从修辞手法上看属于借代，从诗歌的表现方法上说属于"比"。一首歌中综合运用了赋比兴，真的很值得欣赏。

此外，这首民谣在用韵上也很有个性，全诗四个韵：第一、二句一个韵（响 dán、蚕 cán），第三、五句不入韵，第四、六句一个韵（红 áng、人 láng），第七、八句一个韵（好 hòu、嫂 sòu），第九句以下回到 āng 韵，最后一句的"甘"又回到了"ān"，严格说没有入韵，这也许能从另一个侧面说明最后一句是后来附加的，或者是"勿通"的音误。

怎么样，这首民谣是不是"洞头诗经"？

2022 年 3 月 29 日

第一辑

洞头"诗经":摇啊摇,东沙搭桐桥

对话体的诗在《诗经》中并不少见,其中,《齐风》中的《鸡鸣》,全诗三章(四句一章),描述了夫妻生活中的一个小场景:鸡鸣拂晓的时候,妻子催促丈夫起床,但丈夫赖床不想起来,于是就有了诗中的对话,读起来挺有意思的。

鸡既鸣矣,朝既盈矣。匪鸡则鸣,苍蝇之声。
东方明矣,朝既昌矣。匪东方则明,月出之光。
虫飞薨薨,甘与子同梦。会且归矣,无庶予子憎。

先解释一下诗中的有关文字含义。

朝:大部分的《诗经》研究者解释为朝堂,即上朝的地方,但也有人解释为早集。我赞同第二种解释,理由有两个。第一,这首诗属于"风",是民谣一类的作品,一般来说反映的大都是民间老百姓的生活,如果解释为朝堂,那就是公侯伯子爵士大夫政府官员之类的上层人物了。第二,政府官员们的"上朝"是很遵守时间的,谁也不敢迟到,谁也不敢赖床。所以,把"朝"解释为"集市"还是比较合适的。当然，如果直接读作"zhāo"理解为"早上"，这样就更接地气。

盈：满。可以理解为"人很多"。昌：盛也。义同"盈"。会：会朝、上朝。但是，如果把"朝"理解为"早晨"，那么，"盈、昌"指的就是晨光很亮，"会"为集会之意。

匪：同"非"。则：同"之"，助词"的"。薨薨（hōng）：象声词，飞虫的振翅声。甘：愿。且：将。无庶：同"庶无"。庶：幸，希望。这几个解释没有异议。

予子憎：我恨你。"子"为代词宾语（你）前置。这种句式在《诗经》中也比较常见。

现在用最通俗的"庄氏版本"来看看这首《鸡鸣》中讲了啥。

妻子：老公，快起床吧，公鸡都喔喔叫啦，市场上的人很多了。

丈夫：哎呀，急什么，这不是公鸡叫，是苍蝇在嗡嗡闹。

妻子：老公，还不起床，天都蒙蒙亮了，市场的人都挤满了。

丈夫：哎呀，又催什么，那不是日头，是月光。

丈夫：雨神蠓儿嗡嗡叫，我还很想和你在被窝里做好梦呢。

妻子：哼，还好梦呢！市场的人都走光了，你就不怕我生你气吗！

瞧，这样的对话内容和情节，是不是所有的家庭、夫妻都经历过的？如果用洞头方言来解读，那就更趣味横生了。鸡既鸣矣：鸡母六更啼了（洞头俚语）；苍蝇之声：雨神嗱嗒嘀（洞头儿歌）；东方明矣：日头佛照尻仓了（洞头俚语）；月出之光：月娘月光光（洞头民谣）。当然，要是把"朝"解释为"朝堂""上朝"，那场面就严肃多了，对话也就要板着脸来说。

这么诙谐地解读《鸡鸣》，目的只有一个，引出咱们自己的洞头版"诗经"：

摇啊摇，
东沙搭桐桥。
桐桥某某代，
安婶婆做月内。
生个啥，
生个咸达噻。

东沙港是洞头较早的渔商港口之一，也是最佳的避风港，三面环山，分别被王爷宫、妈祖宫、东沙、二垄、三垄等村庄包围着。这些村庄（包括桐桥村）的人要到北岙片区，必须要在村庄后的山岭上盘盘绕绕走上好长一段路，往来甚是不便。于是，就有一种职业在东沙港应运而生，这就是摆渡。最初的时候，摆渡是为了给那些停泊在港口上的渔商船只提供方便，后来业务范围逐渐扩大，成了村民出入的交通方式之一。寮垄片、洞头片、北岙片以及南塘片的人要到北沙，也常常用这种交通方式，来到三垄海沿坐船。

摆渡的小舢板叫"双桨"，可以说是洞头最小的人力客船。虽然划桨的速度没有摇橹快，但相对很平稳，不紧不慢的，坐在

摇啊摇,东沙搭桐桥

小小的船舱里,不仅不会晕船,还能扭身歪头看看海面上的水波光影,不知不觉时间就过去了,刚才还在对岸,一抬头,家门口居然到了。

《摇啊摇》的故事就发生在三垄海沿,民谣中所表现的是两个人的对话,用现代口语来解释还挺有意思的。

"客人,你要去哪?"(摇啊摇)这是船老大说的。

"我到东沙,然后再去桐桥。"(东沙搭桐桥)客人回答。

"去桐桥有什么事啊?"(桐桥某某代)

"好事,女人生娃了。"(安姆婆坐月内)

"好事好事。生个男的还是女的?"(生个啥)

"嘿嘿,嘿嘿。顺产,母子平安。"(生个威达噻)

整个对话就这么简单,但其中所表现出来的韵味还是值得品尝的。

其一:摇啊摇。不难看出船老大在摇船时的悠闲,为整首民谣定下了轻松愉快的基调。

其二:东沙搭桐桥。并非从东沙坐船到桐桥,而是先到东沙再到桐桥。桐桥村在山上,小舢板乘不到,要到桐桥,有三个地点可以上岸:东沙、妈祖宫和王爷宫,从东沙到桐桥的路比妈祖宫到桐桥的路好走多了;王爷宫到桐桥的山路虽然近了点,但从三垄到王爷宫的水路较远,而且摆渡钱也贵了一倍,花费时间也多。所以,到桐桥从东沙上岸是最佳选择。那么,为什么不说"搭东沙去桐桥"呢?很明显,这是诗歌的节奏感、韵律感决定的。比较一下"东沙/搭/桐桥"与"搭/东沙/去/桐桥"的节奏,哪个更适合诗歌的特点就很明显了。

其三：桐桥某某代。"某某"在诗歌的口语表达中要读成"咪咪"。"代"，事情，很多洞头地方性资料中写成"代志"，这是同音借代写法，实际上应该写成"大事"或者是"代之"。"代"还有个很重要的作用：转韵，诗歌的第三、四、六句押的是"ai"韵。

其四：生个威达嗳。威达嗳是语气助词，一般用在借力、轻松、顺利的劳动场合，有"憋一口气就能完成"的表达效果。此时，客人没有正面回答船老大的问题，看似答非所问，但语气相当轻松，心情非常愉悦，所要表达的意思也很明确：生男生女都一样，顺产平安最重要。这种生育观在重男轻女的社会里充满了积极乐观的正能量。

其五：乘船的客人是谁？诗歌中没有说，这就让读者（听者）有了更多联想的余地。可能是产妇的丈夫，在其他地方打工劳作，听到妻子生孩子了，立刻往回赶，心中那种当爸爸的幸福感油然而生；也可能是产妇的母亲，听到女儿顺产后，那种为产妇母子担忧的心情轻松而释；还有可能是产妇娘家人的厝边头尾、亲情五月（五服），到桐桥去"送庚"，喜悦之情溢于言表。无论是谁，都是一脸的高兴，这给生活增添了许多欢乐与喜庆，又使民谣有了更明朗化的艺术风格。

《摇啊摇，东沙搭桐桥》这首民谣虽然只有短短几句，但内容是很充实的，从形式上，它的叙事体（对话体）属于"赋"的表现手法，与诗经一脉相承，在语言风格上，它的轻快明朗甚至比有的《诗经》作品还更有特色。所以，把它称作"洞头诗经"不会是夸大之词。

摇啊摇，东沙搭桐桥

　　对话体叙事诗源远流长，自《诗经》以后，出现过两大顶尖作品，一是汉乐府《孔雀东南飞》，我国文学史上第一篇长篇叙事诗，一是北朝民谣《木兰诗》，它们被誉称为叙事诗"双璧"。《摇啊摇，东沙搭桐桥》当然不可能同它们相比，但从中也可以体味到"双璧"的营养成分。如果把它同贾岛的《寻隐者不遇》比较，那倒是有异曲同工之妙的。

　　松下问童子。"小朋友，你师父呢？"
　　言师采药去。"师父采药去了。"
　　（"到哪里采药啊？"）
　　只在此山中。"就在这山里采药。"
　　（"在山里的哪一边啊？"）
　　云深不知处。"山里的云雾太厚了，不知道在哪里。"

2022 年 3 月 23 日

第一辑

洞头"诗经":月亮月光光

在洞头的民间歌谣中,有一首挺有意思的童谣《月亮月光光》。

月亮月光光,起厝瞪中央。
骑白马,拜中堂。
中堂升,娘儿掼水来起宫。
起宫师傅吃没饱,吊丝架;
丝架不绞纱,掠来做竹叉;
竹叉不叉草,掠来做畚斗;
畚斗不畚土,掠来做葫芦;
葫芦不结药,掠来做刀石;
刀石不磨刀,掠来做竹篙;
竹篙不披衫,掠来做扁担;
扁担不担水,掠来做小鬼;
小鬼不识路,掠去王爷宫做普度。

先把歌谣中几处词语稍微说明一下,再来说说其"挺有意思"主要表现在哪些方面。

月亮：这是普通话的写法，儿歌中应该读成"月娘"。在洞头的民间语言中，月亮是"性别不分、辈分不明"的，有时叫"月亮公"，有时叫"月亮嬷""月亮婆"；有时叫"月亮哥"，有时叫"月亮姊"。记得儿时耳朵边偶尔会发烂，耳根裂开一条细缝，脓汁从细缝里分泌出来。大人说，这是不小心把月亮婆婆给得罪了，被月亮婆的那把弯弯的"刀"割了。于是，夏天的夜晚，对着天上弯弯的月牙，嘴里很虔诚地念着：

月亮哥，月亮姊，拜你好头毛好咀齿，
你是兄，我是弟，勿通举刀割阮耳。

起厝：盖房子。厝就是房子，这无可非议。记得读初一的时候，语文课有一篇《愚公移山》的古文（《列子·汤问》），文中有"一厝朔东，一厝雍南"的句子，注解把"厝"解释为通假字"措"，安放的意思。其实，这个"厝"应该通"座"，一座放在朔东，一座放在雍南。这样就顺多了。

畻：水田。中央：读成"当央"，中间的意思。

娘儿：媳妇；攒水：提水；起宫：这里指的是盖房子，即起厝。

掠：抓、捕。

现在来看看这首童谣写了些什么。

从内容上看：夜晚，月朗星稀，这时候应该是大家谈天说地、休憩养神的时候。但是，有一户人家偏偏在这个时候大兴土木，在田中间盖房子，女主人还手提着水桶亲自上阵。为什么呢，因为她家的男人当官了，拜了中堂，骑着白马（可理解为轿子），到处嘚瑟。女人为了赶工赶时，只好亲自担任劳工和监工。可是，工地上的一幕把她惊住了：师傅们不仅没有劳动，还在一旁悠闲自在。她非常生气，问师傅怎么回事。师傅说：晚饭本来没有吃饱，到现在都什么时候了，肚子里的东西早饿到尹公外嫲那里去了，没有半点力气做工了。

女主人听了，不但没有同情，反而变本加厉，指手画脚叫师傅们去干这干那。师傅们也不是好捏的软柿子，你叫我干，我越是不干，但借口不是不想干，而是不会干。这也不会干，那也不会干，最后，把女主人的肺都差点气炸了，歇斯底里地喊了一句："你们什么都不干，去死吧！趁着王爷宫做普度，早死早超生！"

儿歌中出现三个人物，性格都非常鲜明。

男主人。虽然没名没姓，但一副唯我独尊高高在上的形象跃然而出。中堂可不是一般的衙门官吏，它相当于内阁大学士呢，这在明清时期可是不小的官职，那骑着白马来回走动的样子真有点鹤立鸡群。而且，盖的房子也不一般，说是"厝"，其实是"宫"，很有别墅的规模与气势。可见他的傲气了。

女主人。这是个典型的乡村女性。她勤劳，亲自"掼水来起宫"；她自私，看不得师傅歇口气，好像师傅们一直不干活在白拿她的工钱；她急躁，不停地叫师傅干这干那，在拗不过师傅的时候，便破口骂人，而且骂得相当不好听；她抠门，这是她性格中最大的特点，不给师傅吃饱，不让师傅偷懒。但是，从儿歌的语言表述看，女主人又不是悍妇、泼妇之类，她的这些性格特点在绝大多数的村妇身上都能得到体现。

师傅。可能是一个人，也可能是一群人。职业是盖房子的，非木工即泥瓦匠，说明手巧；主人家叫他干这干那，说明能干；但他什么都不干，说明会耍小聪明。其实他的"小聪明"耍得很在理，俗语说：有吃有吃的功夫，没吃没吃的功夫。既然主人家这么小气，我干吗还要傻乎乎地为她卖力呢？

在短短的一首儿歌中，三种人物形象表现得如此栩栩如生，真的令人叹服。

从表现形式上看，儿歌用了三种修饰方法：排比、借代和顶真。

顶真是用前一句的结尾作为后一句的开头，使相邻的两个句子头尾蝉联的一种修饰方式，也叫顶针，又称联珠、蝉联、连环，最早可追溯到《诗经》。

下武维周，世有哲王，三后在天，王配于京。
王配于京，世德作求，永言配命，成王之孚。
成王之孚，下土之式，永言孝思，孝思维则。

(《大雅·下武》)

这种辞格在历朝历代的诗文中都有表现。

排比，在《诗经》中属于"赋"。属于"诗经六义"之一，在洞头的民谣、童谣中非常普遍，基本上都继承了这一传统表现手法。

第一辑

借代,在《诗经》中也经常出现。如《国风·子衿》:

青青子衿,悠悠我心。纵我不往,子宁不嗣音?
青青子佩,悠悠我思。纵我不往,子宁不来?

子衿,周代读书人的服装,这里借代的是心里思念的男子;子佩,是以恋人的衣饰借代恋人。这种情况在诗经中比比皆是。本首童谣中的"丝架""竹叉""畚斗""葫芦""刀石""竹篱""扁担"等,并非指具体的器物,而是代指相关的劳作事务。

除了以上三种修辞之外,最重要的元素就是儿歌的开头以"月亮月光光"起兴,而且,这个"月亮"还起到了情节铺垫、气氛渲染、背景衬托等效果。

当然,儿歌的语言风格没有《诗经》作品那么严肃,但从儿歌的角度来理解,那真是趣味横生。可以想象,儿歌所表现的情景情节,甚至是语言特点,都相当富有趣味性。记得小时候,一群小孩子在念这首儿歌时,会排成两个阵营,一边对念,一边做动作,很像是一场嘻嘻哈哈的游戏,特别念到那个"掠"字,那简直就是在表演"老鹰捉小鸡"的游戏。

还有一点必须强调一下。《月亮月光光》在闽台粤地区有好多版本,其中以台湾的版本最为普及,而且已经走出了闽粤方言区,在其他地区流行起来,甚至还被改编成多种音乐艺术作品。

不妨看一看台湾的《月亮月光光》:

月亮月光光,起厝田中央。树仔榄花开香,亲像水花园。

月亮月光光，照入房间门。新被席新帐，要困新门床。

月亮月光光，照到大厅门。糖仔饼摆桌上，爱吃三色糖。

真是不看不知道，一看"吓一跳"。把洞头的《月亮月光光》同台湾的这首儿歌一比较，竟然发现除了开头两句之外，接下来的内容没有一点相同的。从这方面来看，洞头的《月亮月光光》应该属于洞头自己的原创。在洞头，有一些民谣是从闽台地区带过来的，最有代表性的是《天乌乌》。但在《天乌乌》的民谣中，除了个别字、句稍有不同，大部分都保留了闽台地区的内容。严格说，洞头的《天乌乌》不是洞头土生土长的原生态作品。而《月亮月光光》则不然，它是洞头人自己的，特别是最后一句"掠去王爷宫做普度"，洞头的印记跃然而出。

由此看来，把《月亮月光光》说成"洞头诗经"并不为过。

2022 年 10 月 28 日

洞头地标：三个屿

三个屿就是三个屿，各自没有名字，合称为三个屿。但是，它们是洞头的地标。

《洞头县志》记载：洞头境在南宋咸淳元年（1265）属瑞安府，元代属温州路，明代属温州府，清雍正六年（1728）玉环置厅，属玉环厅二十都，1912年玉环改厅为县，属玉环县第四区，1936年改为三盘区。

为什么叫三盘区呢？这与三个屿有关。

三个屿在北岙后海湾，周围被洞头岛、三盘岛、花岗岛、状元岙岛环抱着，看上去就像扣在海面上的三个盘子。盘子虽然不大，但在波澜荡漾的海面上很是显眼，就像三颗黑色的珍珠。于是，有两个地方的地名就借了它的光，一个是东面的三盘岛，一个是西面的小三盘，三盘岛的命名是因为离三个屿最近，小三盘的命名是因为北岙后的海域有一部分属于小三盘地界，且其村庄规模比三盘岛小。三盘是洞头的别称，而三个屿是三盘的"乳名"。

它是洞头区域的历史性地标，一枚书签、一页书扉。

曾几何时，洞头与外地联系往来的出入门户是水桶擂码头，也叫新码头。轮船离开码头后没几分钟就驶出了三盘港，来到三个屿旁边。站在船舷边看，三个屿的身影慢慢从眼前晃过，此时，乘客的心里便产生了一阵落寞的感觉，这种感觉只有离家的游子才会读懂其中的内涵。于是，一船的人都会很自觉地安静下来，什么话也不说，默默看着三个屿离去，消失在船后的水花里，然后回到船舱，默默地品味心头那道酸酸的滋味。

与此相反的是回家的船班，当轮船驶入深门口时，满船的人都相继跃动起来，终于回到自家的大门口了；当轮船开到三个屿旁时，船舱里的人几乎都站在船舷边，手拎着大包小包的行李，恨不得一脚跨上新码头。此时的三个屿也被船上的嘈杂声所感染，呈现出一副生动兴奋的表情，岛屿上的草木随风摆动，仿佛是在拍掌欢呼。

它是洞头人民的情感性地标，一份情怀、一份眷念。

20世纪70年代，农业学大寨的热潮在全国各地一浪高过一浪，弹丸之地的洞头也"输人不输阵"，想方设法让这面旗帜在海岛上高高飘扬。于是，在党和政府的号召下，一群热血青年来到了三个屿，垒起了简易的石头房，燃起了炊烟。农业学大寨是需要土地的，但是，在三个屿，一寸多余的土地都没有，想用手抓起一把泥土都很困难，那么，只好活学活用因地制宜，在三个屿周围的海面上养海带，把学大寨的精神通过渔业养殖的方式进行弘扬。记不清多少蹒跚的日子，记不清多少变幻的风云，三个屿在认真地书写着时代的标点符号。

它是洞头社会的政治性地标，一个脚步、一个印记。

1977年12月，北岙后围垦动工兴建，经过四年多的努力，一条从风打岙至北沙大九厅岬角全长1260米的海堤建成，海堤内的滩涂变成了国营盐场，盐场的工人中有一部分就是几年前在三个屿边上种植海带的拓荒者。2002年6月13日，北岙后二期围垦开工，六年后，2008年5月25日围垦工程完工。围垦面积4260亩，比一期围塘整整扩大了三倍；海堤总长2508米，分东西两段，两段的接合地点就是三个屿。海堤从三个屿的脚下很大方地拐了个角之后，又很从容地向前延伸，极像是一条匍匐的卧龙，三个屿宛然成了乘风舞之、借浪蹈之的龙爪，龙的一边是沧海，一边是桑田。

它是洞头发展的蜕变性地标，一个转折、一个起点。

1500年前的南北朝时期，颜延之在担任永嘉郡守时，曾在洞头的大门岛上搭建了望海楼亭观海。公元825年，唐代诗人张又新任温州太守，特地寻楼而不遇，留下了些许遗憾。时间到了2003年，洞头县政府为了更好地实施"三兴"战略，把旅游业作为洞头经济新的增长点，决定在洞头岛的最高峰烟墩岗重修望海楼。2005年1月，望海楼开工建设，2006年8月主体结构封顶，2007年5月完成内外装修，2007年6月7日正式落成对外开放。

站在望海楼上，极目四望，洞头列岛的风光要比颜延之、张又新看到的不知好多少倍，其中三个屿是最让人眼前一亮的风景。凡是到过望海楼的人都会不约而同地惊叹：啊，真像杭州的三潭印月！于是，三个屿和它周围的海域就有了新的名字：海上西湖。

它是洞头门面的形象性地标，一张名片、一份请柬。

2010年9月9日，洞头县与联合国人居署签署正式文件，双方将致力于"洞头海西湖新区"规划与建设，把洞头列入"联合国千年发展目标城乡建设生态人居实验园区案例工程"，将洞头打造成低碳、生态、环保、可持续的生态宜居典范。10月18日。联合国人居署全球司司长、上海世博会联合国馆馆长拉斯一行来到洞头，参加了联合国生态人居实验园区洞头海西湖案例工程规划论证会，"面对面"指导海西湖规划论证，并参加了实验区案例工程奠基典礼仪式。

这个被称为"海上西湖"的联合国生态人居工程建设内容主要有：生态人居小区建设、海岛渔村改造和"联合国千年发展目标城乡建设（生态人居）论坛"永久性会址等，由联合国人居署和中国国际城市建设案例研究委员会共同组成的联合国千年发展目标城乡建设论坛组委会与洞头县共同实施。

它是洞头城市的里程碑地标，一个地基、一层台阶。

在改革开放的浪潮里，在经济发展的洪流中，新城区的建设日新月异，短短十几年间，一座绿树成荫、繁花似锦的海上花园城市横空而降，一座高楼林立、道路纵横的海滨新兴城市拔地而起，行政、商业、金融、体育、文化、教育等设施日臻完善。洞头新城每天都在书写城市化进程的新篇章，车水马龙是流动的音乐，万家灯火是色彩飞舞的图画。不仅如此，新城区的建设也使周边的乡村受到了辐射效应，交通顺畅、村庄整洁、三产兴旺。此时的三个屿笑了，笑得很开心，笑得很自豪，因为它不仅看到了新城区的现在，更看到了洞头的未来。

它是洞头腾飞的象征性地标，一个旗手、一支仪仗队。

三个屿还是原来的三个屿，静静地守护在新城区的大门口，没有新的名字，但它的外在形象已经赋予了新的特征，它的内在情感正流动着新的血液。

2022 年 2 月 22 日

摇啊摇,东沙搭桐桥

通向北岙后的路

北岙后原来是个海湾,涨潮时一片海水,退潮时一片海滩。潮涨潮落之间,留下了许多记忆和故事。

北岙后和北岙街之间隔着一条不算长但旧时候看起来也觉得很绵延的山岭,叫北岙后岭,岭北的海滩、海湾统统叫作北岙后。

从北岙街到北岙后有三条弯弯扭扭的小路。

一条是在下街头,权且叫它"交通之路"。

经过现在的迎宾路,到山上后向西就是现在东屏隧道上方,再向右沿山岭走去,可以到达北岙后海边。山岭上有个人居点,居民不多,是小三盘村的一个自然村,叫风打岙,也是北岙后范围内唯一的村庄。从名字上看,这个村一年四季似乎都以风为伴,且风力风势有点规模。事实也确实是这样,这里的人冬天要比北岙街的人多穿两件衣服。不过,这可能是当年北岙后最热闹的地方了。

这里有个码头,叫北岙后码头,也叫风打岙码头,是通往元觉、霓屿等外岛的水上客运通道,每天潮水上涨的时候,只要海面风力不在七八级以上,码头边就熙熙攘攘好生热闹。后来,在码头后面的山脚下又多了一个工厂,是洞头酿酒厂,这可是当时洞头为数不多的国营企业之一,也是洞头经济的支柱之一。那时,很多人都挑着水桶在厂门口排队,等着买几十斤的酒渣(酒糟),那可是喂猪的上好的营养饲料。挑酒渣的人多了,这条路就弥漫着醉醺醺的酒意,仿佛是生活的另一种意境。

另一条是在北岙街的中段,这是一条"生活之路"。

从现在的十字巷起步,爬过小巷的台阶,到了山顶(北岙后岭顶)再顺着弯弯扭扭的溪坑边小路,走到海沿边。山脚下有好几个大大的露天煤场,煤炭堆得像小山包,围着小山包又是另外一番忙碌的景象。这里是洞头全岛用煤的集中点,除了生活用煤之外,工厂、企业的用煤也在这里。后来煤炭场又多了煤球厂,再后来,北岙下街、岭背北路分别又建了煤球厂,来北岙后买煤的人就少了。

来这里买煤是有讲究的,首先是装煤的箩筐一定要用塑料布和其他东西垫起来,以防挑煤的过程中煤炭漏出掉落;其次要带上筛子,将煤炭细的来粗的去,因为那些像石块一样的煤块含煤量没有细的高,况且挑回去之后还得砸碎了才能烧,不合算;其三是筛煤的地方不要选在别人已经挖过的,否则会很花时间,吃力不讨好。当然,还有其他方面也是要讲究的,不过,此时的肚子已经饿得咕咕叫了,不如早点回家,说不定还能喝一口番薯丝汤充充饥。

抬着煤炭,沿着山溪往回走,低头看看回家的山路,溜光溜光的,乌黑乌黑的。只有十字巷的那一棵100多年的朴树底下才是乘凉的地方,也可以暂时忘记饥饿。

还有一条在北岙街的上端,曾经是一条"生产之路"。

沿着小坡(现在的车站路)上去有个三岔路口,以前叫"生咸路头",旁边有一座玄帝宫,后来成了车站,现在成了鑫盛大厦。玄武是镇守北方的大帝,可见此地之偏僻了。"生咸"是一种近海滩涂作业方式,潮水下退时在滩涂上插上一片网,潮水上涨时,这片网就成了鱼虾返回的最大障碍,同时也成了渔民们赖以生存的生活支撑。

"生咸路头"很是荒凉,很是寂寞,荒凉得让人相信这里曾经是鬼神出没的地方。除了少数"生咸"人出入之外,很少有人涉足。

三岔路口向左边是一条窄窄的公路,估计是20世纪七八十年代的产物。沿着这条公路可以到达煤炭场、酿酒厂,公家的车子出入方便多了,老百姓的出入也相对便利了。

这三条路现在分别被东屏隧道、新城大道、车站路取代了。从这几条路经过,眼前看到的是新城区繁忙的景象,但是,心中还会偶尔想起一些老北岙后的故事。

走出东屏隧道口,站在堤坝的一端,看到的不仅仅是高楼大厦,还有曾经的滩涂上的劳作场面。

村民们弯着腰,背着鱼篓,深一脚浅一脚跋涉在泥泞的滩涂上,或成群结队,或三三两两,乍一看,宛如一幅黑白的山水墨画。民谣"大朴蛏,小朴蚝,小三盘查某大脚婆"描述的就是这种劳作。这片海滩盛产蛏子,礁石上长满牡蛎,大朴、小朴、小三盘一带就是以滩涂作业为主要谋生内容,就连妇女也要参加劳动，她们的"大脚婆"就是长年累月在滩涂上劳作而形成的。

记得是50年前，邻居几个女孩子结伴来到北岙后，也想学着"小三盘查某"，在滩涂上捡些许泥螺之类的海货。其中一个女孩，一脚踩下去就弄了个嘴啃泥。突然，她拔起腿就上岸跑了，一路跑一路哭，一口气跑到家，推开门大叫："阿娘！无底呀！"阿娘骂了一句："夭寿囡，什么无底？"等到女孩稍喘口气告诉原委之后，阿娘笑得连裤子都差点提不起来。这个笑话在村里传了好长一段时间，同时也说明了一个道理：想当"大脚婆"可不是那么容易的。

走到车站路，站在曾经的"生咸路头"，看到的也不仅仅是高楼大厦，还有记忆中的一块块盐田。

那是40年前的场景了。1977年12月，北岙后海堤动工兴建，自风打岙至北沙大九厅岬角，全长1260米，工程历经四年多，于1982年基本建成，围塘面积1400亩。1983年，围塘建成国营盐场，当年开始生产原盐。这时北岙后的名气很大，围塘叫作"北岙后围塘"，就连盐场也以北岙后称之，至于它的正式名称很少人记得起它。

盐场被隔成一块块盐田，连阡越陌，纵横交错。田埂上常有人来回走动，看上去显得慢悠悠的，那是国营盐场的工人，吃工资的，是小三盘一带的滩涂作业者所望"涂"莫及的。可是，盐场仅仅风光了10年，1993年后，北岙后塘用于新城区的开发建设，盐场停止晒盐。

从洞头区政府大门出来，几步远就是连城大道，这里曾经被一道山岭阻隔着，山岭把北岙城区牢牢地限制在北岙街一带，北峟后还是北峟后。

二十几年前，县政府的领导们敢想敢干，先是挖通了东屏隧道，接着又大刀阔斧把山岭拦腰砍断，一条宽宽畅畅的连城大道就这样产生了。此时，北峟后不叫北峟后了，叫新城区。

新城区的起步是从望海路开始的，从名字上可以知道，这条商住街的一面可以望到海，也就是北峟后的围塘，可见当时的冷清了。记得当时乐清的一位同学与林东勇县长是朋友，得到消息后准备投资望海路的房产，但对洞头情况不大了解，拿不定主意，征询我的意见，我当场就把他拒绝了，同学也放弃了。没想到的是，不到一年的时间，望海路的房价从1200元/平方米涨到2000元。这下吃大亏了，同学一见面就说：我一年就可以赚到的一辆宝马车让你给说没了。

望海路建成之后，新城区的建设一天一个样子，没过几年，1400多亩的土地不够用了，2000元一平方米的房价成了童话和神话。于是，北峟后二期围垦工程应运而生。

二期围垦工程前临三盘港，后靠新城区，东连接燕子山西侧的海滨大道，西接小朴村，总长2508米，分东西两段。工程于2002年6月13日正式开工，西围堤标段于2007年12月25日完工，东围堤标段于2008年5月25日完工，围垦面积4260亩，比原来的一期围塘整整扩大了三倍。

北峟后彻底没了，没人再把它说成北峟后了，不管是八九十岁的老人，还是八九岁的小孩，都用"新城区"来称呼它。

新城区除了商品房，还有政府办公机构、银行、文化和商业场所等，最值得一提的是幼儿园、小学、中学乃至大学等教育设施。

仿佛就在眨眼之间，就在一梦睡醒之后，北岙后这个名字永远成了历史，成了记忆。

但是，通向北岙后的道路多了起来，不仅仅是老城通往新城的道路，更为重要的是，新城区通向外界的道路多了，也更加通畅了。

当然，通向"北岙后"的路还在继续增加、继续扩展、继续延伸。

2022 年 1 月 22 日

摇啊摇,东沙搭桐桥

记忆中的老路

一个在温州工作的朋友寄来了一套《温州古道》,稍稍翻了一下,发现其中没有洞头的内容,把图片发到微信朋友圈之后,有微友回复:洞头哪有什么古道,说水道差不多。这话说得很实在,洞头海岛虽多,但陆地面积很小,而且永久性的人居历史不长,所谓的有一定文化元素的"古道"确实少见。到目前为止,在洞头的相关的历史资料中,还没有关于"古道"方面的记录。

顾名思义,古道指的是古旧的道路,《古道歇棚记》:"古道者,古来人世跨空移时、运往行来之途。"简单地说,就是人们因生活、生产之间的交流需要而形成的道路。但是,道和路还是有一定的区别,"路"可能只是一般的交通环境,而"道"会包含着更多的文化元素,尤其是"古道",应该是历史的凝固。从这一点看,洞头确实没有"古道"。

所以,本文换个角度,回忆一下自己曾经走过的那些老路。

最有情感牵记的当数"三垄阶",这是我走过次数最多的路,可以说,少年时光有很多记忆留在这条路上。

三垄阶从三垄滩起步,另一端连接在我的老家——寮顶岭头自然村，海沿的赶海、沙滩的戏水，是我儿时的乐事，三垄阶就成了通往乐园的快车道。三垄港是和平宁静的港湾，老一辈人讨海生计从家里出来，在这里启航，满载而归后在这里歇息，又从这里回到家里，三垄阶是希望的链接。同时，北沙片和寮垄片亲戚之间的往来，三垄阶是亲情的纽带。

在我的内心深处，三垄阶是我成长的摇篮。

之所以叫三垄阶，是因为它基本上是台阶构成的，不长，大约500米；三垄阶不陡，坡度在30度到40度之间。但是，可别小看了它。在洞头的民间俚语中有"落岭爬三垄阶"一说，当赶海讨海的人饿着肚子弓着腰背筋疲力尽走在这条山路上，生活的艰辛都写在了脸上，三垄阶就成了生活的写照。

和三垄阶齐名的还有三个"阶"：店儿顶阶、小三盘阶、沙岙阶。

小三盘阶从小三盘岭下起步到岭上，总长度不到300米，宽度约1.5米，它是山头顶片区和小三盘、北岙、北沙、洞头等片区之间最主要的通道，虽然20世纪50年代初部队因战备需要在它身边开通了公路，但公路在小三盘龄腰部胸部盘旋了一大圈，对步行者来说，走公路还是有点远，所以，往来山头顶之间的人，不管是挑着担子，还是空着两手，选择的还是这条"捷径"。

小三盘阶是我记忆中感觉修建最好的台阶路，石阶一级一级，高低宽窄相对比较均衡，这在洞头其他地方很少见，可以说，修建这条路的时候，修路者有着很强的"造桥铺路"的善心善行，而且出过不少的资金，他们应该是小三盘人。至于这条路是什么时候修建的，什么人牵头建的，那就无案可稽了，就当他们是历史上的默默奉献者吧。

自从北岙至山头顶的客车班线开通之后,小三盘阶便逐渐冷落,当人们腰里有了钱,谁还会选择在山路上挑着担子受累呢。前几年,小三盘岭上弄了个森林乐园,石阶路的上端被拦腰截断,小三盘阶成了一条断头路,而且彻底荒废了。

沙岙阶又叫作沙岙岭,在沙岙村和隔头村之间。沙岙阶我走过两次,留下的印象是,这条路并不是很难走,因为山路旁边有一条细细的山溪水,时连时断地跟在山路旁边,孱弱的水声偶尔也会增加身体内的动能。其次是这条路不怎么陡,有时在弯弯扭扭的旁边还有一些农耕地,走起来也就不怎么累。

值得一说的是,这条"老路"并不老,因为它到现在还没有被废弃,仍然有村民在路边劳作,仍然有人在山路上走动。原因其实很简单,其一,沙岙村和隔头村同属隔头行政村(曾经又名沙岙村),村部在隔头,沙岙村民到村部办事,沙岙阶是唯一的通道,尽管现在环岛公路从沙岙村穿村而过,但坐汽车到村部要绕一个很大的圈圈,还不如直接爬山坡来得便利。其二,沙岙村的沙滩、隔头村的脚桶石都是很有名气的网红打卡地,随着旅游业的发展,民宿业也方兴未艾,两个村之间常有游客出现,"老路"有可能会焕发出青春的活力。

店儿顶阶其实就是一个标志性的称呼,那就是七十二台阶,现在还是人来人往熙熙攘攘的,不属于"老路"。

在洞头用"阶"来称呼的山路还有几个,比如二垄阶、妈祖宫阶等,但因为行人量不多,名气自然也就没有以上几个"阶"了。

此外，有一条死而复生、生而复死的路，叫"长坑沟"。

长坑沟是隔头村与大长坑村之间唯一的通道，据上了年纪的老人回忆，当时这条路虽然环境很阴森，但还有点"路"的样子。

海岛的水资源极其匮乏，为了彻底解决全岛战备、群众生活、渔港供水以及工农业用水，1969年10月，洞头县革委会集体讨论，决定在全岛水源最丰富的大长坑建造水库。1970年4月，大长坑水库开始施工，次年，水库建成。水库建设之前，这条路是沿着大长坑山溪蜿蜒而行的，所以叫"长坑沟"。水库建成的时候，长坑沟被水淹没，"死"去了，往来的人们只好在水库边缘又"走"出了一条小路，当然，它还是叫"长坑沟"，是死而复生的长坑沟。

记得是在1972年，洞一中举行了一次为期三天的军训拉练活动，全体师生分成了三个连，向不同的三个方向出发。第一天，我们的连队从学校出发，走过了三垄阶、东沙港、妈祖宫阶，在桐桥村的部队营房住了一夜。第二天，沿着公路走过三垄、二垄，穿过北岙街到了小三盘，爬上小三盘阶之后回到公路上来，到了隔头，走下沙岙阶，在沙岙住了一晚，听老渔民忆苦思甜。第三天，爬上沙岙阶，穿过隔头村，沿着长坑沟一路前行，到了北岙、洞头码头，过渡到半屏山，又住了一夜，第四天回到洞一中。

这几天的拉练让我把洞头岛大部分"阶"都走了一遍，也是我最深刻的记忆。此后，这几个"阶"我很少走过，包括儿时的三垄阶。两年前，我特意去寻找长坑沟的记忆，可是，路已不复存在，漫山遍野的草树早已把它覆盖在历史的荆棘野蔓之中。长坑沟又生而复死。

还有一条路值得一说，它是洞头岛最有历史"含金量"的路：后垄沟。

后垄沟连接着洞头岙内和后垄两个自然村。300年前，洞头岙内是洞头岛最繁荣的商贸渔港，后垄则是良好的避风港，也是渔商船只补给、休憩之地，两个港口相互为邻，渔民商人往来频繁，于是，后垄沟的路自然就形成了。这条路在洞头岭与后垄水浸圹之间有一条山溪横断着，给路的通行造成极大不便，于是，有人就在山溪上造了一座石拱桥。据有关资料显示，石拱桥建于嘉庆年间（1796—1820），距今已有200多年，是洞头境内最早的桥梁。这座桥现在还在，是文物保护单位。遗憾的是，这座桥当初没有名字，现在也没有名字，碑文上刻的是"石拱桥"。不过也好，有些东西看似默默无闻，但它在人们的心里永远都是一座丰碑。

后垄沟我只走过一次，那是十来岁的时候跟着父亲一起走的。不久前，为了写作《洞头"诗经"：后垄水浸圹》一文，特意又走了一遍，但是，后垄沟已经面目全非，既找不到小时候的记忆，也听不见历史的言语，只是现实的风声丝丝凉凉地从身边吹过，石拱桥在风声中沧桑地独处着，似乎在向人们诉说着它的"含金量"。

一切都在变，生产、生活；村庄、道路……自从"村村通工程"实施以后，通村公路用它最实用的方案将村与村之间的"老路"取代了；随着环岛公路的建成通车，以及其他交通设施建设的发展，村与村之间的交通也成了"老路"，也在慢慢变老。现在回想起来，很多事情仿佛是一夜之间发生的，入睡之前，这些事似乎已经淡出了人们的生活圈，可是一觉醒来，它们又活脱脱地从梦境中走到眼前。这些老路便是。

鲁迅先生说过，其实地上并没有路，走的人多了就成了路。从另外一个角度看也可以这样理解：其实地上也有路，没人走也就没了路。

2022 年 10 月 3 日

摇啊摇,东沙搭桐桥

龟屿头几版本

一、神话版的传说

小时候,老听大人们说,龟屿头是个活穴,它是海上的一只神龟,守护着东沙港的门户。

东沙港的区域面积很大,包括了呑仔、大王殿、东沙、二垄、三垄等呑口,东沙和三垄是东沙港的主体部分。东沙早在300年前就是洞头岛上为数不多的渔商港口之一,平时就显现出生产生活的繁忙情景,要是鱼汛季节,更是舟楫穿梭人来人往,甚是热闹。与东沙呑口比起来,三垄滩是另外的一种情况,沙滩上有许多休憩、补给的渔船,静静地停泊着,海浪轻轻拍打着船体,仿佛是港口入眠后的鼾声。于是,东沙港的另一个名字也叫作三垄港。

东沙港繁荣安定,三垄港静谧安详。这种繁荣与安详是龟屿头的功劳。

站在东沙口或二垄滩头向前望去,有三个小屿,分别叫头屿、中屿、尾屿,看上去极像是一只静静趴在海面上的海龟,三个小屿连成一线,形成一道屏障横卧在东沙港的大门口,阻拦着从东海外涌过来的海浪,尽管有时候海面上惊涛拍岸,但东沙港内始终波澜不惊。

在龟屿的前方,隔着海面有一道逶迤的小山岭,从垄头湾延伸出来,极像是一条蛇,所以叫蛇山。龟屿和蛇山之间就是渔商船只出入东沙港的水道。这条蛇和神龟一起,共同担负起守护水道和东沙港安全的神圣职责。

传说,明清时期,沿海一带的岛屿经常有海寇、海匪、海盗神出鬼没,这些海匪不仅在海上猖獗疯狂,也会到岛上、岙口骚扰掠抢。每当海盗来临的时候,这只神龟就会和蛇一起联手,在渔船商船驶进东沙港之后,马上吞云吐雾,将水道严密封锁起来。海盗眼睁睁地看着渔商船只在眼前神秘消失,只好掉头远去。

不知过了多少年月,来了一个采宝客,看中了这只神龟,于是不停地在神龟身上挖掘,试图采走神龟体内的龟蛋。可是,不管他每天挖了多少土石,总有回去睡觉的时候,等他第二天再来挖时,这些土石已全部回到原位,神龟还是原来的神龟,身上毫发未损。直到某一天,采宝客正在挖土,突然天上下起了暴雨,采宝客慌忙躲雨,把铁质工具落在龟屿上,次日发现神龟身上的创口没有复原。这位采宝客灵感大发,觉得神龟最怕铁器,于是,每天劳作后都把铁器放在工地上。不久后,他终于如愿以偿挖到了龟蛋。神龟从此失去了神力,并僵化成了一堆礁石。

不知又过了多少年月,从外地又来了一个采药客,在蛇山上来来回回晃悠了几天,最后在蛇的七寸处狠狠挖走了一株千年宝草,这条蛇的命运从此也走上了龟的轨道。

这个传说从现实的角度来说有一个很鲜明的主题:龟蛇并非冷血动物,在它们的内心储藏着热血一样的正能量;而在一些唯利是图的人身上,正能量是他们膨胀私欲的眼中钉肉中刺。

二、小说版的故事

1978年春夏之交的季节,我跟着父亲和几位长辈在斧头屿捕墨鱼。虽然我已是一个二十啷当岁的小伙子,但什么也不会,不会划桨,更不会撒网,只能在山上干后勤,当个烧饭的火头军。

捕墨鱼的季候有潮汛,叫"水",潮汛之间有几天的休捕期。我们在白天涨潮的时间段,划着小舢板从斧头屿往家里走,划到赤礁附近的时候,海面上突然飘起了大雾,开始还好,龟蛇两山虽然迷迷蒙蒙的,但还能辨得清大致方向。可是没几分钟,雾越来越大,越来越浓,将海天连成混沌的一体,几十米外就看不清方向,真的叫找不到北,只好凭着经验和感觉一边朝前划桨,一边计算着潮水上涨的时间,以此来断定小船的大致定位。

不知在海上划了多少时间,就在快要筋疲力尽的时候,依稀看见前方有一道海岸线。划到岸边,通过礁石上的水位才知道,潮水已涨到了七八分,说明我们已经在海上漂流了三个多小时。仔细一看,发现眼前的海岸不是龟屿和蛇山,我们回家的目标依旧茫然,只好沿着山边顺着潮流徘徊前行。

海面上的大雾慢慢消失了。抬头一看,小船竟然顺着潮水漂到了仙叠岩下。此时,大家的心安定了,既然已经到了仙叠岩,既然大雾已不再浓厚,那就可以放心地回到龟屿头,回到三垄港，回到自己的家，无非就是再花一点时间和气力罢了。最后沿着山边往回走，又划了一个多小时，终于看到了龟屿头。当小舢板将要划进龟屿头水道的时候，划头桨的父亲情不自禁地大叫了一声："龟屿头！到了！"

这个故事是一篇叙述完整的小说，离开斧头屿是情节的开端，海上起雾是发展，迷失方向、看到仙叠岩是高潮，进入龟屿头之后是结局。最关键的是，这个故事是我人生经历中的一个非同一般的命运转折点。

1977年秋，全国恢复高考，我车船颠簸日夜兼程从湖北荆门赶回来，到家时离考试只有一个星期。在没有任何准备任何经验的情况下，我贸然报考了大专，最后名落孙山。第二年，我想继续报考大专，可母亲死活不肯，叫我必须考中专。为此，我们吵了好几架，母亲甚至用绝食的办法来威胁我，最后很生气地骂了一句："你别考算了，去生产队作息去！"就这样，我在生产队"作"了几个月"息"，之后又跟父亲来到斧头屿，之后就有了上面的小说故事，之后我偷偷报考了中专，并在斧头屿的这段时间内看了几本初中的数理化课本，之后我竟然以较高的分数被师范学校录取，之后才有了之后的之后。

这个小说故事告诉我：做任何事情都一样，要认清自己的位置，要找准自己的目标，要坚持不懈持之以恒不言放弃。

三、散文版的现实

自从被采宝客挖走龟蛋之后，龟屿头不再是神龟，不再吞云吐雾，但是，它依然兢兢业业地履行着自己的使命，尽职尽责地守护着东沙港的繁荣与安宁。白天，海面渔船穿梭马达突突；夜晚，港口渔火通明灿若繁星。站在东沙港口，龟屿头还是一只形象逼真的海龟。

20世纪80年代以来，东沙港陆陆续续发生了翻天覆地的变化，就像是一段段零七八碎的素材被组合成一篇完整的散文。

先是三垄滩的沙子没了。口袋里有了点钱的人们肩挑手扛车载船运，把那些金子般的沙子一层一层地挖掉，变成盖房子的材料，三垄滩似乎在一夜之间从美丽的沙滩变成了斑斑驳驳的乱石滩。我在《大龙岭散记》一书中用了一万多字的篇幅，描述了三垄滩的变化，一个文友说，一万多字其实只有三个字：沙没了。

接着是整个三垄滩没了。2002年8月，杨文隧道开工，次年10月建成；2003年12月，岙仔隧道开工，次年10月建成。在两条隧道之间，环岛公路从三垄滩的脊背上横穿而过，三垄滩由乱石滩变成了土石回填场。之后，一幢幢崭新的高楼大厦从三垄滩拔地而起，三垄滩彻底变成了钢筋水泥的建筑。

再接着是二垄滩、东沙滩没了，取而代之的是一条通向大王殿的公路。此时的东沙港不仅面积大大缩小，水深水位也变化很大，泊位明显减少，东沙港已不是原来的东沙港。

最后是龟屿头没了。2002年12月，东沙港的修复改建工程开工，2004年12月竣工。龟屿头变成了一条拦海大坝。龟屿头也消失了，消失在历史的记忆中，消失在几百年的故事情节里。

散文"形散神不散"，如果说龟屿头的前后变化是散文的形，那么，围绕这些变化的"神"就是经济建设。经济社会的快速发展，催促了东沙渔港日新月异的变化，也让龟屿头改头换面。不管怎么变，龟屿头还叫龟屿头，它的形没了，但它的神还在，它以另一种姿态展示于世人面前，用更坚硬的肩膀扛起了守护东沙港的历史重任。

四、诗歌版的畅想

这个畅想属于未来，属于永远的龟屿头，因为每一行诗句的吟就，龟屿头不仅是一个见证者，也是一个创作者，更是一个歌唱者。

2022年2月6日

摇啊摇，东沙搭桐桥

屿仔散笔

　　屿仔，是洞头十几个住人岛中面积最小的，长约0.4公里，宽约0.2公里，面积约0.08平方公里，岸线长约1.68公里，最高点海拔47.8米。从陆地面积看，屿仔原来应该是"屿"，而不是"岛"，这从它的名字上就可以一目了然。

　　屿仔不仅面积小，人居历史也是最短的。

　　大约是在晚清年间，乐清黄华一带（下岐头）有汪姓四兄弟，因为生活方面的一些原因，一起来到了洞头，其中有三个在鸽尾礁定居下来，只有一个不知出于什么想法，离开兄弟们，只身来到屿仔。在屿仔为数不多的住民中，汪姓人数占的比例比较大，这从某个方面说明了汪氏可能是最早来屿仔定居的。

　　随着时间的推移，慢慢也有人来到了屿仔，这些人有的来自乐清，有的来自三盘，所以，屿仔住民最早的交际语言是乐清话，"屿仔"这个名字也应该用乐清话来解读。这就牵涉到"仔"的文字写法。

　　"仔"，指的是人小（后引申到事物小），这个义项用于屿仔是可以的，但是写法有待讨论。首先，"仔"的写法基本上用于闽台粤港地区，在瓯越地区几乎不用。其次，在洞头（闽南）方言中，"屿仔"读作"屿啊"，"仔"不读"啊"。其三，"仔"在乐清话中也不读"啊"。所以，当"屿仔"一词见于文字之初就犯了"重其义而忽略其音"的通病。由此看来，"屿仔"相对比较正确的写法应该是"屿儿"。当然，本文的说法仅仅是一种探讨，不一定正确，即便是正确的，也不一定要把"屿仔"改名，毕竟它们是法定的，而且已经约定俗成了。

屿仔的移民不单单来自乐清、三盘，还有来自洞头本岛的。在屿仔随访的时候，听一个今年54岁的姓杨的男性讲了一个故事，这个故事是他爷爷传下来的。

杨先生的爷爷是鹿坑人，有三个兄弟。十几岁的时候，某一天，鹿坑村里来了一位外地乞讨者，年纪很大，看上去很孱弱，有气无力的，不知道是生病了还是饿昏了，行动很艰难。那天晚上，乞讨者就在爷爷的家门口过夜。第二天一早醒来，发现乞讨者已经死了。爷爷的父亲（应该叫"阿祖"）紧张极了，人死在门口，害怕会被人误会是自家人把他"弄"死的。于是，马上叫醒了爷爷的三个兄弟，赶快逃路，不然会吃官司的。三兄弟也紧张了，出门就跑，从洞头岛西部的鹿坑一直跑到洞头岛的东部，最后分开三路，一个跑到王爷宫，一个跑到杨文洞，另一个来到屿仔。

杨先生讲这个故事的时候，始终笑嘻嘻的，100多年前的"人命案"早已烟消云散。

但是，这个故事说明了一点，即屿仔的原住民分别来自不同地方，在年深日久的生活中，生活方式、语言交流，甚至是习俗文化产生了碰撞，最后融合在一起，形成了洞头列岛闽瓯文化的鲜明特征。语言的交流便是代表之一。

屿仔人一开始讲乐清话，尽管后来有闽南裔的移民迁入，但乐清话一直是强势语言，持续了100多年。随着闽南裔移民的逐渐增加，屿仔和洞头岛的往来关系也更加密切，无论是生产的还是生活的，洞头的人文元素逐渐占了上风。尤其是新中国成立以后，语言交流出现了飞跃性的变化，洞头方言从弱势变为强势，并慢慢同化了乐清话。

笔者在随访中遇到一位55岁的女性，用乐清话和她交谈，她说："我听得懂，但不会讲，我只讲洞头话。"在和杨先生交谈时，杨先生也讲洞头话，偶尔也会讲几句乐清话。他说："屿仔乐清话读作屿场。"笔者不知道他的"场"发音准不准，可能是"仔"的发音不准而音变为"场"。因为笔者觉得，无论是地理位置、岛屿面积，还是经济条件、人居规模，屿仔是绝对称不上"场"的。

除了两个50多岁的人，笔者还和几位80多岁的老人交谈，她们是从洞头岛嫁过来的，虽然讲的是洞头话，但乐清话也会说。她们说："现在的年轻人乐清话都不会说，小孩子连听都听不懂。"这就说明了乐清话的消失是在四五十年前。

屿仔的水资源非常匮乏。在不到0.1平方公里、最高海拔不到50米的小岛，植被稀少，积水面积小，蓄水能力脆弱，那是再正常不过的了。村中原来有一条瘦水沟，不到100米，平时听不到水声，只有在雨季才会看见小小的水流。水沟的源头有一个水井，是全村人生活用水之源，但那一丁点的水源根本解决不了全村人的饮水之需。于是，就划着小舢板到岛外取水，并且把该洗的衣被也带上，有的还是没水洗放了一个星期的衣服。他们生活中的吃喝拉撒有很大一部分时间就花在取水上。

取水的地方有三个：杨文洞、内瑾和三盘。九厅村的水资源比较丰富，而且离屿仔也不远，为什么他们不到九厅取水反而舍近求远到三盘去呢？况且三盘岛也是个水资源严重不足的地方。这里就有思维定式的问题：在他们的思想观念上、情感世界中，三盘比九厅更具亲近感。后来，随着历史的发展，特别是屿仔村归入九厅村管辖之后，他们就直接到大九厅取水了。还要说明的是，杨文洞和内瑾最早也是讲乐清话的，但它们被洞头话同化的时间要比屿仔早得多。

村中的水沟虽然水源不足，溪边的小径却是村里人来来往往的主要通道。二十几年前，水沟被填，变成路；几年前，路面拓宽，并用大理石砌成。这条路在村的中间，并没有把村庄分成两半，反而更好地把原溪沟两边的民居连在一起，成了村庄、村民的纽带。村民说：这条路是我们屿仔村的"五马街"。

屿仔四面环海，和它最近的地方是内瑾，潮水退尽之后会有一片海滩，村里人踩着海滩可以步行外出，但必须要在潮涨之前赶回来，否则，只好站在对岸望海兴叹了。杨先生说了一件有趣的事：村里有个姑娘要嫁到三盘下尾村，送嫁的人走过海滩，到了内瑾，爬上一道山坡，坐船到了三盘的大岙，再沿着曲曲折折起伏不平的山路到下尾，一路走下来要用上半天时间，人疲乏得不行，就连新娘也快要变成"旧娘"了。

直到 20 世纪 60 年代中期，这种落后的交通状况才得到了根本性的改善。

1966 年，政府投入资金，在屿仔和内瑾之间建设了一座石料

摇啊摇，东沙搭桐桥

结构的人行桥，当年 6 月动工开建，11 月竣工。桥长 37 米，宽 2.5 米，这在当时是洞头最大最长的桥。桥名叫"东方"，寓意东方红，带着很明显的时代印记。屿仔村人都叫它"东方红桥"，并且很自豪地说：这是洞头第一桥。但是，如果从建设时间看，应该是"第三桥"。第一桥是后垄的石拱桥，建于清嘉庆年间，距今 200 多年了。第二桥是桐桥脚的胜利桥，初建于 1957 年 7 月，也是石料结构，1987 年重建，为水泥建筑，2005 年再次扩建，桥长 22.34 米，一孔，桥面净宽 5.9 米。当然，如果从三座桥的长度上看，东方桥称为"第一桥"还是当之无愧的。

有点可惜的是，东方桥在杨文工业区的建设中被拆除了。杨文工业区一期、二期围垦大坝建成之后，东方桥不见了，环岛公路从燕子山隧道出口，经过屿仔村口时，公路从旧桥址上横贯而过。这里要说的有两点。第一，桥没了就没了，社会的发展不是一座小桥能阻止得了的，只是作为历史印记，应该在它的遗址边上立一块石碑，刻上相关的文字说明，让后人记住这里的曾经，也让外来人对洞头有更进一步的了解。第二，杨文工业区的建设让屿仔村前的海（"后海"）彻底消失，屿仔和洞头岛连成一片，已经不是一个"住人岛"了，最好改写或取消它"岛"的身份证。

屿仔还是原来的名字，但已不是原来的村庄。不管从哪个角度说，屿仔村再也不是"洞头最小的住人岛"了，它正迈开新的步伐走向新的世界，它正容光焕发迎接新的未来，也许不久的将来，这里会展现出一张就连它自己也感到诧异的美好蓝图。

2022 年 1 月 16 日

东浪西浪

浪潭是个有记忆的地方。时间链接到1972年。

刚过完春节没几天,我便背着简单的行李来到浪潭中学,重读了一年初二。

这是有原因的。这一年,洞一中开始招收全日制高中班,班级有限,名额有限,而需要读书的人很多,偏偏这一届的高中无须文化考试,因此,开后门拉关系的,能够进入这一届的高中生,或多或少都有一定的家庭背景。我的家是寮顶村,当年初中毕业十几人,但高中名额只有四个,只好由大队部成员中的党员抽签来决定。在这个前提下,我与高中无缘。

浪潭中学兴办于1970年,堂叔庄瑞雄当时在浪潭中学代课,教物理。他对我的情况深感不平,说了句"这孩子应该读书",于是,给了我倾情的关心,带着我来到了浪潭中学。

浪潭中学在西浪村,是公社政府所在地,比其他村庄要热闹得多。但毕竟村庄规模小,几十分钟就可以把左邻右舍走个遍。同学对我很好,总担心我会无聊寂寞,常常在周末邀请我到其他村走走,或者陪着我在西浪村的周边山岭玩耍。所以,每个星期天都是我最兴奋的，有上等嘉宾一样的待遇，有山上奇岩怪石的欣赏，有海边玩沙听浪的欢笑。

记忆最深的一次是去沙岩看电影。四五个同学吃过中饭后就出发了，从西浪村后的山坡上，沿着弯弯扭扭的山路向山顶走去，途中经过一个水库，不是很大，但周围的环境相当优美，绿树翠竹环抱在水库周围，水质很清，水面上荡漾着微微波澜。水库旁边有个村庄，叫上西垄，一个姓王的同学家就住在村里。由于看电影是首要任务，所以并没有在水库边上玩耍，也没有到同学家坐坐，继续喘着粗气向上行走，一直到了一个叫十二盘的地方才坐下来稍息片刻。

十二盘，很有特性的名字，用简单的素描就把山形山势勾勒得生动形象。

站在十二盘的山岭上，大门岛南部片区呈现在眼前，山坳边的村庄或隐或现。同学指了一下手指："看，那个就是沙岩。"我指了一下手指："哦，好近啊。"同学们都笑了：是近是远等会儿就知道了。

从山上下来只有一条路，弯来扭去的，几乎都是台阶。都说上山不易下山难，刚才爬山爬得两条小腿酸溜溜的，现在下山没走几步两条大腿也酸溜溜的，而且不停地发抖。不知走了多少时间，踩过多少台阶，终于到了山下的岙面村，抬眼一看，沙岩村不知躲到哪里去了。于是，又在田埂上山脚边走了几十分钟，终于到了黄岙公社的所在地——沙岩，看到某商店里的闹钟，4点差10分，离放映时间还有一个多小时。这一路走走停停走了三个多小时。

电影票一毛五一张，光面一毛钱一碗，五个同学一共花了一块二毛五的巨资，吃了一餐豪华的晚餐，看了一场奢侈的电影。

电影放的是什么已经全然没有印象，只觉得电影还没结束我们就启程了。路途遥远，回家晚了我倒无所谓，同学可能会挨骂；山路崎岖，万一出了点什么事，那就"皇天三宝"了。回家的路上几乎一路小跑，肚子里的光面早就化作一泡尿水，身上流的汗水全都是透支的。到了岙面村，接着就开始爬山，我实在走不动了，同学支了一招："一边爬一边数台阶。"果然，注意力一分散，爬山似乎也没那么累了。到了十二盘的山上，汇总了一下数据，五个同学五个答案，最多的是1520多台阶，最少的是1480多，相差只有几十步，可见我们的数学水平是不相上下的。

这一次的印象真的很深刻，以至于后来常常挂在嘴上，津津乐道，甚至萌发了找个时间重走一遍的念头。三年前，师范学校班级同学会在大门举行，游玩了龟山。借这个机会，我特地从龟山步行下山，重走了一遍当年的山路。没想到的是这条山路竟然比几十年前好走多了，不到半个小时就到了山下。然而，抬头一看，山下的村庄并不是岙面村，而是甲山村。原来我走的不是十二盘！不管怎么，几十年来的心愿总算了结了。

回到东浪西浪的村名上来。

浪潭是行政区域的名称，以前叫公社，后来叫乡，现在是社区。东浪西浪分别是浪潭属下的两个行政村，浪潭的名字与它们的"浪"有关，"潭"呢，是潭头村。三个村庄在大门岛的东南端，是浪潭社区最有代表性的村庄，所以，各取一字而命名。

当地村民把东浪西浪叫作"LO DO"，只是语音上的读法。

摇啊摇，东沙搭桐桥

我曾问过一个同学，"LO DO"的文字怎么写，同学说"浪挡"，我大惑不解，好端端的村名怎么会叫"浪荡"？同学说，是浪挡，挡住的挡，不是浪荡。至于为什么叫"浪挡"，同学也是一头雾水，说不出东南西北子丑寅卯，毕竟是在"文革"的时代背景下读完小学进入初中的。现在，几乎所有的文字资料都写成"浪挡"，有的资料还解释，因为村庄处在大门岛的东部，阻挡着海面上的风浪，所以叫"挡"。不过，我觉得这种解释还是属于一般的"套路"，即，根据口头上的读音选择一个同音字替代，再根据同音字的意义去解释最初的起名之义。这种地名解释方法很普遍，甚至已经约定俗成。在没有新的解释出现之前，约定俗成的认可度是最高的。

我以为，"浪挡"应该是"垄当"，理由很简单。

在东浪和西浪之间，有一条山岭隔着，好似一条门当隔着两个自然村，这就是"垄"，垄的西面叫西垄（垄西），东面叫东垄。另外，西浪村西面山坡上的村庄叫"上西垄"，它的方位就是以西浪村做参照的，西浪村就是"下西垄"。可是，上西垄旁边还有一个自然村叫下西垄（水库边），这又怎么解释呢？我的理解也很简单，上西垄、下西垄原来只有"上西垄"一个自然村，"下西垄"的村居形成时间较晚，且与"上西垄"之间有一段小小的距离隔开，形成了两个小片区，后来"下西垄"就成了自然村。因为一直以来西浪村都没把自己说成"下西垄"，所以，多出来的自然村就叫作"下西垄"，既然这个名字你西浪村不用，那就给新的自然村用吧，不过，它的参照点是上西垄，而不是西浪。

当然，这种解释也只是一种"臆想"，不一定正确，即便正确了也不一定得到认可，但作为一种探讨性分析还是可以的。

东浪西浪还有许多故事，其中有两个顺便说说。

五个沙岩看电影的同学中有一个是东浪村的，后来一起上了高中，第一学期结束后，我向母亲讨了十块钱，叫这位同学回家买几斤黄花菜，他家里的金针我吃过，很好吃。但是，第二学期一开学就听到了一个坏消息：这个同学放假期间约了几个人去龟岩玩，发生了意外，从山上摔下来，走了，还不到17岁。

另一个同学是西浪村的，看电影的巨资花费就是他掏的腰包。初升高考试时他演出了一场非常豪迈的剧情，把所有同学都吓愣住了。考试在黄岙中学进行，就考一门语文，而且只是写一篇作文，题目是《喜讯》。这位同学在考场上抓耳挠腮坐了不到半个小时，突然起身，说了句"不考了"之后，把没写一字的试卷交给老师，然后抬头挺胸走了。对了，把"LO DO"说成"浪挡"的就是他。从那次考试之后我就再也没见到这位同学，听说他后来生意做得不错，几十年了，现在如果见了面，他可能还会记得起我，但我肯定会认不出他。

东浪西浪是一段纯纯的岁月，有若许涩涩的故事，就让它留在记忆中吧。

2022 年 6 月 7 日

摇啊摇，东沙搭桐桥

潭头散说

潭头村位于大门岛中部的东南面，有潭头、大树下、三湾、三份头、下沙头五个自然村，行政村部在潭头。除潭头村背山面海外，其他四个自然村均错落在大门岛东南部的山腰、山头上。

这是有历史原因的。

陆地与陆地之间的水道叫"门"，潭头与青山岛之间的水道叫"大门"，是古代商船、渔船通行的主要航道，也是海盗经常出没的地方。潭头村地处海边，自然是海盗看中的首要目标。为了尽量避免海盗的骚扰，岛上居民能躲则躲，总不能傻乎乎地呆在海边坐以待毙吧。于是，迁居山上是他们的不二之选。这一点，从居住人口的数量上比较就可以知道，最初的潭头村只有三四户人家，远远比不上其他四个村庄的人数。

但是，潭头是个很不错的港湾，也是大门岛上的居民离岛出入的必经地之一，也是培育渔业、运输业乃至商业的良好土壤。随着海盗的消失，人们又开始瞄上了这块风水宝地，潭头的人气逐渐旺盛起来，从潭头村现有的姓氏情况看（有二十几个），其居民是从四面八方迁移过来的。最终，不管从交通环境、人居规模还是经济总量,都成了五个自然村的老大,也就理所当然成了行政村部的所在地。

第一次到潭头是在 1972 年,那时我才 15 岁。登上大门岛的第一站就是潭头。潭头留给我的印象是个很不错的岙口村,海面上停泊着许多大大小小的船只。上了块石砌成的码头,就直接进入村里,有一条几十米长的街道,两旁有好多各种各样的商铺,都是民居商铺两用的。还有一些公家的房子,如水产公司、运输公司等。最吸引人的是海滩上的造船厂,机器轰鸣声、铁器锻打声、人群叫喊声……很有繁荣的景气。

随着潭头村的逐渐热闹,住在山上的人着了急。海盗早已经没有,但他们的生活条件没有根本性的改变,生产方式也受到了极大的限制,尤其是改革开放之后,所有的人都往有钱赚的地方走,山上那几亩土地根本留不住前行的脚步,于是都想搬迁到潭头来。可是,潭头毕竟是海边的一块滩涂,没有拓展的空间和余地,容纳不了更多的人挨肩挤背住在一起。直到 1993 年,经上级政府批准,在滩头港口外筑起了一条 350 多米的拦海大坝,在沿经潭头村的环岛公路上方山体上开山取土,填入堤内。经过一年多的努力,终于形成了 150 多亩的地块,专门用作村民建房的宅基地,原山坳里的村民陆续迁入,潭头自然村变成人居集聚的新村。

随着码头设施的不断完善,现在的潭头村道路交通四通八达,产业结构也在转型升级,造船、机械修配、石油供应等产业相继出现,旅游业、饮食业、商贸业应运而生,潭头村是越来越热闹了。这种热闹产生了强大的气流,产生了强大的集聚效应,其他四个村就这样被吸引过来，自身就这样渐渐冷落了，变成了废弃村。

从名字上看，五个自然村的命名几乎差不多，土得掉渣，但土中凸显出最原始最原生态的特征。

潭头，即海边的意思，涨潮时是一汪海水，退潮时是一片泥滩，这片泥滩天文大潮时会和原来的黄呑泥滩连在一起，潭头处在最东边的位置，自然就成了"头"。可是，为什么是"潭"呢？查了一下《说文解字》《康熙字典》等，解释为"水"，"出武陵潭成玉山，东入郁林"。《新华字典》解释为"水深之处"。一般来说，潭水指的是山上淡水，而不是海水，但在潭头村境内，并没有此类的水潭。所以，"潭头"的"潭"应该从语音上去分析，可能是"滩头"，也可能是"坦头"。此外，有人认为，村口的泥滩经过海浪的冲刷，逐渐形成了一个水坑（潭），因此而命名。这种解释显得比较勉强，摆脱不了"潭"字意义的束缚。再说，村里并没有"海浪冲刷的水坑"，何潭之有？

大树下，顾名思义，村庄的命名与大树有关，而且，大树的年龄要高于村龄。确实，村庄里曾有一棵朴树，据上了年纪的人回忆，朴树枝干粗壮，必须要三四个人才能合抱，树冠亭亭如盖，遮阳纳凉，树根盘错遒劲，或许还能有树洞。树底下是村民们聚会聊天的好地方，更是孩童戏耍的乐园。这种情况在中国的大部分乡下都能看到。只是这棵大树在1958年时被砍倒，劈成木柴用于烧火了。

三份头，如果从字面上去理解，听起来就有点股份合作的意思，所以，"份"还是要从语音方面分析。据说，最早定居在这里的是朱、陈、叶姓三户人家，那么，问题就迎刃而解了，三份头可能就是"三户头"的音误，"头"，带有偏远、山头的意思。我的一位高中同班同学（当然，在浪潭中学读初二时也是同学）姓陈，就是三份头村的人，我曾受他的邀请到过一次三份头，因为过客匆匆，印象极为淡薄，好像只有十几间的石头房，错错落落的，现在，就算把脑海里的记忆全部倒腾出来，也想不起来了。

三湾，应该是最明显的音误。它不在海边、水边，哪来的"湾"呢？原来它的正名叫"山弯"。

最后是下沙头，也有点迷糊，它也不在海边，与"沙"甚远，为何取名下沙呢？而且，从这么简单的文字上看，是不用通过语音来分析的。还好，有个"下"做了补充，原来，在村庄的山脚下有一个小小的沙滩，故名。这么一解释似乎也顺理成章了。

名字是老祖宗起的，是土是雅也就这么定了，并不是说非得将村名进行美化和更改不可，只是作为后来人，应该要知道一点老祖宗最初起名的原因与用意。

当然，村庄周围的自然景观是老天爷给的，这给后人留下了一笔宝贵的财富。

在潭头村的地盘上，最有名的风光应该是岩石、沙滩、山洞，山有猴子山、鲤鱼山，岩有刀鹰岩、摇动岩、猪母娘岩等。岩石形态是大门岛上自然景观最为突出的特征，也是最为丰富的旅游资源，潭头村的岩石景观虽然没有龟岩、观音礁、和尚岩、舢板岩等景点那么热门，但总有一天它们也会在大门旅游这本书

067

上占有它的一页。

在潭头村的东面还有一处名为"沙岙儿"的沙滩，沙滩岸边有一个可以容纳百余人的山洞，抗日战争期间，日本人就是在这个沙岙儿登陆，在山洞中聚集，然后登上大门岛的，并在山上建立兵站，控制着海上水道，这个沙岙儿就被日军侵占为"港口"。

历史不可能倒退，尽管潭头行政村下辖的自然村有的已经废弃，而且，这些废弃的村庄终有一天会在人们的记忆中消失，但是，它们也曾有过自己的脚印，也留下了它们曾经属于自己的名字。

其实，这些自然村的精华并没有消失，它们正以新的形象、新的姿态，把自己新的思想、新的魂魄融进了潭头村，和潭头一起，大踏步地走向新的境界、新的世界。

2016年7月5日初稿

2022年5月25日修改

修复摩崖石刻

灵潭摩崖石刻快要消失了。

在洞头,历史遗留下来的摩崖石刻不多,据文物部门资料显示,目前只有三处:霓屿灵潭石刻,在霓岙正海滩边的山坳处;大门岛的浴潭石刻,在西浪与东浪交界的山谷溪流附近;大瞿岛上的士兵石刻。浴潭石刻没有任何资料解释,士兵石刻的来历也不清楚,似乎跟郑成功的练兵有关,但也没有考证。霓屿灵潭为古代求雨的处所,史料上有记载,其石刻与求雨有关,但石刻的具体年代不详,有可能产生在明末清初。

霓屿灵潭石刻解密于1980年秋天。之前,石刻的内容无人知道,当地人称之为"无字天书"。因为各种原因,在揭开石刻面纱之时并没有弄清石刻落款处具体年代和相关人物,虽然后来洞头文物所的工作人员经过了几番努力,但还是没有弄清。1986年10月,灵潭摩崖石刻被定为洞头县第二批县级文物保护单位。

四十几年前的灵潭是什么样子的呢?实话说,不怎么样。

它只是一个小水坑,只有几平方米大,被两块大石头夹着,其中一块就是摩崖石刻。水坑中有好些乱石,好像是从山坡上滚下来的，七零八乱地躺着，长满了绿苔，可见也有些年头了。后来，文物部门对水坑进行了清理，水潭才有点"潭"的模样。

不过，水很是清冽。站在潭边，可以看见水面轻轻飘过的白云；坐在水边，可以听见水流的呼吸；躺在石上，可以让蓝天白云淙淙流水走近身体，走进心里。顺手掬起一口放在手上，手心仿佛有按摩师的动作，放入口中，胸腔腹腔就有了一道甜滋滋的清凉。"潭"虽然有些夸张，但"灵"是无可挑剔的。

几十年过去了，如今的灵潭怎么样了？实话说，更不怎么样。

山上的溪流没了。原来的霓岙正岙口是一片海滩，虽然不大，却很富饶，这里的蛏子是霓屿最有名的。山上的溪流在灵潭逗留了一阵子之后，又生机勃勃地流向山脚，流到海滩上。现在，岙口没了，被山上挖下来的泥石填平了；溪流也没了，不知在哪个转弯处不见了，灵潭似乎被截断了下肢。灵潭没了水，潭已没潭，灵也不灵了，成了一个虚有的名字。

摩崖石刻没了。原来的摩崖石刻被历史湮没了好多岁月，被风雨侵蚀了好多春秋，本来就辨认不清，现在就更加模糊了。几十年的时光很短，但是，缺乏保护的文化其消失的速度有时甚至可以用分秒来计算。几十年来，除了当初破解灵潭之谜的时候有人来问候过，除了把它立为文物保护单位之时有人来访过，其余的日子里，灵潭是寂寞的，原来就病病恹恹残缺不全的摩崖石刻现在已经进入了风烛残年。

通往灵潭的路没了。原来在霓岙正的岙口沿着海滩边有一条崎岖狭窄的小路，那是霓岙正人在山脚下劳作走出来的，现在已被挖石料的挖土机弄没了。在离灵潭大约100米的山脚,有一些石头砌起来的矮墙,那是劳动者开山造地所留下的痕迹,石头上覆盖着厚厚的绿苔,说明这些山地已经荒弃好多年头。荒地上、山坡上长满了荆棘,肆无忌惮地缠绕着灌木丛,宛然就是密密层层的"铁丝网"。眼看灵潭就在不远处,如果没有工具"开路",单凭赤手空拳的热情,根本无法走到它的跟前。

惦记的人没了。原来的石刻虽然看不懂其中的内容,属于"无字天书",但终究还有人记着。在这本"天书"中,人们寄寓了很多美好的愿望,包括那些"天书中记载的金银财宝埋在哪里"的想象。如今,已经没那么多的人去谈灵潭、谈石刻了,就连霓岙正的人也显得漠不关心,甚至很多年轻人都不知道哪是灵潭,何为石刻。据说,几年前,霓岙正开山挖石之际有人就想把灵潭一锅端掉,只是因为有些人士极力反对,才得以幸存下来,但此举之后,似乎也没人记起它了。

虽然,石刻面临消失,但是,灵潭可以重生。

作为县级文物保护单位,灵潭摩崖石刻是有一定历史分量的,如果就这样让它默默地无声无息地消失,只剩下一个空壳牌子,看不到一丝一毫的文化因素,那么,这样的文物保护单位还有什么意义呢?只有对它进行全力保护,才能使之生命得以延续,只有不断注进新的元素,才能让它焕发出新的生命光彩。

首先,修复摩崖石刻。修复的重点是"灵潭"二字,因为这二字已经得到了普遍的认定,包括文字内容和书法风格;抬头处的文字尚有争议,应在加强历史考证的同时,广泛征求社会各界的意见,从而达成一致的修复方案;落款处如果实在无法考据,则可以用修复时间为补充表达。在修复摩崖石刻的同时，对灵潭进行拓深拓宽，赋予灵潭新的灵气。

或者，迁址新建灵潭。如果摩崖石刻已无法修复，则可以采取迁址新建的办法，让灵潭获得重生。山体的挖掘使灵潭周围遍体鳞伤，但开山者"手下留情"，在灵潭下方的山脚下，霓峹正海滩并没有全部填死，还留有一个400多平方米的水池，形成半月状，山尖另一侧面的一条小溪被拦腰截断之后，顺着山边改道而行流入水塘，并在入口处有20米高的落差，形成一条婉约的瀑布。从这些情况看，迁址新建的方案也许是最佳的选择。

其次，增加文化内涵。不管是修复还是迁建，文化底蕴是灵潭的灵魂，除了本身的摩崖石刻之外，还必须增加新的文化内涵，比如诗词、楹联、书法、壁画等。从现场情况看，水塘三面环山，山上的立崖是迁建的灵潭最丰富的艺术展示点，可以将文字、图画的艺术内容用摩崖石刻的形式展示出来，形成以石刻为主的文化旅游景点，让它像望海楼一样成为洞头旅游的地标。

第三，优化周围环境。在原来通向灵潭摩崖石刻的入口处（水塘边），是那几块以前农民垦荒出来的耕地，现已废弃，杂草丛生。可以充分利用这些难得的土地资源，因地制宜地构置仿明清风格的亭台回廊、楼阁榭栏，植以花草藤蔓、丛树修竹，美化灵潭形象，优化灵潭环境，增强灵潭气质，提升灵潭品位。

第四，拓展景区范围。一是在灵潭遗址的山溪边沿山尖修建木栈道，使灵潭景区与山尖观景平台连成一体，同时，对山溪边的奇岩异石进行开发，增加新的旅游景点。二是将灵潭的文化旅游和田峹宁海禅寺的宗教旅游、网寮鼻海滩的湿地生态游结合起来。三是打通灵潭景区至霓岙正（三条垄）、桐岙、长坑垄（田岙）的通村公路，以灵潭为中心点，带动霓南、霓北片区的农家乐经济发展。此外，要加大停车场、旅游服务等配套设施的建设。

总之，不能让灵潭和灵潭摩崖石刻成为过去，成为记忆中的谜团，应该赋予它新的生命，让它在新时代的背景下重获新生，并以崭新的面貌成为洞头的又一块新时代的石碑。

2022 年 3 月 1 日

摇 啊 摇 ， 东 沙 搭 桐 桥

第二辑

摇啊摇，东沙搭桐桥

正洞头随笔

正洞头的完整读法是，洞头县洞头公社（乡）洞头大队（村）。撤县建区以后，乡成了街道，村变成社区，读法也没这么顺溜了。当然，一个村庄的名字居然能够跃升为县级行政区域的名字，这在全国是很少见的，不得不说这个村庄名字很牛，可以名正言顺地称之为"正洞头"。本文暂不说它到底为什么牛，而是通过随心漫步的形式，拾几块半个世纪以来留在脑海里的记忆碎片。

从蓝港新村旁边的停车场起步，抬头就看见了杨府宫庙。据说这个宫庙建于乾隆年间，距今有将近300年的历史，但宫庙不是原来的宫庙，曾经过几次翻修与扩建。因为有了宫庙，这地方的名字就叫作"宫口"。站在宫口，自然就会想起那首洞头人耳熟能详的《鹁鸟歌》，这是洞头第一首土生土产的民谣，应该有200多年了吧，可以说是洞头本土文化的经典之作，我把它称作"洞头诗经"。

从表面上看，杨府宫庙气势有点庄严，但是里面所供奉的"神仙菩萨"有点杂，主供神是杨府爷，左边是观音大士、三王爷、孟良、焦赞、土地公，右边是如来佛、妈祖、招财爷、太岁爷、花粉娘娘。这种情况一点都不奇怪，在洞头的有关宗教庙宇场所，此现象比比皆是，因为在洞头民间的信仰中，佛道儒三教没有明显的界线，甚至还会混杂在一起，这几年稍微有区别，但在信仰方面是从不排斥的。这也可以说是洞头本土文化的一大特色。

宫口的两侧有两个岙口，一个叫渔岙，在宫口东边；一个叫岙内，在西边。不难看出，一个"内"就把方位学在地名上的运用表现得很清清楚楚。

岙内是个避风良港，每当台风来临之前，这里就泊满了各种渔船。渔船停泊得很有规矩，大大小小一排一排的，白天站在山上看过去，就像是阅兵场上整齐的队列；夜晚站在海边看过去，桅杆上闪着一串串的灯光，相互辉映，很是耀眼，从岙内一直延伸到洞头江的海面上。于是，这个场景就有了很有诗意的名字，叫"渔港灯火"。20世纪80年代初期，洞头的旅游业筚路蓝缕之始，"渔港灯火"就被列为洞头十大景观之一，可见气派之非凡了。

新中国成立初期，洞头乡组成一支造船队伍，在后垄办起了造船厂，二十几年后，因为滩涂淤积，造船厂迁到岙内，岙内便一度热闹起来，与之配套的一些行业也冒了出来，比如机械厂和一些村级工业，以及国家粮食供应基地、民用战备粮食仓库等等。但这种热闹场景维持的时间并不久，随着南塘围垦的建成，岙内滩涂淤积成了陆地，避风港的功能似乎在不经意间消失殆尽。沧海变化之后并不是桑田，而是一幢幢崭新的住宅，是温州市第一个"小岛迁"的建设项目,它们叫"蓝港花苑""望海小区"。

相对于岙内,渔岙一直以来都是很繁盛的。本地有句俗语:东泊(pā)西泊不如三沙,东靠西靠不离洞头岙。可见渔港的重要作用和繁荣程度。这里有一座码头,记忆中是用条石砌成的,它承载着客运(洞头至半屏)、渔业、商贸等繁重任务,而且常常作为军事码头使用,是远近闻名妇孺皆知的"洞头埠头"。

渔业方面自然不用多说,洞头渔场是浙江第二大渔场,凡是南来北往的渔船都会在这里休憩补给。这时候,码头边上人挤人头碰头,其中不乏舟山、沈家门方面来的渔民,这些人似乎很有钱,上岸后见啥买啥吃啥,说话语调奇怪,所以,本地人就把他们统统称为"北儿人",洞头方言有"北儿人说北儿话",意思就是"听不懂"。

商贸方面就更有点历史了,新中国成立前这里和台湾一直通商,也因此产生了好几个富甲一方的商业巨头,比如叶美玉就是。有句话叫"美玉家伙",意思是家底很厚,很有钱。那座建在岙内的叶宅,三层楼的四合院,在整个洞头境内是独一无二的,现在被列为文物保护单位。

1957年,洞头码头改建成军地两用码头之后,洞头江的海面上常常有军舰炮艇之类的家伙,本地话称之为"拜下颔"的运输舰会咣当一声把下巴架在码头的条石上,随后,汽车、大炮、士兵、炮弹等等一股脑地呈现在眼前,但是谁都不敢靠近,只能吊着心情看热闹。

渔岙牛的地方很多,比如冷冻厂、农机厂、鱼粉厂、水产食品加工厂等，都是一些国营、大集体编制的单位，只有居民户口或有关系的人才能在此工作，大多数人只有羡慕的分儿。1973年，读高一的我在农机厂干过一周的粗活，那是因为学校的学工学农活动，并非祖坟冒了青烟。农机厂的隔壁是豉油厂，几个饿昏了头的同学偶尔会翻过围墙，偷偷勺一口半成品的豉油吃，那种香味，一直粘在记忆里。

1966年夏天，73岁高龄的毛泽东爷爷再次横渡长江，这一壮举也给洞头江带来了故事。洞头政府为了纪念毛主席的"横渡长江"，不定时地举行了几次横渡洞头江的活动，那场面，用红旗招展、锣鼓喧天、人山人海来形容一点都不为过。江对面的韭菜岙沙轮上、码头边上的房左屋右路头路尾全都是人，挤得水泄不通；江面上除了芝麻大的人头之外，最吸引人眼球的是那些跟船一样大的口号招牌，在海面上飘啊飘摇啊摇。当那些人游到码头上岸的时候，一个个满脸的兴奋，表情中写着"骄傲"，虽然大家都是海岛人，但并非每个人都是能游水的汉子，即便能狗刨式来几下，但也不是人人都能横渡洞头江的，更不是谁都能有幸被活动组织者看中。可以不夸张地说，在那个年代能够被选上参加纪念活动，那是一辈子都值得回味的。

说了宫口的东西两侧再回到宫口，沿着一条窄窄仄仄的台阶小路，慢慢向山顶走去。别看这条长不及百来米、宽只有两米的弯弯扭扭的"踏步阶"，它可是当初洞头最热闹也是唯一的街道，也是300年来"正洞头"的标志所在。这里有吃喝玩乐一条龙的服务项目，那些在海上漂流久了的人，一上岸就来到这里，各取所需，各尽所欲。

台阶小路一直热闹着，即便是城镇化建设日新月异突飞猛进的今天，也不曾寂寞。走在小路上，两旁是别具一格富有渔村色彩的墙画和外观装修颇具创意的民宿，小路成了网红打卡地，正洞头也很自然地成了"七彩洞头"。走到宫山顶，有个很袖珍的文化小广场，有《鹊鸟歌》《百鱼图》等壁雕，把七彩洞头的内涵推到了顶端。

宫山顶文化小广场建设之初，退居二线的文联副主席张志强先生负责洞头村"花园村庄"的党建指导工作，嘱托我为文化广场写一篇赋。宫山顶的山也叫宫顶山，于是，就取名为"宫顶山赋"，洞头区书法家协会主席陈海友先生为此赋书写。也许张先生觉得此赋还有点"个性"，就把它版刻在村口的入口处。

在洞头村周围，随便走上几步都能走出一大段的"随笔"来，这种情况不只是我，随便哪个人都有这样的感觉，因为在每个洞头人的心里，洞头村是一个抹不去的情感记挂，是当之无愧的"正洞头"。

随笔结束之前，且把《宫顶山赋》附录于下。

宫顶山赋

宫顶山，位洞头江畔，因山阿有杨府宫，故名。为洞头岛最早移民居住地之一，自古以来人口集聚，渔繁商茂。丁酉年春，花园村庄建设鼓鸣旗展，宫顶山焕然一新，乃为之赋。为赋者，洞头山民庄稼汉也。其辞曰：

洞名村落，追源溯头。

肇自唐宋，历阅烟云史页；盛于明清，承继酸甜春秋。
村口有宫，曰之杨府家庙；庙门临江，便其檐橹掉头。
披星戴月，祖辈餐宿何歇；牧木渔鱼，后侪耕耘不休。
日升日沉，染乎霞光水色；潮起潮落，舞分海燕沙鸥。
风帆点点，不惜澜波涛浪；商贾碌碌，只为柴米盐油。
出山入海，白昼黑夜交臂；望夫盼子，青发皓首凝眸。
几家灯火，伴随星闪辰烁；一曲鹊鸟，吟尽闽思越愁。

洞天福地，从此开头。
立足山顶，海天放眼皆悦；躬身脚下，景色俯首尽收。
岩兮仙叠，奇崛怪异危石；山兮半屏，云蒸霞蔚轻舟。
掉头江畔，携手通衢达道；杨府宫旁，比邻新宅高楼。
载歌载舞，快乐只需心善；且居且业，勤劳自有天酬。
果乎沐春，福祉荫其百姓；地也向阳，美名传之九州。
群策群力，和谐社会再构；同心同德，花园村庄复求。
征程展望，儿孙百世幸庆；蓝图绘就，乾坤一代风流！

2022 年 4 月 27 日

摇啊摇，东沙搭桐桥

霓屿记忆

霓屿给我印象最深的有四个地方。

首先是山尖。

1980年7月，从乐清师范毕业后我就一直待在家里，等待县教育局的分配通知。总觉得，凭着我的毕业考成绩，分配在本岛应该没有问题。可是，等啊等，等到的却是一个出乎我意料的结果：分配到霓屿中学。

9月初，我带着行李来到霓屿，来到山尖，此时，开学已经有一个星期了。

第一次到霓屿在风打岙乘船，渡船在海上颠簸了一个多小时后到了东岙（现在叫桐岙）码头。上了码头之后，一切都很陌生，抬头看看山尖，脖子都看酸了也看不到学校。旁边的人说，学校在那边的山坡。接着，他给我指了一条路，说，到山尖只有这条路，一直走就是了。说好之后还特地回过头看了看我。

从东岙到山尖的山坡，爬了近两个小时，其中休息了三次，一屁股坐在地上就很不想再站起来。爬上山坡之后，山尖还在头顶上，还要抬头看，到学校还有一段沿着山坳坳蜿蜒前行的不短的路程。到学校之后，我的双腿、四肢、全身都快酸成醋了。

从此，我变成了山尖的一个分子。

山尖是寂寞的。除了日升月落，除了风霜雨露，除了鸟叫虫鸣，剩下的就只有孤独的身影了。此时，白天从教室里时时传出来的琅琅书声就是最美妙的音乐，夜晚在寝室、教室里恍惚闪烁的灯光就是最好的憧憬。

山尖是艰苦的。学生全体住校，学校食堂只提供蒸饭，没有烧菜，学生们每日三餐吃的是"五谷杂粮"，一个星期两三斤大米，伴着番薯、番薯丝、马铃薯、蚕豆干等。吃饭的时候没有餐桌，就把饭盒端到寝室或教室吃，甚至有很多学生端到校舍边的松树底下，因为他们不想让老师看见没有菜、干吃的场面，但他们会经常把自己从家里带来的咸鱼干悄悄拿给老师。

山尖是简约的。春天的时候，满山都是迷雾，教室里的黑板涂上了一层厚厚的水珠，老师上课用不着粉笔，直接用手指头在黑板上写字。秋天的时候，满山都是西风，唱着单一的调子，山坡上的树枝跳着婆娑的舞蹈。此时，山尖就成了偌大的舞台，老师、学生是演员，花花草草是观众，蓝天白云（有时是黑天乌云）是舞台背景。

山尖是美丽的。站在山尖最高峰，不需要极目眺望，四周的景色都会环绕在身旁，乐清湾的风帆、瓯江口的滩涂、飞云江畔的云彩、东海的波澜都会收在眼里。此时，周围的景色全然成了点缀，成了衬托，因为独立在山尖顶上的人才是最美丽的剪影。

山尖是快乐的。除了风声雨声还有读书声，还有笑声和歌声；除了脚下的山坡，还有眼前的路程和心中的畅想。

山尖，可以用许多的形容词来比喻，但这些形容词已经在心里酿成了醇醇的记忆。

2003年，县文联将出版《蓝土地文库》，其中有一本报告文学专辑，邱国鹰老师布置给我两篇写作任务，其中一篇写的是霓屿学子黄小波的教学、教研事迹。我在椎间盘突出的情况下，趴在床上写了一个星期，完成了两万余字的《讲台三尺说人生》，开篇部分2000多字专门写的就是山尖。邱老师审稿时说：这部分与后面的内容联系不大，是否可以删掉。我没有采纳邱老师的建议，理由是：黄小波是我看着他从山尖走出来的，山尖的磨砺是他人生的第一步。虽然这一部分没有单独写到黄小波，但我在这部分的最后一句写道："从山尖走出来的人，他们是山尖的脊梁。"

其次是灵潭。

山尖的学生是我心中的"骄子"，最骄傲的学子。

每个星期把山尖的各种形容词反复读几遍，学生们吃了星期六的中饭后回家，星期天的晚自修之前赶回山尖。学校教务处对洞头老师很是关照，星期五下午、星期一上午没排课，好让这些老师在家里多待一天。但是，有时候我会害怕来来往往的爬山坡之累，周末就不回家了。有的学生不忍心让我一个人留在山尖，就会在星期六晚上，带着下一周的食物，连夜赶回山尖陪我，等他们到校的时候已经八九点钟了。可以想象得出他们摸黑爬山的情景，此时，我总会鼻子一酸，然后和他们一起大笑起来。有时陪我在山尖度周末的还有家住下郎的黄忠波老师（教导主任），三条垄的刘振华老师（代课老师）等。

第二天早上，太阳笑眯眯的，学生们带着我一起爬上山尖的最高处（有时是下午课上好之后）。到山尖后，先站在一个深不见底的洞口，大声吼几句，把洞里的蝙蝠惊飞，接着用石子击打它们。玩了蝙蝠之后，再在已经废弃的战壕里走一圈，把一块块石头搬到战壕边，一排溜放好，一声令下，石头被推倒后呼隆隆地向山下滚去。山下虽然没人居住，但霓岙正的村民经常会在这里砍柴、劳作，看到山尖上在演现代版的《英雄儿女》电影，就会大声喊叫起来，王成的角色就此罢演。

有一天，学生们说，到山下看看，那里有一块石头，上面刻着字，没人看懂，是"无字天书"，要是看懂了，就会知道哪里藏着金银财宝。

于是，我们带着简陋的工具，撩开密密麻麻的荆棘野蔓，在没有路的山坡上小心翼翼地向山下走去。不是因为什么宝藏，而是纯粹出于好奇、好玩，或者说是打发山尖无聊的时间。终于，在山脚下的海边离潮间带不远的地方看见了一潭水洼。

水洼边有一块立石，上面有几个比较清晰的字，一看就明白，但是，石崖中间有许多横横直直的纹路无法辨清。经过一番折腾之后，石壁上的纹路显现出"灵潭"两字。这下子学生们都跳了起来，无字天书终于有字了！有三个学生名字一直记着，一个是王永琪，三条垄人，曾当过洞头县组织部副部长、教育局局长等职；一个是翁通姆，布袋岙人，曾在洞头土地局工作过；一个是童孝乾，也是布袋岙人，开过私人诊所。翁通姆同学高兴得连夜跑回家，把消息告诉大家，之后，灵潭的新故事在霓屿山不胫而走。

但是，因为此次灵潭之行纯属于嘻嘻哈哈的游玩性质，根本没有"考古"的本事和想法，加上时间太晚，摩崖石刻的落款没有辨认出来，以为日后还有时间再来，所以就匆匆收兵了。后来，县文物所的工作人员考证了好几次，都没办法弄清楚，以致把石刻时间推断为元代，而且几乎成了定论。不久前，我心血来潮又写了《霓屿灵潭摩崖石刻之我见》，推翻了县文物所的说法，认为石刻产生于明末清初，而且是民间所为，但具体年代也无法表达。现在，由于风吹雨淋，灵潭的字迹更加模糊难辨。石刻的年代成了一个永远的谜。

第三是百步信。

有的周末，学生会邀请我到他们家里坐坐，正好，我就借着家访的机会去山下玩玩，一年之中，竟然把霓屿山大大小小的村庄都走了个遍。

百步信是一个生态环境很优美的自然村，只有十几户人家，有一条潺潺小溪从村边流过，即使是干旱时节溪流也没有干涸过，汩汩水声一直伴着村庄的朝暮晨昏。村庄背后就是山尖，就像一道屏障一样，阻挡着冬天的寒风；村庄前方的山脚下是西岙，是一片潮涨潮落的海滩，盛满了大海的馈赠，站在村前看过去，大海似乎在和你打招呼；村庄的两旁是山冈，右手边的山冈是蓊蓊郁郁的树木，长得疯狂而忘情，左边的山冈有星星落落的耕地，种着四时庄稼和时蔬；农舍的前邻后居之间有柚子、枇杷之类的果树，就像给村庄插上了发夹和头花之类的点缀。百步信，美得非常悠闲自在。

记得在一个没有课的下午，一个人来到百步信，在村边的小路上坐了许久。一个中年汉子扛着一把锄头从身边走过，看了我好几眼，在地里翻土除草的时候，还时不时地回头看看。终于，他忍不住了，放下锄头走到身边，问："你是山尖的老师吧？"我点了点头。"洞头的？"我点了点头。"想家了？"我不知不觉又点了点头，接着摇了摇头。

说实话，不想家是假的，大海对面就是洞头岛，就是家的地方，尽管家里也很穷，没有好吃好玩的，但毕竟是家，是心灵慰藉的温床。但是，此时的想家是一种无奈，眼前虽然只有一水之隔，但在交通不便的时代，回家一趟需要花去半天多的时光，有时错过了潮汛，就等于要花上两天的时间，要是遇上大风，航船停开，那就更麻烦了。

"唉，真是苦了你们这些外地人了。"中年汉子摇了摇头，"霓屿山穷，山尖穷，走没地方走，玩没地方玩，唉！"

山上吹过一阵风，带着初春的寒意，但终究是春天的问候。

第四是南山沙滩。

这是好几年以后的事了。那时我在洞一中工作，学校工会组织教师到霓屿秋游。到了霓屿已是中午时分，在布袋岙吃了中饭，到田岙看了宁海禅寺，最后一站来到南山沙滩。

沙滩不大，正是涨潮时间，有一半以上的沙滩被潮水淹没，但沙子很美、很柔软，没有一丝杂质，没有一点皱纹，踩在上面竟然有些不忍心下脚。潮间带以上也是沙滩，瘦瘦胖胖的。说它瘦是因为只有五六米宽，说它胖是因为沙层很厚，一脚踩下去，沙子竟然没到脚鼻梁（脚肚子）处，连行走都有些困难。同事们带着足球、排球，原来想在沙滩上尽情地玩耍，但是，错过了潮汛，错过了大面积的沙滩，只能望沙兴叹了。

因为潮汛关系，如不尽快回程，就会逆水行舟，所以，在南山沙滩只玩了半个时辰。但是，留下的记忆是一辈子的。

在霓屿工作了一年，记忆最深、印象最好的就是上面四个地方，但是，如今这四个地方已经都不复存在了。

山尖的头被削平了，成了一块平地，上面弄了些走廊、栏杆以及所谓的"天空之门"，山尖成了一个旅游小憩的景点。上山的路好走了，有了盘山公路和木栈道，游人也多了，但是，山尖已经不尖了，似乎成了"山坪"。南山沙滩不见了，周围的山冈成了瓯飞工程土石填方的采料场。百步信不见了，为了瓯飞工程，它整村搬迁，原来的村庄连同山上的树木、溪流、屋舍、山路、庄稼、花草全都消失了。灵潭也一样，背后的山像刀削斧劈一样，成了一片赤裸裸的断崖，成了一块光溜溜的疮疤。

灵潭摩崖石刻还在，但它还能再活多久？再说，摩崖上的石刻痕迹已经成了平面，无法辨读，山间的溪流已经切断，灵潭已没有"潭"了，其寿命事实上已经结束，仅留下一块"文物保护单位"的牌子。

于是，我只好在我的脑际腾出一点空间，将以上文字保存起来，留给霓屿些许记忆。

2022 年 2 月 18 日

第二辑

百步信"信步"

本文曾被区档案局收进2017年出版的《远去的村影》一书（中国文史出版社）。不久前，写了《霓屿记忆》一文，回忆了在霓屿工作生活中留下来的记忆，百步信是四个记忆之一，虽然文中百步信的描述简短而平淡，但对它的印象一直不曾忘淡。于是，特地重读了此文，并稍做修改，将它与《霓屿记忆》以及其他文章一起，作为《摇啊摇，东沙搭桐桥》一书中的一部分，让这种回味留在山尖的记忆里，留在霓屿的故事里，保存在内心深处的硬盘里。

最早接触到百步信是在1980年秋，那时我在霓屿中学教书。学校在霓屿山尖，校舍是部队留下来的营房，周围没有民房，学生基本住校。在山尖住着总有些寂寞，有时候，会邀上几个人一起下山看电影，或找个家访的借口下山玩玩。这样，便有了好几次经过百步信的机会。

下山的路有三条，一条通往霓南，一条通往霓北的桐岙和三条垄，一条通往霓北的布袋岙，百步信就在通往布袋岙的半山上。从布袋岙起步,过西岙自然村,沿着山脊峻陡的小路,弓着背向上登行,很吃力地爬了几百步才到了一个山势比较平缓的地段,这就是百步信村庄所在的山坳。

百步信的"百"是虚指,代表"多"的意思,"信"应该是"峻"的音误,也就是说,这个村庄处在陡峭难行的山坳里。事实也确实是这样,过了百步信这个村庄以后,还得在山坡上弯弯扭扭地走上好一阵子才能到达山尖的学校,一趟下来累得上气不接下气。同样,上山不易下山也难,从山尖到布袋岙,虽然是下山的路,但两腿撑着走路,那也不是一件省心省力的事。真不知道当时的人为什么会选择在这样的山坳坳里定居。

不过,在百步信的村口、村里,确实可以"信步"走一圈。

百步信很小,站在山梁上轻轻一看,整个村庄便一览无余,只有几十户人家,十来间房子。房子很不统一,有一间是民国时期的建筑,有几间是石头房,新建的,还有几间是草房。从居住条件可以看出,几十户人家的经济收入也很不均衡。民居的周围常常会有虾皮、七星鱼、紫菜、萝卜丝、番薯丝之类的东西晒着,说明村民的生产方式以当网为主,辅以简单的山地农事。村里人口原来就不多,除了出海劳作的,剩下的就只有少数的老弱妇幼了,但似乎也都在忙碌着,只有我这个拿国家薪水的饱汉不知饥饿,游手闲逛,弄得村里人睁着不解的眼睛,愣愣地看着眼前的不速之客。

不过,村庄还是很幽静的,周围的树木茂密葱茏,时不时传来鸟雀的悠鸣,房前屋后有野花的清香,有蜂蝶的飞舞,当然还有那些很独特的生产生活的气息。走在这样的村庄里,似乎会让人突然忘却了凡尘俗事,心律的跳动静静地慢慢地与周围的环境和清新的空气融合在一起。

这就是三十几年前初次接触百步信的印象。

自从调回洞头后(次年),百步信就再也没有来过。后来调到机关,因为工作上的需要,霓屿倒是经常走的,山尖也去过好几次,就是没有再去过百步信,每次都是从它的脚跟前一闪而过,因为在它的山脚下已经有了一条公路,从布袋岙直通霓南。如果这里没有特别值得记忆的元素,没有情感上的头绪,没有工作上的需要,没有生活上的插曲,谁也不会吃饱了撑着,特意花那么大的力气爬了几百步的石磴,去那个连本村人都不想住的地方"信步"游玩。

但是,对我而言,百步信的印象一直没有消失,它是我霓屿生活中值得回味的地方之一。

不久前,为了本文的写作需要,专门上了一趟百步信。

上山的路还是这么难走,毕竟过了三十几年了,年纪大了,岁月也老了,一路走来确实很累,花了好几十分钟,停歇了好几次。路面的石阶有的已经坑坑洼洼,路边的野草很嚣张地冒出石头缝,可见,山路已经有些时间没人走了。

走进村庄一看,岁月也好,人也罢,时光的变迁,容貌的变化,似乎都比不上眼前村庄的改变。变旧了?变老了?变破了?变小了?都不好说,眼前的景象确实让人目瞪口呆。

村庄已不是原来的村庄,原来的几间破茅屋已经换了模样,变成了纯一色石头瓦房,但是,房子已经没人居住,窗门破漏,有个别房顶已经塌陷,门前杂草丛生,弃物横躺。房前屋后杂草丛生，野蔓疯狂，看不见生产工具，闻不到生活气息，听不见生存脚步。回身再看看村庄的周围，原来还算有些绿意的山头、山坡、山梁，也全然不复存在。

蓦然发现，所有的房子墙壁上都写着一个斗大的红字："拆"，外头还包着一个带有规划意味的圈圈。

事实就是这样。2012年，百步信、西岙山背两个自然村连片列为温州瓯飞围垦工程料场，实施整村搬迁，置换房屋土地。村民先行各自租住，待安置房竣工后，即可入住新居。此时，挖土机的牙齿、推土机的手臂已经把它们扒了好几层皮，四面全是裸露的山体，一眼看去，就像是揭了皮的肌肉，又像是剔去皮肉后的疮疤。工程车往来穿梭，尘霾四处飞扬，一切都在忙碌与改变之中。

百步信，已经不是废弃之村，而是一个将要消失的村庄。

百步信还有"信步"的空间吗？

也许再过一些日子，等待瓯飞围垦工程结束、料场工地开采完毕后，此处会形成一片开阔地，或许可以规划建设为别墅山庄，或开辟其他用途。到那时，百步信这个村庄虽然永远消失了，但它的名字还会存在。

历史的进程总要把一些东西推向记忆，没有死去就不可能有重生。这就是百步信，信不信由你，不信"白不信"。

2016年6月15日初稿
2022年5月16日修改

白龙屿

鹿西之游，白龙屿是值得一去的地方之一。

白龙屿在鹿西岛东臼村正南面的海面上，离村庄不远，只有一水之隔。岛屿的外形长长的，瘦瘦的，看上去极像是一条浮沉在海面上的游龙，表面的岩石呈灰白色，所以就被称为白龙屿。

白龙屿真的像一条龙。

站在对岸看，龙身半浮半沉，悠然地趴在水面，水波从它身旁流过，溅起一阵阵浪花，有时是婉约的，就像是对它的按摩，又像是呢喃细语；有时是豪放的，仿佛是一首战歌，像号角吹响。但它好像没什么感觉，仍然这么悠然地趴着。一阵海风从它身上吹过，几片散云从它头上飘过，此时的它有了一种蠕动的感觉，蠕得那么慢悠，动得那么清闲。它是一条游龙，潮落潮涨，日升月落，一直这么悠闲着。

走近岛边看，白龙头朝东，尾朝西，庞大的身躯裸露在海面上，凸筋暴骨，呈现着伟岸的身躯和强壮的肌体。肌肉横一块直一块，很随意地叠着；竖一块斜一块，很粗狂地铺着，从龙首铺到龙尾，从龙爪叠到龙背，蜿蜒起伏一直延续了大约500米的距离。在肌体的外表,是一层层很粗糙的皮肤。皮肤形状不同,有的已经脱落,露出一片平滑的肌肉;有的仍然贴在身上,纹理清晰,起伏不平,呈现出岁月的年轮和皱纹。皮肤颜色各异,有的青,有的赤,有的黄,有的黑,斑斑驳驳,影影绰绰,好像是时光的图画和沧桑的记忆。它是一条卧龙,沐风浴雨,云聚云散,一直这样平静。

白龙屿真的是一条龙。

站在岛上看,这条龙已经活了很久了。几亿年前,它在海底深处等待着,等待着有一天轰然浮出海面,让世人一睹它的雄伟。果然,某年某月的某一天,海底火山爆发,将它的身子熔成岩浆,熔成一种它所特有的物质,然后冲出海面,重新变回它原来的身子,并以崭新的身姿横卧在海面上。从这天开始,它带着火山的烙印,接受海水的冲刷,迎接海风的洗涤,日复一日,年复一年,静静地等待,等待龙身撑起宇宙的栋梁,等待鳞甲变成山海的旌旗。它是一条潜龙,岁月穿梭,时光交替,一直这么蛰伏着。

走进岛中看,尽管它的身上凹凸不平,裂缝交错,但不难看出,这么庞大的身躯就是一个整体,那是它不屈的龙身。龙身上凸显着各种形状的石块,有的像龙珠,有的是龙爪,有的是龙脊,有的像龙角。除了自身部位之外,不同的石头形状还构成了不同的动物形态,有海狮、海象、海龟、海猪,有黄鱼、跳跳鱼、哈巴鱼、墨鱼,有飞禽走兽,有草木花鸟……各种动物在追逐着太阳,各种颜色在书画着云彩。它是一条虬龙,世事轮回,人事变幻,一直这么期待着。

白龙屿不愧是一条龙。

稍往岛屿的旁边看,在白龙屿与鹿西岛之间,连接着两道栅栏式海堤,东堤332米,西堤491米,周围有钢网、纤维网围着,极像是一个偌大的鱼缸,这便是著名的海上耕牧田园——白龙屿生态海洋牧场。白龙屿生态海洋牧场是鹿西乡为加快传统渔业产业的转型升级,进一步融入大门海洋经济示范区都市功能区,按照"温商回乡"的有关要求开展的一项招商引资工程,主要从事生态养殖渔业、水产品加工营销和休闲渔业等。2012年5月份完成工程可行性报告和设计方案;2013年2月项目海域使用权获县人民政府批准;2013年12月开工建设;2015年6月,首批35万尾大黄鱼在白龙屿生态海洋牧场"安家";2017年10月,白龙屿生态海洋牧场成功入选全国第三批海洋牧场示范名单;2018年被农业部评为水产健康养殖示范场、浙江省无公害水产品养殖产地,受到了国家大黄鱼产业科技创新联盟、中国渔业协会等组织的认可;2019年11月23日上午,鹿西乡白龙屿生态海洋牧场大黄鱼主养区全面投产,投放的鱼苗总共50万尾。可以说,白龙屿生态海洋牧场的养殖模式,既是传统深水网箱养殖的升级和拓展,更是实现养殖模式从"资源掠夺型"向"耕海牧鱼型"转变的有效方式,是现代海水养殖模式的有力探索和实践。它是一条苍龙,藏身沧海,昂首苍天,一直这么追求着。

白龙屿确实是一条龙。

离开岛屿回头看,白龙屿似乎要飞腾起来。亿万年来,大自然鬼斧神工,把白龙屿雕琢成龙;千百年来,人们望龙兴叹,没能让白龙变成真龙。几十年来,时代发展逐渐看到了龙的价值,感受到了龙的期盼，于是，做起了白龙屿的妙笔文章。火山岩、海蚀岩、风化岩，是建在龙身上的地质公园和博物馆，是最充实的内容；对虾养殖、黄鱼养殖，是围绕龙体周围而开发的海上牧场，是最完整的结构；旅游观光、休闲疗养、离岛慢城是挂在龙头的金字招牌，是最抒情的主题。2020年7月26日上午6时，以白龙屿冠名的"白龙屿杯"鹿西越野挑战赛正式鸣枪开赛，这是国内少有的海岛越野跑赛事之一，作为"跑遍瓯越"系列越野跑挑战赛的首站，本次赛事吸引了来自温州全市及周边地区的240名越野跑爱好者参与。白龙屿成了一个招牌、一张名片，鹿西岛利用这张名片，着力打造"花园鹿西离岛慢城"的旅游业，从单一的观光游向体验游、健康游转型，逐渐形成以体促旅、体旅融合发展的旅游格局。相信过不了多久，白龙屿这条龙，会带着鹿西这只鹿，一起奔跑，跑到海的那边，跑到太阳升起的地方。它是一条飞龙，飞龙在天，自强不息，一直这么腾飞着。

2022年3月9日修改

未名溪

从山坪露营观景平台往妩人岙方向，顺着山势往下走，有一条潺潺小溪伴在身边。小溪没有名字，暂且叫她"未名溪"吧。

未名溪不长，估计不会超过一公里的长度，从水势流向的情节看，可以分成上中下三段结构。

上段实际上是一条小水沟，很细，细得就像普通的裤腰带。水流被密密匝匝的树木和横生斜长的草丛所掩盖，无法看出她羞涩纯真的面容，只露出几个小小的水洼。水洼清澈如镜，倒映着水边的小草，也把洼边的人影摄了进去；水面纯净无尘，宛如小姑娘的眼睛，闪着纯真的光彩。站在溪边，虽然看不见流水，但草丛间、树丛间持续传来细细的水声，很像小姑娘随口哼出的童谣，偶尔会有几声鸟鸣跳跃着，仿佛是童谣的和声。

水沟到了中段，山势平坦了许多，水流也平缓了许多，水沟有了些许拓宽，变成了小溪。小溪的两旁仍然是灌木和杂草，但此时的草木成了小溪的点缀，小溪突然变成了一幅清新的山水画。透过草尖和树叶，看到的水面依然清澈，听到的水声依旧淙淙。但细心一看，静心一听，清澈中含着成熟，水声中听到了欢快。此时的小溪，似乎从小姑娘长成一个朴素的少女。小溪边是一条山路，山路穿过溪边的树丛，小溪一直跟在身边，不知是小溪傍着山路，还是山路陪着小溪。然而，有了这路，有了这水，走在这条路上，走在这条溪边，就如同走在了山水画境之中。

走到小溪的画框，有一道碇步石将画面截住。碇石不多，十几个；碇步不长，十来米，但成熟和成长不是用数量和距离来衡量的，有时，它就是一个节点，能起到素质的蜕变和品质的提升。因为在碇步石的旁边，在小溪的前方，有一个跃动场面在等着你。

未名溪的下段是一幅瀑布群，山势不高，只有几十米，但瀑布一个接着一个，居然有七个之多！瀑布的落差也不大，小的几米，大的十几米，但这种挨肩挤背手拉手的群瀑图还是很少见的。

如果说，小溪的上段是音乐，中段是图画，那么，此时的小溪就是名副其实的舞蹈了。

站在瀑布群的上端，看到的瀑布只有一个两个，看不出丰满，也想不到赞美。走到瀑布群的中端，瀑布变成了三个四个，不仅有看到的，还有听到的。看到的水色是纯白的，犹如少妇舞动的裙摆；听到的水声是律动的，犹如鼓点敲打的舞曲。水色也罢，水声也罢，看见这个场面，身临其境也就心醉其中了。

走到瀑布群的下端，回身一看，整个瀑布群的舞蹈场景展示在眼前，七条瀑布首尾相连，有的半隐半露，有的坦然相对，竟然连成了一串白玉般的项链。视角从下往上看，这条项链好似一群腾空展翅的白鹤；由上而下看，这群白鹤又变作了一条飞向大海的蛟龙。

此时,这条小溪已经不是天真的小姑娘,也不是羞涩的少女,而是大大方方的少妇了。这个少妇用她的纯洁、她的勤奋、她的热情在构筑着一个温暖和谐的家,七条瀑布犹如她亲生的孩子,在家的门口戏耍,在她的面前撒娇。她在孩子们身后不停地奔跑着,看孩子们跳舞,听孩子们唱歌。看着,听着,她也像孩子一般舞动起来,把自己的身影,把自己的心境,把自己的情感,把自己的灵魂,一起融进了蓝天白云,融进了大海涛声,融进了孩子们快乐成长的节奏。

在瀑布的尽头,有一个几十平方米大的水潭。和跳跃喧哗的小溪相比,水潭安静多了,似乎是一面回顾过去的镜子,好像是在畅想未来的一个节点。水声静静的,静得只听见她细细的呼吸,仿佛是在品味生活的韵律;水面平平的,平得连小草的倒影都像是一棵参天大树,树上结着生活的果子,那是她收藏了小溪的艺术精华;水色纯纯的,纯得那么幸福,那么无邪,浓缩着小溪从小姑娘到少女再到少妇的成长故事。

站在小溪边,听听水声,听听风声,身心有了一种卸负的轻松。于是,一首小诗偶吟而出,是为《吟未名溪》:

小溪随性瀑如帘,
不看青山不看天。
本是苍穹云一片,
踌躇满志到人间。

站在水潭边上，看看蓝天，看看大海，精神有了一种超然的飞跃。于是，感到小诗末句的"踌躇满志"有些矫情。每个人的生命旅程犹如这条小溪，踌躇满志也好，砥砺前行也好，最终都将归至小小水潭的平静。那么，这一句就应该改为：无需无欲看人间。

　　未名溪，她真的无名，真的未名吗？

　　也许某一天，她会让人取上名字，她的名字也会留在人间。但是，小溪，既然你已经无怨无悔地走完了你的生命旅程，一个符号名字真的就这么重要吗？

2020 年 4 月 22 日

白鹭门

　　白鹭门，顾名思义，是白鹭栖息、群舞的乐园。

　　白鹭门原来叫拨浪鼓，从这个名字可以知道，这是个起风起浪的地方，每当刮起六七级西南风时，海面上就会波澜起伏、浪花四溅。这里也是渔民近海张网的好地方，鱼虾贝蟹以及海洋浮游生物非常多，给岛礁型鱼类提供了丰富的食物。也正是这个原因，那些白鹭、苍鹭、海鸥等也就顺理成章成了这里的主人。

　　其实，拨浪鼓和白鹭门是两个概念。拨浪鼓是半屏岛最西端的一个小山包，其实是个岛屿，和半屏岛只有几十米的距离，潮水下退之后和半屏连在一起；白鹭门指的是半屏岛与大瞿岛之间的海上水道，这条水道一直通到洞头码头后继续向前延伸，与炮岙门连在一起。由于半屏岛和大瞿岛的屏障作用，洞头码头就成了渔船避风避浪的渔港。以前，洞头渔港是个多用型海港，除了渔船、商船停泊之外，还用于军事运输，常常也有小型的军舰停靠，部队的人员调动、武器装备等都是通过这个港口送到洞头岛的，那些军用运输船叫"拜下颔"，即下巴一张一合，很形象的

摇啊摇，东沙搭桐桥

说法。后来，部队撤走了，海港也就成了专门的渔港。每当夜色来临，渔船上点起了鱼灯，星星点点的，一片繁荣景象。"渔港灯火"也就成了洞头很有名气的"景点"之一。

但是，水道也好，小山包也好，大家一直把它叫作"拨浪鼓"。虽然以前也有人叫"白鹭门"，但毕竟是少数。自从它被记入有关地方性资料之后，白鹭门成了名正言顺的主角，拨浪鼓的说法逐渐被忘淡。

第一次到拨浪鼓是在 50 年前。那时只有十来岁，在半屏的二村（大岙，又叫大北岙）做客，小小村庄没什么可以寻乐消遣的，就时常发点小脾气。主人家为了尽到地主之谊，就说：今天到拨浪鼓钓鱼去，晚上改善生活。于是，几个人兴致勃勃向拨浪鼓进发。当时的大岙到拨浪鼓没路，是从海滩边的礁石上四脚落地爬着前行的。到了拨浪鼓之后才发现，由于出门太急太兴奋了，居然忘了带钓鱼竿，只好在礁石边捡了一根从海上漂过来的扫帚柄替代。

海里到底有多少鱼我们不知道，只知道大半天过去了，我们连半条鱼也没钓着。最后，无功而返，空手而归，而且将罪过归咎于扫帚柄，认为是彩头不好，倒了钓鱼的霉头。原来兴致勃勃出门，一路上并不见累，现在垂头丧气回来，每爬一步礁石都觉得手脚酸软。这次拨浪鼓钓鱼虽然是个笑柄，但也留下了很深的记忆。

一晃半个世纪过去了，虽然后来半屏大桥通车了，大岙到金岙也通车了，公路从海边一直前行，但到了拨浪鼓的山脚边，一个 90 度转弯，拐到外埕头山上去了。所以，这么长时间以来，就一直没有刻意再到拨浪鼓走一圈。

约个时间,约上好友,特地去了一趟白鹭门,看看拨浪鼓是变老了还是变年轻了。

从避风港的拦海大坝沿拨浪鼓的山边走起,没几步就看到了几处废弃的坑道,有的已经被堵得死死的,有的锁着,有的虽然洞门开着,但里面堆着乱七八糟的杂物。这几个坑道原来属于炮台之类的军事设施,蹲着几门榴弹炮,有个炮兵排驻扎着。白鹭门对面的铁炉头山上也有几门炮,它们遥相呼应,严守白鹭门的水道,并与炮岙门的仙叠岩上的火炮构成三角鼎立的态势,守护着洞头渔港的平安与宁静。50年前的那次钓鱼,就是因为知道了这些坑道是军事要地,所以不敢前行一步,就连远远看它一眼也不敢,生怕被当作特务、破坏分子给抓走。

这次算是第一次到过拨浪鼓的山上。

大约是20年前,有个养殖户利用废弃的坑道进行鲍鱼养殖,一度成为渔民转产转业的新闻。那时在政协工作,特地组织人员开展了一次专题调研,因为临时有另外事情安排,最后没有去成,也不知道鲍鱼养得怎么样。后来,因为各种原因,鲍鱼养殖不了了之。不久,养殖户也搬走了。眼前所看到的乱七八糟的杂物就是养殖户撤退时所留下的战场残局。

此时,站在坑道里,看到杂乱的场面,心里并没有太多感叹。军事设施也好,养殖场所也好,人世间的东西就像眼前的海面一样,有涨潮的澎湃,也就有退潮的疲惫,过去的东西不一定全是正史,也有可能是趣闻;留下来的东西不一定文物,也有可能是废墟。

摇啊摇，东沙搭桐桥

默默走出洞口，静静地向海上看去，心里无所思，无所想。

海水不蓝，甚至还有点混沌；海面上没风，好像有些波澜不惊的样子，怎么看怎么想都不会同"拨浪"二字挂起钩来。前方不远处的大瞿、中瞿、小瞿三座岛屿也是这么静静地蹲在海面上，仿佛还有点自由自在的神气。身后的山坡上种满了台湾相思树，枝叶垂垂袅袅的，看不出半点"风涛"的余韵。在没风的日子、没浪的季节，拨浪鼓似乎就有点"名不副实"了。

然而，当眼光再次向海面凝聚的时候，另外一个场景让人兴奋不已，顿时有些心旷神怡起来。

风平浪静的海面上，布满了一块块网箱养殖的鱼排，看上去有了另外一种景象。鱼排上，几个养民在给鱼喂食，动作非常熟练，就像是舞蹈演员一样。此时，鱼排就宛如一方宽阔的舞台。养民的头顶上，飞舞着好多好多白鹭（苍鹭），鸟儿或上或下或左或右，那动作甚是自如，丝毫没有怕生的感觉，宽阔的舞台上又多了一群主角演员，白鹭与养民的配合默契到了相互融合的程度。在养民和鹭鸟的身后，是一方宽阔的海天，海水虽然不是很清，天空虽然不是很蓝，但依然是那么舒远，此时，宽阔的鱼排舞台上，就有了海阔天空的背景和令人入迷的意境。

同行的朋友说，别羡慕这些海鸟的自由自在，其实它们也在忙碌，也在为生存谋食。是啊，生活本来就是舞台，生产也好，觅食也好，都是这个舞台上各自所展示的动作和情节。

海水轻轻地拍打着礁石，发出一阵阵呢喃涛声。静静地坐在礁石上，听着，听着，竟然有点如痴如醉的感觉：生活不都是拨浪一般的鼓声，也有平静如镜的旋律；身边不一定都是尔虞我诈的故事，也有像白鹭一样的"鸟友"；脚下的海浪声吟唱的是眼前的主旋律，而不是过去的陈词滥调。白鹭门，可以是守护家园的大门，也可以是走向海天的风帆。

拨浪鼓，渔民启航生产之鼓。

白鹭门，百姓谋求幸福之门。

2021年12月21日

摇啊摇，东沙搭桐桥

站在大长坑之顶

　　大长坑顶是大长坑行政村的一个自然村，虽然叫"顶"，却并非在山顶，而是在大长坑村与东郊村之间的山坳间，海拔并不高，100米左右，和洞头本岛最高峰烟墩岗比起来，还不到它一半的高度。但是，即便是这么不起眼的高度，站在四周放眼环望，自然也有一番收获。

　　站在大长坑之顶，可以联想。
　　大长坑顶的村庄整体坐北向南，北部与东郊村接壤，那里有洞头最著名的旅游胜地望海楼。那是无人不知无人不晓的人文建筑，岁数虽然只有十几年，但命脉、血缘与1500多年前的颜延之有关。颜延之曾在谢灵运之后当过永嘉太守，估计应该是第二或第三任温州市市长吧。他会写诗，与谢灵运并称"颜谢"，但诗歌成就远远比不上谢灵运，甚至在某些方面也不及鲍照，却能和鲍照、谢灵运合称"元嘉三大家"。不管怎么说，他任职期间喜欢游山玩水，在洞头境内的大门岛搞了一个很简易的建筑，取名为"望海楼"。

2003年,洞头县政府为了更好地实施"三兴"战略,让旅游业成为洞头经济新的增长点,决定重修望海楼。当时,县委县政府主要领导亲自出面,把已经退休了的邱国鹰老师从杭州请回来,专门负责望海楼的重建工作。邱老师是洞头文化艺术界的泰斗,在望海楼的重建上更是不负众望,请了江西滕王阁重建的设计者陈星文主持设计。2005年1月望海楼开工建设,2006年8月主体结构封顶,2007年5月完成内外装修,2007年6月7日正式落成对外开放。望海楼的外部气宇非凡,内部包容了洞头海洋文化的结晶,可以说,望海楼的重建是邱老师一生中最辉煌的杰作,是名垂千古的里程碑。如今的望海楼已经是国家AAAA级景区,2012年11月加入中国名楼协会。

对洞头人而言,望海楼是无价之宝。有了它的包容,洞头的文化凝固了更多的内涵;有了它的奠基,洞头的旅游业有了突飞猛进的发展;大长坑顶与望海楼比邻,借着它的靠山,大长坑顶很快也会成为一块风水宝地。

站在大长坑之顶,可以眺望。

站在村口,背靠望海楼向前方望去,前面是一望无际的大海。海面上虽然有半屏、大瞿等岛屿坐落着,但丝毫不影响眺望大海的视线。辽阔的海疆仍然像一方屏幕一样展现在眼前,海上的岛屿反而成了波涛的点缀,成了浪花栖息的枕头。蓝天纯净,白云悠悠,就像是一床柔柔的锦衾丝被,温馨地覆盖在大海的上空,大海仿佛成了温和的摇篮,半屏、大瞿乃至洞头列岛便是温柔入梦的婴童。

摇啊摇，东沙搭桐桥

站在村口，背靠望海楼向山下望去，山下是错错落落的村庄，大长坑、小长坑、铁炉头、风门，这些村庄相互牵手，连成一片，似乎在述说着和谐的主题。南塘工业区厂房比肩接踵，一家挨着一家，环岛公路从旁边横穿而过，厂房成了市区，公路成了街道，生产和生活已经融为一个整体。洞头港、南塘湾公园、七彩洞头村是这个整体中不可分割的部分，述说的不仅是洞头的过去，更是洞头的现在。

站在村口，背靠望海楼向左右望去，左右是绵绵的山岭，山岭虽然不高、不大，也不怎么宽阔，但四周草木茂盛，绿意葱茏。这里有鹿坑水库、大长坑水库，是洞头岛上最大的水源地。水有了山就有了品性，山有了水就有了灵性。被山水环绕着的大长坑顶，就连空气都是有生命的，这生命，在鸟语花香中舞蹈，在清风明月里歌唱。

站在大长坑之顶，可以怀旧。

联想也好，眺望也好，那是过去，是曾经，是历史的节点，是邻居的节拍。现在的大长坑顶，眺望成了思考，联想成了怀旧。

大长坑顶自然村的人口不多，1982年人口普查时只有21户人家116人。20年来，人口非但没有增多，反而逐年下降，最后，历史的发展一下子把这个村庄推向时代的末尾，村里人外出的外出，搬迁的搬迁，到目前为止，仅有三五个还死死守着旧屋陈梦的老人。和绝大多数废弃以及即将废弃的自然村一样，走进村里的时候，四周吹拂过来的是寂寂的山风，吹得树木飕飕发凉。村中的小路早已被青苔野草覆盖，芒草长满了小路两旁和村舍四周，看不见人影，看不见家畜，甚至连空中的阳光都显得苍老疲惫。

就这么一个破落的地方，可以怀旧什么呢？随便，你爱怀什么就怀什么。那仄仄的台阶前是否能听到你捉蟋蟀的笑声？那山地、菜园里有没有你父亲佝偻着背专心致志劳作的身影？那盏昏暗的油灯前记不记得你一家人坐在一起吃晚饭的气息？那密密的树荫底下会不会还有一张你经常独霸纳凉的靠椅？那"月亮月光，起厝田中央"的童谣里是不是有母亲那张温柔的笑脸？

想不起来了吧？那是因为你为目前的事务所忙碌，无暇回忆而已，并不是失忆，记忆的中断只是暂时的，很快就会链接起来。

想起来了吧？眼前的一草一木一房一舍、脑中的一人一事一景一情，是不是你心中一直保存着的那份人生中的珍藏？

怀旧，怀的事情是旧的，而产生的情绪是新的。

站在大长坑之顶，可以展望。

大长坑自然村沿着山坳而建，呈散点状，错错落落的，四周生态环境相当不错，山岭曲折逶迤，林木郁郁葱葱，环境舒适，视野开阔。周边有烟墩岗、望海楼、长坑水库、龙潭坑水库、鹿坑、照镜山等，如果能利用周围自然生态和旅游资源，将村庄重新打造，重新进行功能开发，把它定位为现代农业综合开发基地或农家乐休闲旅游基地，那会不会把它重新打扮成一个清新靓丽、清美淳朴的农家姑娘呢？

大长坑顶自然村位于大长坑行政村的西北面，从村部出发有一条 2011 年的"财政一事一议奖补项目"修建的机耕路，一路上坡几分钟就可到达村口；也可以沿着村庄后山的鹿坑水泥路分岔口下去走山路入村，同样只需要十几分钟。如果能将这两条道路进行拓宽修建，那么，这个村庄就不是被人遗弃的废墟，而是重新打磨抛光的珍珠项链了。

不知道这个"展望"有几分可取之处。

大长坑之顶，走出"坑"后就能登"顶"。

2016 年 6 月 18 日初稿
2022 年 5 月 17 日修改

第二辑

大长坑顶的故事

　　大长坑顶是大长坑行政村的一个自然村，因位于大长坑村部后面的山腰上而得名。
　　村部后面原来有一条山路通向大长坑自然村，2011年，"一事一议"工程将这条山路变成了机耕路。沿着曲曲弯弯的机耕路向上行走，不到一公里的路程就可以到达长坑顶自然村。路虽然好走了，也可以通车，但只能容一辆车通行，要是碰上双向行车的情况，那就麻烦了。后来有的路进行了拓宽，行车稍微方便起来，但还是有一些路保持原样，大长坑顶的机耕路就是其中之一。
　　进入自然村，房子不多，只有十几间，盖于20世纪七八十年代的石头房。其中有一间挺不错的，三间房，正面墙的石头都是经过细致雕琢的，且有阳台，可见房子的主人经济上还是比较富裕的。正大门有一副春联，很醒目，门口有几十平方米的院子，地面上长满了厚厚的青苔。可以看出，这房子也没人居住了，只是春节期间主人家回来一趟，贴个对联而已。
　　村子里很静，静得连山风细细的呼吸都变成了阵阵叹息，吹在身上有一丝微微的寒意。

前方传来了一阵鸡叫声，有鸡叫就表示还有人居住。于是，朝着鸡叫的方向拾级而上，脚步声有点跫然。突然，身边蹿出一条狗来，不停地狂吠着。听见狗叫声，房子里走出一个老妇人，看上去七十来岁，身体还很健朗。看见眼前的不速之客，老妇人愣了一下，我用本地方言与她问候，她便很放松地笑着。接着，两人就有一搭没一搭地聊起天来。

也许是长期一个人住在村里找不到人说话的缘故，老妇人很健谈，侃侃不休，一口气聊了两个多小时，只要当中插进一个小话题，她就会东拉西扯聊上一大串。下面就是从她的谈话中整理出来的关于她本人的一些事，虽然聊得有些漫无边际，但有些故事很有年代感，而且还带着一些沧桑。

她叫香，今年 77 岁（看上去没这个岁数），属鸡。

77 年前，她出生在元觉沙角村，还没满月的时候父亲就去世了。她说，她根本就不知道父亲长什么样，有些事情是后来听大人说的。那一年，父亲只有 25 岁，和外公一起"行船"，就是做生意的意思。因为母亲坐月子期间得了湿疹，需要吃点什么药，要到温州去买。有个亲戚早几天到了温州把药买好了，约好时间在温州码头等，让父亲和外公到温州卖鱼货的时候带下来。可是，当外公的帆船驶到深门口的时候，一阵突然刮来的大风把货船打翻了，其他人都得以逃生，就父亲一个人当时在船柜里抽烟，没来得及逃出来，连船带人一起沉入海底。过了好几天之后，尸体才由一个行船的温州人打捞起来，后来就埋在江心屿的某个地方。

母亲的娘家在洞头岛,父亲去世以后,孤女寡母就成了"外人"。迫于一些原因,母亲改嫁到山头顶,当时她刚满周岁没几天。山头顶成了她的另一个家,她在这个家里生活了十几年,一直到出嫁。

洞头人称后爹为"后叔",她也叫后爹为"叔"。

后爹是个渔民,脾气有点"那个",自从后爹有了自己的亲生孩子之后,就更加"那个"了。几年间,后爹连续给她生了六个弟弟妹妹,虽然她是老大,但始终没有得到后爹的疼爱,打打骂骂是家常便饭。洞头人有一个顺口溜:"别人囝儿苦未死,大担小担顶不起,三天两饱来度顿,一日三顿饮沁汤。"她的生活就是这个顺口溜的剪影。当问起她有什么具体的故事的时候,她说:"还是别去说它了,怪难受的。这样吧,我给你讲一件很小很小的事,听了你就知道我以前过的什么日子。"

后爹捕鱼回来,都会带点叫"私脚"的下脚料鱼货,有一次是几斤"西丁啊"(龙头鱼,温州人叫"水潺"),很肥壮,肚子上都有籽。西丁啊晒干之后,后爹发现那些籽不见了,硬说是母亲偷偷煮起来给她吃了。后爹说:"你怎么只给她一个人吃呢?我的孩子就不是你亲生的?"接下来的事情就热闹了,后爹拳脚相加对母亲和她一顿打。几尾不值钱的西丁啊都这样,可见平时的待遇怎样了。

讲了这个故事后,她又补充说了一下,她没吃过西丁啊籽,因为母亲根本就没有对她"捂私咪"的胆量。后来才知道,西丁啊籽是一个过路人"偷"走的。

苦日子苦过,终于熬到了头。她慢慢长大了,变成了一个大姑娘。18岁那年出嫁，嫁到大长坑顶，丈夫姓周，大她5岁。

"这样吧，"她说，"我带你到村里其他房子看看，这些房子好几年不住人了，都在外面做生意、工作，新房都买在城里，平时都没人回来，过年过节的时候才偶尔回来打扫打扫。现在村里就我一个人住着，上半年还有两个八九十岁的老人，现在也走了。"

山上吹来一阵风，丝丝的，凉凉的。身后的那只狗不叫了，一直默默地跟着。

她一边走一边介绍，这是谁家的房子。说出来的名字有的认识，有的还是过去的学生，但大部分不认识。不管你认识不认识，她只管自己说，好像她认识的别人也应该认识一样。

说到房子，她有点得意起来，说这些房子中有好几间都是她丈夫和村里人一起盖起来的。

丈夫是个石匠，也是个蛮聪明蛮有本事的人。他把村里的几个石匠叫在一起，谁家盖房子就一起帮忙，盖了这家再盖另一家。盖房子的石头是从白迭那边来的，先在石矿把石头凿成小块，挑到海边，用船运到大长坑的鼻头儿，再用人工一块一块挑上山，然后帮着砌墙师傅把房子垒起来。看看村里的这些石头房，有好几间都是她丈夫带头盖的。40多年前，她丈夫还组织了一个工程队，到湖北做工赚钱呢。

她丈夫对她很好，很体贴，不管她做什么事都很支持。于是，在那个热火朝天的时代背景下，她融进了社会的生活圈，成了大长坑村的一个"名人"。她参加了民兵组织，没日没夜地训练、巡逻，成了共青团员；她带着村里的妇女们参加生产劳动，当上了生产队长；她成了计划生育工作组的一名成员，漫山遍野挨家挨户敲着锣鼓宣传党和政府的生育政策……那个时代，那些日子，是她最勃发最值得回忆的青春岁月。

她丈夫是个好人。但好人命不长，24年前查出了肝癌，医生说只能活3个月。果然，查出病3个月之后就死了。在不到100天的日子里，大家都瞒着她丈夫，说是肝硬化。她丈夫也是个乐观人，不就个肝硬化吗，不用怕，反过来安慰家里人，但最后还是走了，就3个月，没多活一天。

说到这里，一直唠嗑不停的她停了下来，深深喘了口气，眼睛里有湿湿的东西在闪光。

山上又吹来一阵风，还是那么丝丝的，凉凉的。身后那只狗一动不动地趴着。

她有4个孩子，两男两女，大儿子今年60岁，已经做爷爷了。

按理说，四世同堂是很幸福的事，她怎么不去享受天伦之乐，反而一个人孤零零地居住在这个将要废弃的小村庄里呢？老人是最恋家的，口头上总有一句"龙窟不值狗巢好"，但是，看得出，当她谈到孙子、孙媳的时候，嘴里说话的语调、脸上洋溢着的幸福感，连旁边的树木花草都受到了感染。

可是，她说了这样一件事。

儿子搬新房了，她也去热闹了一番。那天晚上，家宴请的是儿媳妇娘家的亲戚，一屋子的人说说笑笑很热闹，就她一人被冷落在一旁，此时的她总觉得自己成了"外人"，于是，饭也没吃就回老家了。几天后，她又来到儿子家。儿子叫她住在家里别回去,儿媳妇也一起挽留。这本来是好事,可儿媳妇偏偏说了一句很尴尬的话,让她心里酸成了一缸醋。儿媳妇说:"没事啊,就住下来吧,再脏也只有一个晚上,明天洗洗就好了。"其实,儿媳妇是真心想让她留下来过夜的,谁都听得出,"再脏"只是一个假设,并没有嫌弃,而且,"没事啊"三个字说明儿媳妇的话是接着婆婆的某些"托辞"而说的。可是,说者无意听者有心,儿媳妇的这句话让她脸上霎时红了起来。从此以后她就很少到儿子家,如果不是特殊的事,能不去就不去。

她说:"我平时是很爱干净的人,怎么会住一个晚上就把房子住脏了呢?"虽然说话的语气很平和,但看得出,她心里埋下的那个疙瘩到现在还没有解开。

说到这里,她停了一会儿,把头侧过去,看着村口的那条机耕路。机耕路被两旁的芒草遮掩着,在村口折了个弯,下坡的一端通向山下的长坑村,上坡的一端通向山头顶的炮台村,转弯处就宛如一个弓腰驼背的老人。

不知不觉中,她竟然唠唠叨叨地聊了两个小时。看看时间不早了,我就准备告别,但她还是一直在说。于是,又和她聊了二十几分钟,她才笑了一下,说:"你走好,下次有空再来。"

沿着机耕路向山下走去。山下是一片工业区,厂房鳞次栉比一间挨着一间,虽听不到机器的轰鸣声,但也可以感受到繁忙的气息,环岛公路上的汽车来往穿梭,洒下了一道道车辙碾过的余韵。

走了二十几米,回头一看,她还站在村口,旁边的小狗趴在她身边,一动不动地趴着,突然,脖子一挺头一抬,"汪"地叫了一声，听得出，那是"拜拜""再见"的意思。

她和它的身后就是村庄，房子已经被荒草杂树淹没了，消失在山间的雾霭岚气之中，消失在小狗的汪叫声之中，消失在心里默默的叹息声之中……

大长坑顶之行，来的时候是上山，走的时候是下山；上山也好，下山也好，只有几分钟的路，可是，有时会让人觉得走了半个多世纪……

2021 年 12 月 24 日

摇啊摇，东沙搭桐桥

孤独的瑞安寮

瑞安寮是孤独的。

100多年前，在什么事情都显得乱糟糟的清末年间，有一个犯了人命案的瑞安人，为了躲避官府的缉拿，划着小船，顶着恶浪，偷偷逃到了洞头岛。现在可以推断，当时他是从九仙村上岸的。然而，此时的九仙村已经人丁繁盛，一个命案逃犯真的不适合在人多眼杂的地方居留，所以，他便沿着村里的一条溪流逆水而上，最后选择了一个人迹难以涉足的地方搭寮居住。这地方便是瑞安寮。

其实，瑞安寮这地方真的不适合人群居住，它四面环山，杂草丛生，没有一块平地可以落脚。从人生存的方面看，不管是风水朝向，还是农耕渔事，都不具备条件，按照洞头人的民间说法，叫"前逼山后逼岸"，很有一种与世隔绝的感觉。在这种地方生存，无异于自行绝路。当然，对那个逃命的瑞安人来说，这里也许就是最好的躲灾避难之所，即便那些官府的人知道了他的去处，想抓到他也不是件容易的事。

于是，这个瑞安人就在此开始了他孤独寂寞的生活。

山坳是封闭的,虽然大海就在附近,但看不见海水,听不见海浪,走不到海边,四边的山峦就像牢笼一样环绕在周围。可见他当初生活之艰难了。山间那条小溪潺潺流向九仙,溪水可以临时解渴,但不能充饥;树上的小鸟叽叽喳喳,声音甚是好听,但不能帮他除草干活;山上的野草茂密杂乱,花朵甚是好看,但他感觉不到花香。尤其是夜色来临,山上的风阴阴怪怪地吹着,仿佛是孤魂野鬼的啼号,仿佛是牛头马面的无常,此时的他,真的是孤独无援寂寞无助。

然而,他挺过来了。生命既然选择了逃命,那生活就没理由拒绝求生。

他在山坡上凿了一块平地,搭起了草寮,就地取材。

他在山坡上又凿了几块平地,种起了庄稼,养起了牲畜,自给自足。

不知过了多少年,也许是清朝的命数尽了,改朝换代了,他的命案不了了之。此时的他可以大胆地同外界沟通了。通向九仙村的山溪旁有了一条弯弯扭扭的小路,通向山头顶顶寮自然村也有了一条曲曲折折的山路,山坳里的他走进了人间烟火。后来又有两条路,一条通向小朴村的王山头,一条通向炮台村的烟墩岗。

"你住在哪里?"开始有人问他的来历了。

"山上。"他用瑞安话回答。

"你是哪里人?"

"瑞安人。"

瑞安人到这山旮旯来肯定是有原因的,但事情已经过去了,官府都不追究了，平头百姓谁还去刨根问底呢？于是，原来无名无姓的地方因为他的搭寮而居，取名为瑞安寮。

不过，此时的瑞安寮还是孤独而寂寞的。在它的周围有许多村庄，都是从闽南一带拉家带口移居过来的，唯独他的瑞安寮孤门独户，交通不便，交流不便，只有他因生活需要往外走，外面的人不会无缘无故跑到他的草寮前拉家常。孤独是他的个性，寂寞是瑞安寮的特征。

他生儿育女了。也许是周围村庄的某个人看他老实巴交，把女儿嫁给了他，也许是他当初逃到洞头是带着女人或拉家带口的，有关这些内容只要在他的家谱中查一下就知道。总之，他成家了，他在瑞安寮扎下根了。瑞安寮的人气在回升，他的生活勇气在倍增。

不知又过了多少年，瑞安寮开始有了村庄的模样。最初临时搭建的草寮不见了，变成了石头房，大都是低矮的石头房，也有比较有气派的（现在村里还有两间民国建筑风格的房子）。20世纪70年代，洞头掀起了盖房热，纷纷盖起了两层楼的石头瓦房（现在叫"虎皮房"）。草寮没了，但名字没改，就像前坑寮、惠头寮、后寮、寮顶、顶寮等，一直保留下来。除了房子之外，还有通向村外的山路。原来的泥泞小路羊肠小路有了一定的拓宽，有些地方垒砌了石头台阶。

瑞安寮似乎一度走出孤独。但是，瑞安寮还是瑞安寮，仍然摆脱不了寂寞。

村里的生产结构以渔业为主，男人们要翻山越岭才能走到海边干活，当他们起早摸黑走在山路上的时候，山间的风冷飕飕的，吹在身上有阴丝丝的感觉。村里的孩子要读书了，他们也要翻山越岭才能走到学校，也要起早摸黑地走路，尽管他们来回都结伴而行，但仍然有冷静萧落的心理。村里的女人要参加农业劳动，要喂养家禽家畜，也得起早摸黑，虽然无须翻山越岭，但她们还是摆脱不了孤单的境况。村里的老人为数不多，当男人们出海了，女人们上山了，孩子们上学了，他们的周遭就一下子阴沉下来，就连太阳也显得有气无力的。

孤独还在，寂寞还在。

为了彻底摆脱孤独、摆脱寂寞，新一代年轻人开始寻找瑞安寮的另一条出路。

从20世纪80年代中期开始，村里的人陆续外迁，到21世纪初，全村的人悉数外迁，没有政府的行政命令，没有其他的天灾人祸，纯粹是因为生活的改变，因为时代的变迁。想当年，祖先为了活命，为了生存，来到这个荒无人烟的山坳，现在，子孙们为了抗命，为了生活，离开他们曾经的家园，一来一去，其中的滋味已经覆盖了一段并不见长但充满酸甜苦辣的历史。

瑞安寮已不是原先的瑞安寮。如今，村庄废弃了，去瑞安寮成了一种探险的行动。村村通工程并没有惠及它，没有机耕路可行，山路两旁早已是荆草丛生，有时还得借助刀斧之类的工具才能艰难行进。走进村里，那些建于20世纪70年代的石头房内部全部被掏空，只剩下一个外壳，墙上长满了荒藤野蔓，房子之间很难往来相通，每间房子都成了孤零零的分子。此时，若是一个人单枪匹马进入村里，身上的毛孔都会不自禁地竖起来。

瑞安寮还是原来的瑞安寮。它重归于孤独，重归于寂寞。它

摇啊摇，东沙搭桐桥

比原来更孤独、更寂寞。

　　瑞安寮的先人走进孤独，瑞安寮的后人走出寂寞。然而，瑞安寮，你这个名字，你这个村庄，什么时候才能真正走出这种孤独寂寞的缠绕呢？

　　瑞安寮有过改头换面的历史，何时才有脱胎换骨的明天呢？

　　相信这样的日子不会太远！

2021 年 12 月 30 日

第二辑

枫树坑

1972年春，因命运的安排，我在大门岛浪潭中学初二年级复读了一年，那一年我还不满15岁。

学生中只有我一个是漂洋过海来的，学校没有住宿，我就和在学校代课的堂叔吃住挤在一起。因为学习成绩还算过得去，常受到老师的表扬，同学们也都把我当作贵宾一样对待，课余时间总带着我满山疯跑，周末还有同学特地把我拽回家住上一天。

西浪村是浪潭公社的政府所在地，相对其他村要热闹一些。陈同学的父亲是当时的西浪村书记，家境条件还算不错，所以，陈同学的家就是我常去的"宾馆"。

陈同学有四个姐妹，名字中都带"花"，一个个也长得跟花一样，很是漂亮，在她们的身上一眼就可以看出与其他农村女孩不一样的气质来。

深秋的某一天，陈同学的母亲对我说："明天陪我到枫树坑走一遭，有重要事情帮忙。"做客的事我从小就喜欢，有好吃好玩的，何乐而不为？第二天出门时才知道，陈同学母亲的"重要事情"确实很重要：枫树坑的一户人家看上了她家二闺女，她要

摇啊摇，东沙搭桐桥

亲自上门考察一下。

这就是我第一次到枫树坑，以一个"媒婆考察员"的身份，肩负着"不拆十座庙"的使命。

山路扭扭曲曲，路面坑洼不平，路边长满野草。一路走来很少见到行人，爬坡下坡，再爬坡下坡，几里地的山路居然走了近两个小时。回来的路上，陈同学母亲问我什么印象，我出口就说："太远！太难走！"

这就是枫树坑留给我的第一次印象，并不好。

一晃几十年过去了，枫树坑对我来说已经有些淡远，其中也曾有几次与枫树坑邂逅，比如去沙岙沙滩、爬龟岩、考察枫树坑水库等，但都是擦肩而过，没有太多的遐想。

几天前，受邀参加区文联组织的"文联百村"文艺志愿服务大门行活动，枫树坑是活动地点之一，这一次活动让我对枫树坑的印象产生了颠覆性的转变。

车子进入村口，看见公路边有一条溪流，虽然是枯水期，但因为溪流的坡度较大，仍然听得见潺潺流动的水声，那细细的呢喃好像是一曲优柔的音乐，和着周边清新的空气，让人身心舒畅，仿佛有一双柔柔的手在抚摸一样。溪流的上方有一道小小的拦水坝，被水坝一拦，溪流突然就变作了一方水塘，水流一下子从动态变为静态，似乎有一种奔波之后安家乐业的感觉。水塘中有一部正在缓缓转动的水车，不是农事工具，只是一个景点摆设。

下车进村，眼前又是一亮：记忆中坑坑洼洼的蜿蜒小路已全然不见，变成水泥硬化路面，醒目而整洁，走在上面，脚步都变得休闲而灵动了。村里虽听不见鸡鸣犬吠,看不见耕牛牧羊,但山坡之上、阡陌之间绽放着一垄垄盛开的油菜花,很是耀眼。尽管是早春二月,油菜花一点都不羞涩,各自开得忘情而坦然。同行的女同志虽然已经在岙底村的田间油菜花中玩够了,但一见到眼前这么袖珍的菜地,终于也忍不住再纵情一下。

村庄的环境确实不错,很悠闲,很幽静,很优美,但我总觉得缺少点什么。

如今,在区政府"海上花园"的战略实施中,洞头的所有村庄改造已经取得了相当不错的成绩,村庄面貌、乡村环境确实发生了翻天覆地的变化,甚至是一些比较偏僻的自然村,也变得很干净秀气。但是,正是这样的变化,让我产生了几个想法。第一是缺少个性。走了很多洞头区域的村庄,比以前好那是没话说的,可是村与村的差异不大,就像是从同一个美容院里出来的美女,漂亮是漂亮了,但分不出谁是谁。第二是缺少品位。改造后的村庄都有宣传栏阵地,但基本上是一些政治口号和"村务公开"之类的内容,很少有本村特有的文化内涵。第三是需要必要的产业支撑。如果没有经济发展作为目标,那么,靠什么来对这个漂亮的村庄进行更多更好的后续保养与化妆呢?

这个想法刚冒到嘴边,文联苏主席、大门镇童委员就说:"带大家到下一个地点看看。"

下一个地点是两个基地:澳洲淡水龙虾养殖基地和温郁金、浙贝母种植基地。

说真的,这两个基地项目建设时间不长,无论从哪个角度看都是属于袖珍型的规模。但看了两个基地之后,我的心里有一点震动，马上推翻了自己关于产业支撑的第三点疑惑。虽然养殖、种植的规模不大，但万事总有个开头，既然已经起步了，只要持之以恒、坚持不懈地走下去，脚下的道路就会越走越宽，眼前的目标就会越来越近，前景就会越来越光明。

正是基于这个想法的转变，我答应作协施立松主席要写这篇短文，并在写下以上文字之后，还想对枫树坑村提几点个人的想法。

首先，要利用"枫树坑"的名字做文章。枫树坑，顾名思义，是一个生态环境非常不错的地方，全村土地总面积138.3公顷，耕地面积236亩，其中水田86亩、旱地152亩，生态公益林1034亩，枫树应该成为村庄的一张富有个性的名片，在这张名片印上"生态林业""生态农业"等内容，村庄的内涵就会丰富起来，丰满起来。

第二，要利用周边景区资源做文章。枫树坑村位于大门岛东部，周围有观音礁、沙岙、马岙潭、龟岩等著名景区，上山有的看，下海有的玩。枫树坑是这些旅游景区的必经之路，而且现在的交通非常便利，充分发挥周边旅游资源优势，开发农家乐旅游项目，把村庄打造成旅游服务基地、旅游休闲基地，那么，这篇文章的框架就会更大，结构会更完善。

第三，要利用枫树坑水库做文章。枫树坑水库兴建于1989年12月，至1993年3月建成，集雨面积2平方公里，总库容57.4万立方米，正常库容50万立方米，比洞头岛的龙潭坑水库还大，建成后基本解决了大、小门岛居民的吃水困难问题。随着大门大桥建成，大、小门大陆引水势必会提上发展议程。到那时，对枫树坑水库进行生态旅游开发，也不失为一段神来之笔，会成为枫树坑这篇文章的修辞手段，让文章更加生动起来。

这些想法也许大门镇政府早已想到了，只是具体操作方案正在更加细化之中。

参观好枫树坑之后，在回程的车上，我对自己说，现在，如果有谁对我说"陪我去枫树坑走一遭，帮我相亲的孩子把把关"，那我肯定会二话不说跟他走，而且还会对他说："行，嫁到枫树坑挺好的。"

最后，来一小段"补叙"：我的那个陈同学的姐妹后来还是嫁到了枫树坑，她的丈夫还是我高中同班同学，现在，他们当爷爷奶奶应该有十几年了吧。

人，会一天天老下去；但是，枫树坑会一天比一天更年轻。

2020 年 3 月 16 日

摇啊摇，东沙搭桐桥

吉祥的观音

在洞头地名中，以人、物的象形特征来命名的村名有不少，如鹿西的鲳鱼礁、北沙的鸽尾礁、隔头的脚桶石等。观音礁是其中之一。

观音礁村地处大门岛的最东端，东北和鹿西岛隔海相望，东、南、北三面濒海，总面积2.62平方公里，村庄附近的海边有一块礁石，形象酷似观音，是大门乃至洞头著名的象形明礁石。礁石为土黄色花岗岩，因长年累月的海水侵蚀和雨水冲刷，形成了上尖下粗、呈竹笋形状的单体，高度约为22.5米，底座长约8米，宽8米，占地面积约65平方米，从远处看去，海浪拍击着礁岩，溅起了朵朵浪花，形成浪花莲台，礁石犹如立于莲台之上的观音。

这就是观音礁，村庄的命名直接源于这块礁石。后来还有一种说法：这块礁石本来就是观音的化身。两种说法都与观音有关，前者"礁石像观音"，后者"礁石是观音"，一字之差所表现的意义却有很大的不同。当然，不管哪种说法，观音礁确实是个吉祥的地方。

它是秀美之地。观音礁村环山绕水,海岸线长。在漫长的海岸线上,岙多,滩美,礁奇,有着秀美的自然景观和丰富的旅游资源。最有名的是观音礁沙滩,沿着山脚的曲线弧形展开,就像一道弯弯的月亮。如果把这个沙滩重新命名,那么,叫作"月亮湾"是极其贴切的,尽管这个名字会和别的地方重名。海湾波平浪静,海水轻轻拍打着沙滩,就像哄着孩子入睡,是一处极具趣味的天然海滨浴场。海边的礁石各具形态,如耙礁、鹰礁、鸡母娘礁等。和沙滩相映成趣且又各具特色的是山上的岩石,形象惟妙惟肖栩栩如生,如舢板岩、双叠岩、仙人脚印等。有了这些美景的点缀,观音礁像仙境一般。

它是殷富之地。据《宋史兵志》记载,南宋建炎年间(1127—1130),大门岛为宋军十三兵寨之一,岛上有驻军防守,观音礁火焰山上的烽火台就是设施之一。《宋史》的记载只能说明它是军事要地,还不能诠释"殷富"的真正内涵。清顺治十三年(1656),郑成功部队在观音礁后岙设修造船厂,并且在大岜山设立点将台和演兵场,这就热闹了。一个军营驻扎地,除了军事要素外,还得有后勤保障要素,这就和"殷富"有点搭边了。2007年,观音礁村民在建房屋时挖出古代文物,现场采集到韩瓶、窖藏的宋代铜钿、黑釉盏、地下瓦筒流水道、石磨、陶范以及露于地表的铁渣等物品,文物工作者经过深度调查,还发现了观音礁滩头有宋朝时期的炼铁遗址,在山上发现炭窑遗址。这就能充分解释"殷富"的含义了。

它是祥和之地。观音礁村内有几座道教宫庙,都有一些年头了。五显殿,始建于宋朝,清咸丰三年(1853)的时候重修过一次，2010年又有扩建，这是年份最久的道教场所，在整个洞头境内也是数得上的。后岙天后宫，也称妈祖庙，始建于清顺治十二年（1655），庙内主供妈祖娘娘外，还有土地公婆、招财爷、三官大帝等神祇，妈祖驾前的千里眼、顺风耳、宫娥彩女等形象也颇具个性。另外，还有陈府庙（2009年扩建）。2006年村民又在五显殿的东面修建了观音阁，海边的"观音"到了岸上，坐享香火。有了宫庙就一定有庆祝活动，每逢初一、十五，几乎家家都要到宫庙上香，特别是农历三月二十三妈祖节，场面热闹非凡，邀请道士做三天道场，庙内摆十几桌供来客吃福。早年间，逢农历正月十五前后，村里还组织马灯戏进行巡回演出，参加表演的人有六七十人，有时也到大门岛各村进行演出。

它是新生之地。观音礁村下辖观音礁、上南台、下南台、外倒难头、底倒难头、上南垄、下南垄、大爿面8个自然村，从2015年开始，除了观音礁、下南台、外倒难头外，其他5个自然村已经荒废，仅有极个别的几个人留守，成了空壳村。尽管观音礁行政村有一半以上的自然村将近消失或已经消失，但观音礁村的旅游资源还在，可以开发利用，让这些已经荒芜的村庄注入新的基因，重新焕发青春风采。这里有美丽的港湾、沙滩、奇礁异石，且靠近大门岛最著名的龟岩，和马岙潭沙滩仅有一公里的路程，可以和龟岩风景区、美岙风景区连片开发；这里有悠久的文化积淀，宗教文化旅游、怀古考古旅游等可以丰富现代旅游的内涵；这里有大片的山林土地，可以种植不同的经济植物，如杨梅、桃树、枫树等，是现代休闲农业观光旅游的发展腹地；这里是洞头渔业捕捞基地之一，有悠久的渔业生产历史和丰富的渔业、养殖资源，有特色分明的海岛村舍，为渔家乐、农家乐旅游提供了最好的支撑。

  观音礁村处于大门岛的最东端，每天清晨可以最先看到不一样的朝阳。随着大门大桥的建成通车，大门岛的旅游业出现了前所未有的繁荣景象，观音礁村丰富的旅游资源也同时得到了进一步的开发，就像蓬勃的朝阳一样。现在，你来大门岛旅游要是不到观音礁村，那肯定会留下一些缺憾，只要你在观音礁村走一走，海边也好，村里也好，山上也好，沙滩也好，你会不知不觉地让自己的身心沉浸在美丽祥和的氛围中，就像在观音面前沐浴着她的慈祥之光。

> 嚣尘远去淡凡情，
> 独步悠闲自在行。
> 供得观音香一炷，
> 金沙碧水听潮声。

愿这里的人民世世代代吉祥、平安！

2016 年 6 月 22 日初稿
2022 年 5 月 24 日修改

摇啊摇，东沙搭桐桥

"候鸟"青山

一直以来，青山岛是作为一个住人岛记入史料的，凡目前可以看得到的资料，都把它说成是洞头14个住人岛之一。这种说法不知是对是错，说它是住人岛也行，说它是无人岛也不是不行。

青山岛的住人历史，大约是从100年前开始的，但那时只是海上张网作业的渔民季节性居住，属于半定居性质。

青山岛介于大门岛与状元岙岛之间，与大门岛之间的水道叫"大门"，与状元岙岛之间的水道叫"青山门"。由于潮汛、水流、水质、气候等条件，青山岛周围水域历来就是近海作业、张网捕虾的好地方。据上了年纪的元觉人说，清末民初时就有状元岙村民到这里作业，为了省事图方便，就把生活用品、生产用具等家伙什一起带到岛上，生产变成了生活，借道而过变成了安营扎寨。这就是住人历史的发端。然而，这种住人是临时性的，很受时间的制约，张网生产季节过了之后，岛上的人便又一起撤回状元岙岛，青山也成了"清山"。从这种候鸟式的迁徙来看，青山只不过是一个临时落脚的地方。

1958年，小北岙人在青山岛开发了一个农垦点，开始了青山岛的农耕史。此时，青山岛便成了一个"人居岛"。

20世纪70年代，伴随着知识青年上山下乡的鼓角声，一批热血青年挺身而出，投入接受贫下中农再教育的滚滚洪流，大竹峙岛上有垄头村养猪放羊的吆喝声，三个屿上有北岙青年开山放炮的呐喊声。青山岛呢，是学大寨步伐走得最坚定的地方，除了青年人之外，还有中年人，拉家带口是最大的特色。于是，岛上有了男女老幼相互串杂的招呼声，有了简单的小学，有了简易的卫生室，他们已做好了在青山岛永久性居住的打算。眨眼之间，青山岛从一座孤岛变成了一个行政村，下辖三个自然村，人口总数虽然不多，最热闹时也只有35户人家、180多人，但奶娘小小也是妈，从这时开始，青山岛便大模大样走进住人岛的史册。

然而，这个史册的内容并不多，只有几页。

青山岛不是一个适合人类永久性居住的地方。岛上没有充裕的土地，没有足够的水源，也没有一条可以踏实行走的小路，甚至没有一块可以让孩子们游戏玩耍的平地。即便政治潮流中的人们有战天斗地的气概，有改天换地的战斗能力，但生存仍然是第一要素，青山岛的生存环境、交通环境甚至连最起码的生老病死都无法保障。在现实与理想的冲突中，有人清醒了，后悔了，叹息了，隔三岔五总有人回到状元岙岛。青山岛上的居民在渐渐减少，1985年，行政村撤销，青山作为一个自然村归属于小北岙行政村。

随着改革开放的历史进程，人们的生产结构、生活方式发生了翻天覆地的变化，生存理念和生命意义也出现了颠覆性的转折。政治热潮可以给人热血冲动，经济热潮同样可以给人利益驱动。渔业资源的衰竭、农业资源的贫瘠、生活条件的落后、交通环境的闭塞，让青山岛的人面临着现实的疑问，尤其是改革开放的东风、转产转业的战鼓使他们再次做出了选择。于是，就像当年豪情满怀上青山一样，人们又拉家带口从青山岛撤回，回到他们祖辈生活过的故居。小学不见了，卫生室不见了，牲畜不见了，似乎又是在眨眼之间，青山岛从住人岛变成了无人岛。

历史的进展常常会出现让人意想不到的画面。

21世纪的某一天，青山岛被轰隆的机器声吵醒了，挖掘机在青山脚下不停地刨着，似乎要从坚硬的岩石间挖出金元宝银疙瘩一样，机器声告诉人们，这里又有人声人迹了。

但是，这次的人声人迹机器轰鸣，唱的却是另外一个调子。

事实告诉大家，青山岛是不会认输的。

2019年6月，一个总投资为22亿元的旅游项目落户在青山岛上，被挖掘过的土地上再次响起了轰鸣的机器声，青山岛再次唱响了复苏之声。

这个项目是温州市唯一入选国家文旅部等7个部委公布的全国文旅投融资项目，也是浙江省"152工程"和"温商回归"投资项目。一期工程总投资8亿元，包括金海沙滩、海洋牧场、温泉养生、妈祖文化阁、紫云阁观景台等20余个景点项目。未来的青山岛，将形成"一心一环四区"的功能格局。"一心"为青山岛码头服务中心，"一环"为青山岛休闲环，"四区"为活力海岸娱乐区、闲趣海鲜体验区、山地海岛休闲区、海岛运动旅居度假区。建成后将成为浙南地区功能最全、项目最齐、规模最大、档次最高的综合性大型海上度假乐园,将是温州未来的"海上迪士尼"。

到那个时候,青山就不是候鸟路过歇息的补给点,而是候鸟繁衍生息世代相袭的"鸟巢"了。

真的希望,青山不再是一只来回迁徙的候鸟,而是一只翱翔腾飞的雄鹰。

2022 年 3 月 3 日修改

摇啊摇，东沙搭桐桥

心中的元觉

曾何几时，元觉离我那么远。远了就有一种陌生感。

那是一段遥远的路程。从童年到少年，到青年，每每说起元觉，总觉得那是一个很远的地方，要坐船，而且要赶着潮汛坐船，错过了涨潮时间，那就要在岸边隔海相望了。坐了船之后，上了元觉的地盘，眼前并非一个值得留念的地方，从这个村到那个村，翻山越岭累得汗珠像线一样，伴着粗粗的喘气声挂下来，滴在岭上那条蜿蜒的小石头路上。

记得那是1974年，父亲地里的冬瓜获得了丰收，小的十几斤，大的100来斤，堆得像小山似的，总产量估计不少于3000斤。这么多的冬瓜短时间内根本无法在北岙农贸市场卖掉，父亲动员了全家的力量，挑的挑，抬的抬，专门往桐桥、隔头、垄头大山等部队驻扎的地方送，但一天也只能送200来斤。后来，父亲就把冬瓜挑到新码头，坐船到三盘、元觉、花岗等岛上。那时我已经是一个懵懂少年了，虽然在农活上帮不上父亲，但想起父亲挑着担子在外岛的山路上蹒跚的情景，心里总是有些牵挂。那一次，父亲很晚才回到家，碎碎叨叨说个不停，仿佛谁抢了他似的。原来，父亲为了赶船从元觉回来，狠狠地放了血价，把100多斤冬瓜贱卖了，三三得九、二四得八地掰了掰指头，纯收入还不到20块钱。类似这种经历，在父辈的脚下走过了多少次，每一次或多或少总能给我留下一段记忆，一段酸楚。

曾何几时，元觉离我这么近。近了就有一种亲切感。

五岛连桥工程建成之后，元觉一下子站到了洞头的大门口，每次坐车经过元觉的时候，心里想到最多一个词是"家"。当元觉慢慢从车后隐去时，家渐渐远去；当元觉迎面从车前走来时，家也就只有一步之遥了。出出进进走得多了，元觉真的就成了家门口的一道风景，一抹甜甜的微笑。出门便是大道，归来即是通衢，记忆中的元觉山间的小路成了家门边的台阶，这条台阶已经废弃，连同记忆中的杂草一起荒芜。

有一次，等父亲吃中饭，一直等到下午一点钟，还不见父亲蹒跚的脚步，心里不免有点着急。三点钟左右才见父亲回来，佝偻的身子上荷着两只空空的菜筐。正想大声说父亲几句，父亲却先开口了："我从元觉（深门）走回来的。"原来，父亲在太阳还没起床的时候就挑着一担子青菜，步行到元觉，因为走的是大路，大路边的新房子一间连着一间，走着走着就走到了深门，卖完菜后又徒步走回来，走着走着就走到了太阳吃点心的时间段里。父亲说："我一点都不累，不知不觉地怎么就走出这么远呢？我原来也想卖完菜之后坐车回来，但等来等去就是看不见车，有这时间等车，不如慢慢走回来，来的时候挑着担子只顾卖菜，没好好看，现在空着手看个仔细，还能省几块钱呢。"看着父亲脸上的皱纹里泛着孩子般的微笑，我也在哭笑不得的情境下选择了笑。这是一种宽心的笑。

曾何几时，元觉又渐渐淡去。淡去之中有一种思念。

历史的车轮转得很快，一下子又转过了10个年头，当洞头峡大桥通车以后，当洞头成为温州的市区之后，洞头这座刚建不久的新房子又重新扩建和装修，霓屿成了洞头的门庭，灵昆成了洞头的大门，而元觉呢，变成了房子内部的一个厢房和客厅，谁进出大门还要特地拐到厢房里溜达一阵子呢？于是，又有一段时间和元觉有点疏远了。但这种疏远是暂时的，元觉绝对不会被淡忘，就像家里的客厅一样，他仍然是家里最值得流连的地方。

父亲曾经说过："半岛通车后，我要走路到温州。"说这话的时候，脸上那种很兴奋的表情已经把他内心对半岛工程开通的渴望表现出来了。有一天，我对父亲说："爸，我请您坐飞机出去旅游。"父亲骂了我几句"钱多了"之后，很认真地对我说："带我到温州玩一趟吧。"我知道，父亲已经老了，无法兑现自己步行到温州的诺言，但我心里更清楚，父亲这辈子能不坐船就可以到温州，这应该是莫大的幸福。这一天，我陪着父亲转了几条温州马路之后，请父亲吃了一餐中饭。父亲很是执着，点了一盘青菜、一碗冬瓜汤。我知道了，那一年，当他挑着担子在元觉的道路上慢慢行走的时候，他的眼前肯定波荡着一道浓浓的风景，他的内心肯定已把30年前撂在山间石头路上的记忆找了回来，又小心翼翼地珍藏在连着心脏的血管里。

曾几何时，元觉又姗姗走来。走来之后是一种祝福。

有好几次，我独自走在新城大坝上，隔海看着对面的元觉，看着渐渐走近祥和的元觉夜色，看着元觉山上熠熠闪烁的灯火，我的心绪又慢慢地起伏着。我知道，眼前那座山岭，是亘在元觉人心头的一道浓浓的爱，更是一道对未来充满希冀的憧憬，他的一边是正在建设的新区，另一边是已经成型的温州深水港区，这道山岭宛然变成了一条腾飞的巨龙，游戏着旁边的两颗大珠。

突然，我在灵台深处看到了天上一颗特别亲切的星星，我知道，那是父亲在天堂中注视着我的眼睛，他的闪烁，绝对是父亲充满欣慰充满祝福的眼神。父亲这辈子很累，很苦，但他不希望子孙们重走他走过的老路，于是，他把自己生命中的所有期盼都浓缩在这道深深的眼神里。透过这道眼神，我仿佛听见父亲在喃喃对我说："我坐船到过元觉，走路去过元觉，乘车经过元觉。几十年了，元觉就像一本书，一页一页慢慢地翻着、看着，每一页都有不同的内容。现在，我就在天上，透过云层看元觉，如同坐在飞机上一样，更是让我惊喜。如今的元觉一天一天在变化，一天一天在成长，都快让我认不出来了。元觉还是像一本书，但这本书的内容更像一幅画，比以前漂亮多了，丰富多了，怎么看都看不够。你不是要请我坐飞机旅游吗？就替我把这些内容记下来吧，也算是给我买的一张机票。"

于是，望着那颗星星，我扪着心说："父亲放心，元觉离我们很近，元觉与我们很亲；我们和元觉牵手，我们与元觉同行！"

2018年6月4日

摇啊摇，东沙搭桐桥

第三辑

用北岙解锁洞头历史

在有关官方的史料记载和非官方的文字记录中，对洞头的历史起源有这样的表述：3000多年前洞头岛上就有人类的活动，其证据是1984年在九亩丘出土了若干"石锛"，并把九亩丘定为"新石器遗址"。对于这种说法，本人在《洞头纪事》有关文字中曾提出了质疑并做了一定的分析。

本文将从另一个角度，即从"北岙"的地名入手，力求为洞头人文历史的起源再做一次解锁，起一点抛砖引玉的作用。

北岙，顾名思义，原来是个岙口，因为处在中仑（当时的经济、文化中心点）的北面而名。北岙的岙口很有特点，它不是"三面环山、一面临海"，而是一条狭长的潮间带，涨潮的时候，海水会从垟口一直漫到三垄岭的脚下，这地方被叫作"岙底内"。也就是说，现在的中心街在几百年前就是一片狭长的海滩。

北岙最早的人口集聚点在顶寮一带，这一点从另一个人文元素上可以看出。在北岙境内有三处宗教宫庙：娘娘宫、土地宫和玄帝宫。娘娘宫在七十二台阶附近，土地宫地点就是现在的便民服务中心，玄帝宫原来在现在的鑫盛大厦处，后经过了一次迁移和一次迁建。按传统的文化理念，宫庙一般只建在海边或山上，不会建在村中心，这三处宫庙环围在顶寮，可见顶寮的中心地位了。随着人口不断增多，民居慢慢沿岙口两边的山脚向下延伸，但只延伸到下街，并取了个与顶寮相对应的名字，叫"下寮尾"。

北岙街是200年来慢慢形成的，200年前它还是滩涂一片。清嘉庆二十五年（1820）前后，埭口围塘建成后，北岙的滩涂淤积成地，北岙也就失去了"岙口"的特征，之后，才有了北岙街的规模（上街、后街、下街）。

埭口围垦是有故事的。当时，有个平阳人从矾山迁徙来洞头，看到埭口滩涂里面大外面小，形似袋口，适合围涂造地，便开始围垦。建成后觉得风水不好，就转卖给苏氏开发经营。苏氏为了把堤坝加高加固，就把围垦后的部分土地转卖他人而筹备资金。建成后的堤坝抗风浪能力还是比较弱，时常会有潮水从堤坝漫进来。最严重的一次是1953年农历九月初三，天文大潮期间又遇上台风袭击，海水涌过堤坝，向北岙地界滚滚而来，一直漫到下街头，即现在烈士路、人民路和中心街交叉的十字路口。

埭口围塘的滩涂周围有斗门头、大山、后埭口、苔岙、风门、九亩丘等村。现在重点说一下九亩丘。

洞头方言把九亩丘读成"狗母窟"，好像是说这是一个野狗出没的地方，甚是荒凉。但有人觉得这种说法太难听，就写成"九亩丘"，并解释为"山上有九亩田地"。两种说法谁是谁非不去讨论，先看看九亩丘的地理位置。

九亩丘是风门村的一个自然村,与风门自然村隔邻。300年以前,九亩丘与风门之间隔着一条浅水道,涨潮时无法通行。风门的"门"指的就是这条水道。埭口围塘建成后,水道被逐渐积高的泥沙填平,两个自然村连成一片。其实,早在清康熙三年(1664)小长坑老塘建成之后,滩涂的淤积已经对水道产生了影响,埭口围塘加速了水道的消失,九亩丘与打水鞍所在的原来的岛屿也不复存在。新中国成立后,1958年12月南塘围垦开始兴建,1969年2月小长坑外塘开工建设,1990年底南塘围垦基本建成之后,风门、九亩丘的滩涂全部消失。

　　现在把话题回到本文开头的"新石器遗址"上。

　　新石器时代是石器时代的最后一个阶段,以使用磨制石器为标志,是从10000多年前开始,结束时间为距今5000多年至2000多年。九亩丘"遗址"的时间定位很保守,取其中,表达为"3000多年前就有人类活动"。

　　那么,问题来了。第一,300多年来九亩丘已经发生了沧海桑田的变化,3000多年前又是什么样子的呢?如今我们想象不出当时的人类是怎么活动的。第二,即便3000多年前洞头境内有人类活动,那这些人干吗不在其他"大"的地方活动,偏偏跑到鸟不拉屎的弹丸之地九亩丘呢?于情于理都说不通。第三,最关键的,石锛是新石器时代的产物,作为劳动工具,它会长时间地存在,即使是在铁器工具广泛使用的年代,也不可能一下子就把石器工具彻底赶出历史舞台。20多年前,有一位民族学家在云南独龙江考察,意外发现一柄正在使用的石锛,并得到了它,再次证明在西南的一些民族地区确实有原始社会的生产方式存在。

那么，结论也来了。这就是，九亩丘出土的石锛不是新石器时期使用的工具，把洞头的"人类活动"一下子掼到3000多年前显得很突兀，道理也很勉强。

1984年4月九亩丘出土石锛的同时，也发现了宋代冶炼遗址、土墓葬、陶片等，这是一个奇迹，在同一个只有几百平方米的地块内发现相隔了2000多年的器物，真的是匪夷所思，除非这个地方有着特殊的地理环境、物质条件和人文脉络。如果是这样，九亩丘就会有许多的历史节点和文化印记。但事实正好相反，2000多年来，不要说九亩丘，就是整个洞头，这个历史是断档的，没有任何证据可以支撑。那么，我们只能做这样的推论：在唐末宋初，曾有半定居性质的先民在这里用石锛这种最原始的生产工具过着他们最简单的生活，因为所谓的"宋代冶炼遗址"其实也就是简单的"打铁"，用"冶炼"来定位似乎有点夸大其词。

2013年，北岙中心街延伸工程经过九亩丘时，又发现了宋末元初煮海盐遗迹，随后进行考古挖掘，发现盐灶、卤坑、房址以及大约100平方米的滩涂、引蓄潮水设施等遗迹，并出土各类制盐陶具数百件。经过专家考证，确定为宋元盐场遗址，现已定为浙江省"历史文化保护遗址"。这就更加确定了宋元时期九亩丘周围是滩涂和海域，从而也进一步说明了3000多年前的九亩丘是不可能有人类活动足迹的。

当然，本文所说的也只是个人的看法，虽然分析得似乎"合情合理"，但不一定符合历史的真相，说对的是"一家之言"，说不对就成了"一面之词"。所以，本文只当作是一把钥匙，希望能帮助解读一点洞头的人文历史，也许它与洞头这把锁不般配，无法打开洞头人文这扇门，也许洞头这扇门上的锁已经锈迹斑斑，钥匙再般配也打不开。

最后，画蛇添足说一句：把过去的埭口滩涂和北岙滩涂连在一起，其形状真的像一把钥匙，九亩丘就处在钥匙把手的一端。

2022年2月4日

再说洞头地名来历

据说，关于"洞头"的文字写法始见于民国初期，之前并无文字记载，仅存于口头表达。自从有文字记载以后，对于"洞头"地名的来历开始有了解释，但基本上是围绕着"洞"字而展开，从文字意义上去理解，认为洞头地名的产生与海边的某个"洞"有关。新中国成立初期，社会上曾有关于"洞"的口头传说，20世纪70年代，因对海洋文化的整理挖掘，把传说提升至文字表述，产生了关于"洞头地名传说"的文章。此后，社会基本认同这种说法，并广泛流传，后来被写进了某些具有史志性质的资料中。

近几年，虽然对"传说本"的解释产生怀疑，但无法提出更科学合理的说法。

一般说，地名是产生在文字之前的，先有口头的说法，后根据语音才产生了文字记录。但是这种语音记录往往用同音字来替代，这在古代的一些史志中经常出现，特别是沿海周围的岛屿命名，如不同版本的《玉环厅志》《温州府志》《永嘉县志》《乐清县志》等。"洞头"的地名就属于这种现象。后来的人从现有文

摇啊摇，东沙搭桐桥

字记录上去追考地名，就只能从替代的文字意义入手，而忽略了地名产生的本义。这种方法有点"走歪了"，既不适合"洞头"地名的探讨，也不符合别的地名的解释，也就是说，从现在的文字意义入手解释地名的做法在其他地方也同样存在。

本人认为，"洞头"地名的来历不能简单地从字面意义上去解释，应该从语音方面去分析，因为"洞头"地名是先有口头语后有书面语，而不是口语和书面语一起产生的，更不是书面语先于口头语。

从语音上分析，"洞头"应该写成"掉头"。

"掉头"，指的是车船回头。《闽南话词典》中有明确的表述。

周恩来写过一首很著名的绝句："大江歌罢掉头东，邃密群科济世穷。面壁十年图破壁，难酬蹈海亦英雄。"这首诗表达了周恩来东渡日本寻求真理救国救民的理想与决心，"掉头"表明了义无反顾的抉择。

梁启超在1898年戊戌变法失败后流亡日本时，也曾有诗句曰："前路蓬山一万重，掉头不顾吾其东！"

这两首诗中的"掉头"就是"回头"的意思。

在洞头方言中，对车船"掉头"有两种语音表达方式。

一是最早的读法，读作"当头"（谐音），而"当"的语音又有文白两种读法，白读为"当"，文读为"东"，"东头"与"洞头"的语调差异是因为在语言交流中产生的语境音变。关于这个理解，本人在《洞头纪事》之《洞头名称来历》一文中曾表述过。

第二种是现代的读法，读作"调头"，这是因为受到普通话的影响而产生的。当然，现在基本流行第二种读法，但第一种的读法还没有彻底消亡，一些年纪稍大的人和一些比较偏远的村庄，还保留着第一种说法。

温州有一条地标性的街道，叫"五马街"。一直以来都从"五马"的字面去理解，于是就有了第一任市长王羲之、后来的市长谢灵运等人物和五匹马拉上关系，甚至还有了与打草鞋老人有关系的民间传说。其实，从语音上去看就很好理解了，这条街叫"午门街"。午门街最早是一个行政区域，叫"午门坊"，相当于"居民区"，范围就在古温州衙门的南门地带。后来，午门街变成了街道，有横街、直街。现在就单指五马街了。说来也有趣，不止温州把"午门"写成"五马"，有些地方也写成"五马"，当然，也有很多地方保留"午门"的写法。

类似五马街的温州地名还有，如四姑桥写成"四顾桥"，西郭也曾一度被写成"西角"。

退一步说，即便洞头的名字与"洞"有关，那么，这个"洞"在哪里呢？按照民间传说的说法，这个"洞"在仙叠岩脚下，但从现实来看，仙叠岩下面也没有"洞"；即便仙叠岩下面的岩隙是"洞"，那这个"洞"又叫什么洞呢？一直以来无名无姓。除此之外，洞头其他地方一直找不到传说中的那个"洞"。洞头带"洞"的地名还有两处，一是"杨文洞"（蝤蠓洞的谐音），一是"兰湖洞"（鲥鲎洞的谐音，在大门岛），都与真正的"洞"不搭界。洞头的海岸线有许多因海浪冲刷而形成的石缝，看似有点像洞，但这些所谓的"洞"是不可能当作有代表性的地名的，从"洞之头"的角度看，这些"洞"都不能构成某个地域

149

的中心。

从洞头的其他地名来看，用语音解读的也很多，已经得到公认的有南策、大瞿、石子岙等。南策，谐音"南贼"，过去曾是海盗的据点之一，故名。大瞿和霓屿以前属于永嘉，先民一部分从永强等地迁入，所以，解读地名要从温州话入手，大瞿读作"渡居"，石子岙读作"贼子岙"，过去也是海盗的居住点。此外，有一些要以语音解读的地名还没有得到广泛认可，如蛰埠厂应该写成"提步厂"（闽南语读法），霓屿应该是"泥螺"（温州话读法）。

所以，"洞头"这一地名从字面上无法解释，只能从语音上分析。而且，用语音分析的时候应该把读音回归到本音上，因为语音在实际交流中会产生音变，如果用现代读音去分析，就会造成歧义和错解，传说本就是用现代音去解读的。用字的本音去推测本字，用本字去解释本义，需要有一定的依据，既要符合古代语音的变化规律，又要符合古代的人文历史，解读的难度很大，导致被接受的难度也很大，不是所有人都知道语音变化规律的，也不是所有人的思维都能从眼前的传说模块跳出来。至于传说本的解释，发挥想象思维的空间也很大，怎么说都可以，毕竟是传说。所以，有的地名传说版本还不止一个，如元觉的状元岙。

最后补充说一下，用"掉头"来解释洞头的说法，目前已经慢慢有人认可了。

2022年2月18日

曾经的岛屿

在洞头的版图内,有几个地方曾经是岛屿,因为时代变迁,沧海桑田,现在已经和它附近的大岛连成一体,看不出是个独立的岛屿,甚至是洞头的一些地方性资料中也没有把它们当作岛屿来记载。本文所涉及的几个岛屿,因为没有相关资料可以佐证,只好用推理的方法,尽可能地为它们的"前身"做一番简单的探讨。

一、打水鞍,这可能是最早"消失"的岛屿

打水鞍只是个村名,并非这个岛屿的名称。据《百岛百村》记录,打水鞍和鼻仔尾自然村后面有一座山,和风门村相对,这座山叫"靠山"。或许是这个岛屿的名字,因为岛屿消失较早而被人忘记了。如果"靠山"能成为岛屿的名字,我觉得应该写成"洘山"。"洘",水干涸的意思,这里可以解释为"潮水退干"。

"靠山岛"消失的主要原因是埭口塘。《洞头县志》记载:埭口塘自东门(埭口)至鼻头仔(打水鞍),全长186米,堤高3.5米,宽2米,始建于清嘉庆二十五年(1820)前后。但是,在《百岛百村》的资料中认为"始建于清雍正五年(1727)",两个资料所表述的年代竟然相差近100年。围塘建成之后，几百亩的滩涂变成了耕地，后来变成水田，"埭口畹"是洞头岛面积最大的水稻种植地，没有之一，也没有异议。

但是，埭口塘围成之后也不能说明打水鞍所在地的"靠山"是个岛屿，这里就牵涉到风门村。"靠山岛"北侧九亩丘（属风门村）与风门村之间原来是一条水道（"门"就是水道），可以顺着"靠山"的山脚、沿着长坑海面（现在的南塘）通向洞头江，但水道并不深，退潮的时候两个自然村甚至可以涉水往来，因为埭口塘的建成，水道变成了陆地，于是，"埭口畹"就形成了。

从埭口塘和风门水道可以断定"靠山"原来就是个岛屿，它的消失如果按县志记载埭口围塘的时间看也有200年的时间。

二、南山，在霓屿岛的南端，也是洞头最西部的住人岛

南山与霓屿岛连在一起的时间虽然没有资料可以参考，但是它作为岛屿的身份是可以明确肯定的。

在走访正岙村几个80多岁的老人时，他们的口径非常一致：南山原先是个岛屿，有一条窄窄的十几米宽的水道将它与正岙隔开，位置就在霓正线的正岙入村口和正岙至南山公路的起点，这地方现在看有些坡度，以前却是正岙与南山之间的渡口，有专门的渡船往来摆渡。渡船没有船桨，没有橹，用两条绳子分别系在船的头尾，要过渡的人只要抓起缆绳就可以将渡船拉到眼前，上船后拉另一端的绳子，轻轻松松不到一分钟就可以上岸。

渡船往来总有不便之处，后来，正岙人就地取材，从山上挖来石块，干脆把水道给填了，渡口成了陆地，南山和正岙连成一体，其连接点就是现在正岙通往南山、小北岙的"丁字路口"处。

真正让南山岛彻底"消失"的还有一处工程，即正岙塘堤。塘堤从正岙村口的杨府庙门前通到南山北面的山脚海边，是一条用石头垒成的堤坝，在靠近南山的一侧还有个简单的水闸。也许是这条堤坝比较简陋，没有被有关资料记录在案。据村里的老人说，这条堤坝是他们的老祖宗建的，有300年的历史了，但是，到底是哪一代祖宗说不清楚，因此无法通过家谱等资料来考据，"300年"的说法也只是个估计。

堤坝建成后，正岙门前的滩涂发生了沧桑之变。一开始，滩涂还是滩涂，水闸一开变成平静的海湾，滩涂上养着蛏子，水面上有成群结队的鸭子在嬉闹。后来，滩涂变成了耕地，种着五谷杂粮瓜果豆蔬。再后来，耕地变成了水田，虽然种植面积只有几十亩，但这可是霓屿岛上唯一的稻花飘香的地方。这种场面，年纪稍大的正岙老人都有很深刻的记忆。正因为种植水稻，1955年，霓南片的粮站从下郎搬到正岙，1967年还专门建造了粮食仓库。1986年10月，霓南乡成立，乡政府暂借民房办公，后来就建在这块水田上。毕竟是乡政府所在地，太寒酸了不行，于是，乡政府鼓励大家在这块田地上造房，除了正岙村民之外，上郎、下郎等地也纷纷有人迁居于此。正岙的村居规模逐渐彰显。

1999年10月，新的正岙围塘动工兴建，2001年10月完成，堤坝总长250米，顶宽3米，围涂面积150亩，是老围塘的五倍。此时，这块水田成了相关部门的办公场所和民房，不仅有医院，还有学校。近几年来，围塘经过加高、加宽、加固，成了现在的样子。

摇啊摇，东沙搭桐桥

从渡口到堤坝，从滩涂到住宅，南山真正成为正岙村，甚至成为霓屿岛不可分割的整体。

三、燕子山，在洞头岛北部，面临三盘江，是名字最多的岛屿

光绪版《玉环厅志》之"三盘图"中记有"九厅墺"的地名，在《舆地》篇里有"山之峰峦九厅山最为耸拔，上置烽堠"之说，指的就是燕子山。九厅山也好，九厅墺也好，它是官方史志的说法，属于身份证的名字，民间的小名叫"水桶擂"。

"水桶擂"是三盘话的读法，由此可以推断，水桶擂（包括内瑾、岙仔、杨文洞等地）最初应该是三盘人生产生活经常光顾的地盘。为什么叫水桶擂呢，肯定与水有关。三盘岛历来缺水，岛上居民经常会到对岸的燕子山取水，因而也会经常发生水桶"擂"（滚）下来的事情。但这仅仅是传说而已。既然是传说，本人突然有了一种崭新的解释版本，即"水桶垒"，理由是：燕子山本身也缺水，等水的人多了，水桶自然会一只一只"垒"起来排队。哪种版本更合情合理？不好说，见仁见智罢了。

操闽南方言的洞头岛人，一开始也把此山叫作"水桶擂"，但是用洞头话读作"水桶内"。后来又给它取了个比较文雅的别名，叫"燕啊山"，也许是它的山形东高北低、东宽北窄，像一只跃跃欲飞的燕子。"燕啊"（i, a, 鼻化音）是洞头方言的白读，受普通话的影响，20世纪70年代开始，有人用文读读成"yan zi"（声调不同于普通话），一下子流传开来，并成为今天大家最为熟悉的名字。

燕子山和九厅连在一起的时间没有历史记载，但估计应该不长。

燕子山与九厅之间有条水道，最窄的地方只有十几米，就是现在杨文工业区与九厅村之间的红绿灯路口。以此为界，北面的海叫后海，南边的海叫面前滩。涨潮时两个区域的海连在一起，退潮时又成了滩涂，还是连在一起，水道变成了水沟，很像是哑铃的杠杆。

燕子山和九厅相连的时间很有可能是在民国后期或解放初期，因为新中国成立前三盘人与洞头（北岙）之间的往来并不经过燕子山从陆地通行，而是通过小舢板直接到北岙后，这是一。其二，洞头境内在1953年之后才有公路，燕子山的公路建于20世纪50年代后期，与燕子山老码头是同步的。燕子山新码头（水桶擂客运码头）始建于1966年，之前，老码头是洞头至温州的主要客运码头。

记得是1968年暑假，父亲因生产队养殖紫菜需要到旧埠头（即老码头）购买毛竹，好奇贪玩的我不顾路途遥远死磨硬缠跟着一起走，来到大九厅的地盘上，有几个印象一直记在脑海里。一是现在的红绿灯十字路口当时是丁字路口，路口有一道高约两米、长二十几米的石墙，九厅通往北沙、通往新码头的公路在路口处有小坡度，爬上坡才是墙上端的公路。二是站在石墙上看，后海还是一片海滩。三是石墙靠近九厅村的地带（现在的村部）是一片耕地，上面种着番薯等农作物。四是公路左边的水沟依然很自在地横卧着，水沟对面也是几块农耕地，房子寥寥无几。五是水沟上有一条简陋的木桥，桥头有一个小商店，商店的背后是北岙后海滩，即九厅人说的面前滩。从这几点看，尽管此时的燕子山已经和九厅相连了，但作为曾经的海岛，特点还是非常明显的。

四、屿仔，是洞头面积最小的住人岛

屿仔的消失时间比较明确，是在九厅后塘（二期）建成之后。

九厅后塘始建于1958年，施工过程中发生重大事故，造成11人死亡，后因资金和技术问题停建，1973年基本完成堤坝施工，1979年竣工。按理说，九厅后塘围垦完成后，屿仔与九厅相连就不是单独的岛屿了，但是，在两轮的《洞头县志》中都把屿仔当成14个住人岛之一来记录。

以上是四个"消失"的住人岛，下面简单说说另外几个无人岛。

一、中屿，在洞头江北面的海面上

中屿的消失跟一波多折的南塘围塘有关。

1958年12月，南塘围塘开工，后因自然灾害影响，于1959年10月停工；1965年3月重新开工，因"文化大革命"发生，于1967年6月停工；1974年再次开工，1975年1月6日，因发生大规模武斗而停工；1977年12月，第四期工程开工，这次还算好，工程历时3年，但在1981年5月又停工了；1986年10月，最后一期工程开工，在省市水利围垦部门专家的指导下，吸取了以往的经验教训，所以工程进展比较顺利，1988年1月19日，围垦大坝堵口成功合拢；1990年底围塘工程基本完成，1991年12月10日通过验收，达到四级海塘设计标准。（以上资料摘自《洞头县志》）

南塘围塘自打水鞍村的鼻仔尾经中屿至铁炉头村，中屿正好处在水闸的位置，围塘建成后，中屿就不再是岛屿了。

与中屿一起"消失"的还有一个小屿，与铁炉头自然村一水之隔。关于铁炉头的地名，官方史志也好，民间传说也好，都认为是古代炼铁的地方，铁炉头的村民因此就把呈长方形的小屿说成"风柜山"，把村前的水道说成"囟管"，尽量与"炼铁"拉上关系。其实这也是"望文生义"的说法。

二、拨浪鼓，在半屏岛的西端，读音一致但写法各有不同

拨浪鼓很小，岛屿面积只有 0.032 平方公里，最高海拔 49.5 米，但这个"弹丸之地"曾经是军事重地，新中国成立初期部队有一个炮兵排在此驻扎，守护着白鹭门和洞头渔港的安宁。

拨浪鼓和半屏岛之间有几十米的距离，退潮之后会露出一片坑坑洼洼的沙石滩，赶海的人可以在沙石滩捡海螺抓小蟹，也可以走过沙石滩到拨浪鼓岩石边钓鱼。二十几年前，还能看见沙石滩上有几处用水泥在乱石之间稍微"涂抹"一下的"小路"，还有一条用硬木板铺成的"小桥"，有人认为这是当年部队留下的"工程"，也有人认为是在拨浪鼓搞水产养殖的人的"大作"。2004年开始，洞头县重点工程——温州（洞头）中心渔港开工建设，在拨浪鼓附近建设斜坡式防波堤，工程于 2008 年 4 月通过验收。因为工程建设需要，这片沙石滩被填平，变成了材料运输的道路。

拨浪鼓是在 21 世纪初消失的，这点比较明确。

三、老虎山，也叫老虎屿，在三盘岛大岙村的对面，面积 0.0028 平方公里，最高海拔 26.7 米

1981 年秋，我从霓屿中学调到三盘中学，在三盘工作的几年中，经常在傍晚时分和几个洞头的朋友，沿着三盘码头到老虎山脚下的海边岩石上玩，但在涨潮之前必须回去，因为潮水涨不到一半，老虎山就成了孤屿。

1994年10月，作为三盘港建设配套工程之一的300吨级三盘鱼货客运综合码头建成，老虎山便不再是单独的岛屿。

2011年，大岙村投资150多万，在老虎山建成一个休闲型公园，后来，洞头纪委在公园里植入廉政文化，搞得有模有样，曾一度成为省市廉政文化阵地建设的典型。

四、龟屿头，在东沙渔港，属大王殿村，由头龟屿、中龟屿、末龟屿三个小屿组成

2002年12月27日，东沙渔港防波堤开工建设。防波堤就建在龟屿头，全长350米，因基础淤泥厚达23米，成堤后最大高度达43米，基础宽最大90米，堤顶宽度5.09米。工程历时20个月，于2004年7月建成。可以说，这么大的工程几乎让龟屿头不复存在，是真正"消失的岛屿"。

以上所举的几个地名，从现在的角度看已不是单独的岛屿，而且已经在两轮的修志之前就"消失"了，但是，仍把屿仔、拨浪鼓、龟屿头、老虎山说成岛屿，这种表述不知正确与否。

2022年10月17日

形象的岛礁名

洞头的岛（屿）礁（峙）很大一部分是根据其形状来命名的，一看名称就知道它像什么，很是逼真，惟妙惟肖。本文就此举几个例子简单说明。

斧头屿。在洞头岛东部的海面上，是洞头境内比较大的无人岛之一，也是国际航标灯塔的所在地，洞头方言的读音是"斧头峙"。有些正规资料也把它写成虎头屿。

到底是斧头还是虎头呢？

其实，从洞头话去解读就很清楚，没"虎头"什么事。洞头话中，"斧"与"虎"是两个不同的读音。洞头话中没有轻唇音f，凡是带f的音节，大部分都读成h，这种读法直接用到普通话的读法上，所以就有了福州湖州分不清的趣话。还有的要读成b或d。洞头话中，"虎"的声母是h，而"斧"的声母是b，这就是典型的对上古音保留的直接证据，叫"轻唇归重唇"。

由此说来，把斧头写成虎头是很合情的，但不一定合理，正规资料写成"虎头屿"，那就成了合法。

1978年春夏之交，我因参加捕墨鱼生产，在斧头屿住了一个

摇啊摇，东沙搭桐桥

多月，经常到国际灯塔的驻地和驻守人员玩。站在山上往下看，斧头屿还真像一把锋利的斧头，它的南面是一大片有些坡度的"平地"，上面不长树木，全是草，所以看上去很平展，像是斧头的刀面；东西走向的山岭很陡峭，呈长形状，瘦瘦的，长长的，像是斧头的把柄。

龟屿。在洞头岛的东部，紧连着大王殿村，是东沙渔港的屏障。

龟屿有三个岛礁组成，分别叫头龟屿、中龟屿、尾龟屿（也写成"末龟屿"），三个屿礁并列浮沉在海面上，极像是一只庞大的乌龟。这只乌龟平时静悄悄的，要是有外来贼寇入侵，它就和对面垄头岭的蛇山联起手来，吞云吐雾，外来作乱的船只驶到龟屿海面时，会被云雾迷惑，找不到北。当然，这只是民间传说，但有一点是可以肯定的，那就是东海上刮大风掀大浪的时候，因为有了龟屿的护卫，东沙港就会风平浪静，一片祥和。

在笔者的老家一带，龟屿没有头、中、尾的区分，统统叫作"龟屿头"，龟屿头的传说却家喻户晓。

从龟屿头到斧头屿之间还有几个礁，分别是乌礁、赤礁、圆峙、裂峙。乌礁、赤礁从颜色上命名，一黑一红，对比鲜明，所以也有资料写成黑礁、红礁；圆峙、裂峙从外形上区分，特征明显，圆峙呈半圆状，像个锅盖在海面上，裂峙则像被天刀天剑砍过一样，截然裂开，呈三角形状，就像是庞大的鲨鱼头露出海面，张开凶猛的嘴巴。当年在斧头屿捕墨鱼的季节，往来之间看到裂峙，心里都会产生莫名其妙的敬畏。"裂"在洞头话中读作"bie"，入声。

鸽尾礁。在鸽尾礁村辖区内的海面,村因此而命名。

关于鸽尾礁村的命名,在清光绪的《玉环厅志·三盘图》中写作"蛤米礁",而在该志的《三盘山》中写成"蛤水礁",应该说"水"是"米"的误写。新中国成立前,村名曾一度写成"碾米石",1958年改称"甲米礁",1980年又改回"鸽尾礁",并一直沿用到现在。不管哪一种写法,有一个事实是必须承认的,那就是在语音上是相同或相近的,属于语言流传过程中的音变,从而导致文字上的误写,它们的本音都是"鸽尾礁"。

"鸽尾礁"有两块礁连在一起,从形状看,在水面张开很像一把剪刀,但更像是鸽子的尾巴。村庄用鸽子命名而不用剪刀,也许是鸽子是吉祥的象征,会使村庄更加吉利祥和吧。两块礁石又像是两个人物,下半身紧紧连在一起,上半身两眼相对,很像是互诉衷肠的情人,所以,现在这块礁石又被更名为"合抱岩""夫妻岩",成了摄影爱好者们经常光顾的处所。特别是黎明时分,在岸边耐心等待之后,一轮火红的朝阳会从"夫妻"的胸部之间冉冉升起,就像是他们那颗一直热血沸腾的心脏。此时,摄影爱好者也好,观赏者也好,心胸也会泛起一股热血,热血涌上双眼,化成盈眶的热泪。

燕子山。面对三盘江,因形状像一只欲飞的燕子而得名,属九厅村行政村。燕子山原来也是一个岛屿,与大九厅隔着一条狭而浅的水道,后因滩涂淤积,与九厅村连在一起,因时间久远,又无相关的历史记载,所以被后人认为不是一个岛屿,而是洞头本岛的一部分。燕子山是洞头方言的说法,三盘人(乐清方言)把它叫作"水桶擂"。这与历来缺水的三盘岛有关,三盘人常常划着小舢板到对岸取水，因山势陡峭无路可行，经常会连人带水桶一起摔倒，于是就有了"水桶擂"的说法。

牛屎礁。如果说鸽尾礁、燕子山还有些文气的话，那牛屎礁就显得粗俗了。

牛屎礁在洞头海面上有两处。

比较有名气的一处在隔头村，在提步厂（蛰埠厂）自然村的海面上。它并不是单一的礁石，而是由好多大小不一的石块垒成，周围还有许多干出礁，潮水退去之后会露出水面，形成一片礁石群，看上去就像牛屎落在地面上一样。潮水上涨之后，暗礁不见了，但当中的礁石是明礁，仍然在水面像一坨牛粪堆积着。

不过，牛屎礁终于等到了正名翻身的时候。由于牛屎礁地处洞头岛的西部极端点，前面海阔大空，很是辽远，傍晚时分，夕阳西下，晚霞满天，把整个海天都燃烧成一片了。此时，若是在海边礁石上站一会儿，就会被融化在眼前的壮观景象中。在这种情况下，成群结队的摄影发烧友来了，他们还没从早上鸽尾礁双抱岩日出的惊叹中走出来，又进入了牛屎礁海面落霞余晖的惊喜中。一幅幅美图拍出来，题了个"牛屎礁啥啥"，那是极不般配的，洞头方言中的"珍珠乎你看作老鼠屎"指的就是这类情况。于是，有人就把牛屎礁改成"梅花礁"。这一改，牛屎礁脱胎换骨，从土得掉渣到雅到极致，获得了新生。

真的，自从改了名之后，这一堆礁石越看越像梅花，咋看都是梅花，隔着海风似乎还能闻到淡淡的香气。

另一处牛屎礁在半屏岛东侧，面积很小，只有78平方米，弹丸之地，且属于干出礁。与梅花礁一比，此处的牛屎礁似乎不存在，似乎不值得一提，估计除了专业统计部门之外，很少有人知道它的存在。

笔架屿。要说岛礁名的文雅，笔架屿是首屈一指的。

笔架屿在状元岙岛的东北面，岛屿面积约0.016平方公里，长0.55公里，宽0.03公里，岸线长1.23公里。笔架屿的形状像案桌上的笔架这是毋庸置疑的，但这必须是有角度观看，从状元岙岛或洞头岛方向看像，如果走近看，或登上岛屿看，那就不像了。这也许就是"横看成岭侧成峰，远近高低各不同"的意境了吧。

笔架屿在洞头境内海域还不止一个。在洞头岛的东部海面也有一个笔架屿，比状元岙岛东北面的笔架屿要小，面积0.012平方公里，岸线长0.56公里，从形状上看，逼真程度也不是很高。为了有所区别，有关史志资料把状元岙岛方面的笔架屿改为大笔架屿，但在民间还是以笔架屿称之，对洞头岛海面的则称为"笔架礁"。另外，在青山岛东南侧也有一块十几米高的明礁也叫笔架礁。

补充说一下，在大笔架屿的周围，还有几个干出礁，它们的形状一点不像笔架，但是因为傍着笔架屿，沾了点光，所以名称上也叫笔架礁，根据方位区别，分别叫大笔西礁、大笔北礁、大笔东礁、大笔南礁。

以礁石命名的行政村除了鸽尾礁之外，还有大门岛的豆腐岩、观音礁和鹿西岛的鲳鱼礁。

豆腐岩是一块干出礁，在大门岛的北侧，长8米，宽5米，高5米多，极像是一块豆腐，村庄就以豆腐岩名之，但在语言的交流过程中,"腐"字往往不读出来被省略了,读成"豆岩"。现在的村庄名就叫作"豆岩",但是,在《洞头县志》中写成"头岩",这应该是错的,属于"同音相借",算是现代通假字吧。

观音礁在村庄的边缘处,背山面海,形似观音菩萨坐在莲花台上。在《洞头县志》中并没有把观音礁收录在册,说明它不是独立的礁石,而是一块岩石,和村庄连在一起。

鲳鱼礁在鹿西岛的西南侧,面积很小,村庄以礁石命名,20世纪80年代开始改为"昌鱼礁村"并一直沿用到今。其实,昌鱼礁村的名字也挺好的,鹿西是个渔业乡,昌鱼、昌渔都寄托着渔业丰收的希望。

说到鹿西,有一处礁石不得不说,那就是白龙屿。

白龙屿在鹿西岛的南部海面上,长500多米,宽60多米,面积约0.03平方公里,岸线长1.22公里。岛屿整体呈灰白色,远看近看都像海面上浮出的一条白龙,风起浪涌的时候,这条白龙似乎会在一眨眼的瞬间腾飞起来。登上白龙屿,龙身上有许多火山、海蚀地貌,大自然的鬼斧神工在它身上雕刻了许多千奇百怪的图像,形态各异,色彩斑斓,白龙屿也就成了海上地质公园。

一般说,村名和地名的命名角度还是有区别的,村名除了自然环境特点之外,还会融进更多的文化元素,包括历史的、现实的、生产的、生活的,而地名的命名就简单多了。那些无人居住的岛屿以及礁石,取名方法是很直接的,一语中的,一个字词就能描述出那些岛礁的形状、颜色,甚至还可以是神态、神情方面的特征。

在霓屿岛北部的海面上,有一个面积不到两个篮球场大但海拔却有 70 多米高的岛屿，叫壳鼎屿。壳鼎是一种腹足纲海洋生物，类别有好几种，但洞头人统统叫作壳鼎，也称之为"小鲍鱼"。一看文字就知道，这个岛屿像个壳鼎，要是站在海边看，那就更惊讶了，简直一模一样。它不仅像壳鼎，也很像斗笠，在《洞头县志》的资料中就把它说成"箬笠屿"。箬笠就是斗笠，洞头话叫"笠斗"。壳鼎也好，斗笠也好，反正就一个字：像。只不过壳鼎让人想到吃，箬笠让人想到生产、劳动，酸溜溜一下还可以想到"青箬笠，绿蓑衣，斜风细雨不须归"的吟哦。

当然，也不是所有直观性的岛礁命名都很形象，与三盘岛只有几十米距离的老虎山（现在已和三盘岛连在一起），咋看都不像老虎，也许要靠"联想"才能与老虎搭上边。2011 年，大岙村投资 150 多万，在老虎山建成了一个集观景、健身为一体的休闲性公园，后来，有关部门为公园注进了廉政反腐的强心剂，成了廉政文化建设的主题公园，增加了许多"打老虎"的内容，也许此时老虎山才有了"老虎"的元素，但总觉得这样解释"老虎"有点怪怪的。

2022 年 8 月 25 日

摇啊摇，东沙搭桐桥

消失的烟火

洞头诸岛历来为兵家重地，"盗得之可以为巢，我得之可以堵守"。南宋以来，各个朝代都在洞头设有军事设施。从洞头地名上可以看出，很多地方都是直接用军用术语来命名的。

用军事命名的地名有三类：烟墩岗、贡山、炮台。

烟墩岗也叫烽火台，是古代军情敌情的观察哨，用来传递敌情信息，一般设在岛上海拔最高的山峰。在洞头列岛的住人岛上，大部分都设有烽火台，有的还不止一处。

洞头本岛的烽火台以东郊山头顶的烟墩岗为代表，也叫作烟火台、火石山，九仙、文岙把它叫作燃火墩，大朴称之为烟墩山（另一称呼"竹篙山"）。此处烽火台已不复存在，现在是洞头著名的历史文化旅游景点望海楼，但它一直是重要军事基地，新中国成立后设有海军观察所，到现在还保留着。再就是燕子山烽火台了，光绪《玉环厅志·舆地》中记载："山之峰峦九厅山最为耸拔。上置烽堠。"九厅山指的就是燕子山，可惜的是，关于燕子山烽火台的文字记载极少，以致被人忽略了，而且，这个烽火台很早就消失了。

此外，还有桐桥（海霞村）后寮自然村的"北烟墩岗"，但严格说它不是烽火台，而是炮台，可能是把"烟墩"和"炮台"两个概念相混淆了。

洞头最著名的烽火台应该是在大门岛上，共有三处：龟岩烽火台、小荆山头烽火台、观音礁烽火台。龟岩烽火台位于大门镇龟岩烟墩岗，分东、西两座，东座残高2米，底径4米，口径2米；西座仅剩下土墩和一处残墙。离烟墩岗10米处，南北各有残墙一条，残高0.6米、宽0.5米。小荆烽火台在小荆山头也分南北两座。据有关文物部门的资料记录，两座之间的距离约20米，台顶呈圆形，直径5米，底座为正方形，边长约10米，总高3米。现在两座烽火台的建筑大部分已毁坏，只剩土墩。观音礁烽火台在观音礁旁边的一个山头上，叫火焰头山，现在也无遗址可寻。这几座烽火台均建于南宋建炎年间（1127—1130）。1983年，龟岩烽火台被列为洞头县第一批文物保护单位。

另外，小门岛上也有一个叫烟台岗的地名，可以归属于烽火台的范围。

和龟岩烽火台一起被列为第一批县级文物保护单位的还有鹿西烟墩岗。据《宋史》第192卷之《兵志》记载，鹿西、大门（青岙）分别是建炎年间温州十三兵寨之一，岛上均有军队驻扎，与瓯江口沿岸的兵寨连成一线，烽火台之间相互传递海上军情信息。鹿西烟墩岗分东、西两座，相距22米。东座形略偏，通高2米，底径6.4米；台口东西外径2.5米，内径1.5米；南北外径2.05米，东北留有风口。西座呈圆锥形，台口外径2米，内径1米，通高1.2米，底径6.4米，未留进风口。遗迹保留基本完整。

烟墩岗曾经是鹿西的一个自然村，几年前搬迁，现已无人居住。

除以上几个岛屿外，三盘岛、状元岙岛、花岗岛也有烟墩岗。

状元岙岛的烟墩岗有两处，一处在状元岙村后的山上，此山就叫作烟墩炮山，海拔231.9米。另一处在活水潭，也叫烟墩炮山，海拔230.5米。从山的名称看，这两处既是烽火台，又是炮台，作为烽火台，没有比较明确的设置时间，所以，很有可能是后来的炮台山，今人把炮台与烟墩两个概念弄混了。花岗岛烟墩山的烽火台据说建于明清时期，三盘岛下尾的烟台山据说明代是烽火台，新中国成立初期为炮台山，这两处虽然有时间标明，但具体时间不详，而且，从它们的山势、地理等条件看，作为传递军事信息的烽火台好像还缺点什么。烽火台的设置为什么要在海拔比较高的山峰上，是因为既能看清海面的敌情，又能使传递的信息让周围的烽火台看得见，从这点来看，状元岙、花岗、三盘等处的"烽火台"似乎还不够条件。

虽然说烽火台的置建都在有人居住的岛屿上，但并非有人居住的岛屿都要置建烽火台，青山岛、霓屿岛、大瞿岛、南策岛、半屏岛就没有烽火台。青山岛严格说是无人岛，1958年才开始有人上岛居住开垦农点；南策岛曾是海盗的据点，咸丰之后才有人居，海盗居住的窝点应该不需要烽火报警台吧；大瞿也一样，人居历史并不长，虽然郑成功在此逗留过，但也是临时性的落脚点，因为无论从哪个角度来分析，大瞿岛都不可能为郑成功的军队提供任何物质和军事保障，玉环的坎门也叫校场，大瞿根本不可能同坎门排在同一个行列里。半屏岛的最高海拔只有146.4米，太低了，没有哪个山峰可以设置烽火台。让人想不通的是霓屿岛，其山尖海拔331.6米，仅次于大门烟墩山，排在洞头列岛第二位，而且，地理位置也很重要，不次于大门岛，为什么就不设烽火台呢？难道是跟岛上有海贼占据有关吗？

接着说说贡山和炮台，它们跟传递信息的烽火台不一样，是用来防御海上贼寇进犯的军事阵地，大都在海岛边缘地带，特别是重要的交通水道。在洞头闽南方言中，贡，应该写作"熕"，是古代的火炮，这个说法现在已基本消失，都说成"炮"，只是在极个别的俚语俗语中有所保留，如"不值熕炼死"，指死得莫名其妙、一文不值。史料上有"朱成功令林顺等以大熕船十四只驻围头上风以待"的记载，朱成功就是郑成功，"熕船"就是炮船，也就是现在说的炮艇。

以"贡"命名的村庄不多，只有岙仔村的贡尾自然村，地名或山头名倒有几个，如隔头村的大贡山、大王殿村的贡尾山、柴岙村的岗顶（贡顶）、石子岙村的大贡顶、桐岙村的大岗（贡）山、外深门村的大岗顶（大贡顶）。至于用"炮台"命名的自然村和山头地名就更多了。如果把这些贡山、炮台连成一线，就会发现海岛上的这些军事设施布局真的是天罗地网。

岙仔村的贡尾和大王殿村的贡尾、海霞村的北炮台、鸽尾礁村的东炮台和东岙顶村的南炮台形成一个犄角，守护着东沙港和龟屿头外海的安全；南炮台与仙叠岩的炮台担负着看守洞头门（也叫炮岙门）的职责；半屏山拨浪鼓上的炮台与铁炉头的炮台（海沿贡）隔海相望，白鹭门就在它们的眼前；隔头村的大贡山炮台一边盯着蜡烛台门，一边与风吹岙的尾岙炮台、霓屿石子岙大贡顶共同看护着洞头峡水道，并且和外深门炮台、沙岗炮台、活水潭炮台、花岗炮台、三盘大岙炮台等形成一个圈，深门内海域、三盘港的安宁就全靠它们了；三盘大岙炮台、尾岙炮台和柴岙村的贡顶构成三角架势，是三盘门的守护者；尾岙炮台、擂网岙炮台、花岗炮台、状元岙烟墩炮山的任务是防守花岗门以及东北部海面，等等。大门岛、鹿西岛的情况也是这样。瞧瞧，这么严谨的防御体系布局，也许可以同诸葛亮的八卦阵相提并论了。

炮台，是那个时期人民解放军胸前熠熠发光的勋章。

关于炮台、贡山的内容还有两处要补充。一是三盘大岙炮台，建于清同治年间（1862—1874），由温镇中营游击水师专防，配战船两只，设火炮两门，炮台的建设经费有一部分是当地群众自愿集资的。1991年9月，三盘炮台列为洞头县文物保护单位。二是白鹭门炮台，建在距岙口200米的山坡上，一字型墙体，长30米，高3米，墙基宽2米，中通小溪，墙上方开设炮眼，高50厘米，宽27厘米。清同治年间由温镇左营游击水师巡防，岛上群众组织自卫，建炮台，购火炮。新中国成立后两个炮兵排驻扎。

最后说一下兵寨和防御墙。

大门岛西浪村有个狮子岩，岩石下面有洞穴，1000年前就是军事哨所。南宋建炎年间设有兵寨、战船；郑成功曾在这里练过兵；红军、日军、国民党军、解放军都在此地设过哨所。此外，大门岛还有两个地名：营盘基、寨楼，一听就和兵寨与防御墙有关。大瞿岛上有郑成功校场遗址，1959年曾驻扎过南京军区属下的一个独立连，1960年由守备85团开辟成八一农场，住着十几名官兵，1963年撤军。

防御墙比较有名的有三处，一处是大门的寨楼，清咸丰六年（1856）由当地的乡绅张氏三兄弟出资建造，原来城墙长800米，城外设炮台四座，现在只有几十米；一处是东浪的防盗墙，建于乾隆二十五年（1760），光绪三年（1877）重修，长约100米；另一处是石子岙（兵儿岙）的防御墙，建于清初，高5米，长30米。除了这三处，在鹿西的口筐、山坪、扎不断等村还留有古城墙的遗迹。这些防御墙是用来防海贼海盗的，在大门、鹿西海域，过去也是海匪经常出没的地方，小门岛东屿村也有个石子岙，应该也是"贼子岙"的谐音。当然，霓屿岛石子岙的防御墙也有可能是用来"防御"政府官兵的。

历史的烟火已经完全消失，但历史的痕迹不能磨灭。当历史成为遗迹、成为遗址的时候，我们只能通过心里的推想，将眼前的这些碎片串联起来，虽然不能当珍珠项链炫耀，但至少可以作为历史遗物而念想。

2022年2月9日

摇啊摇,东沙搭桐桥

"义冢"地名

何为义冢?古代收埋无主尸骸的墓地叫义冢。"义"是一种慈善行为,"冢"即墓穴。换句话说,义冢就是免费的公墓,又叫作"义地""义园"。

《会稽志》说:"辟地为丛冢,以藏暴骨,曰义冢。"《会稽志》是南宋时期的地方志,成书于嘉泰元年(1201),沈作宾、施宿等人修撰,陆游父子也曾参加修订工作,陆游先生还为志写了序言。

义冢的现象产生于哪朝哪代没有个定论,就连《会稽志》也说不清楚,只好说"取与众同之意,而创始不详,盖由来旧矣"。认同度较高的说法是产生于宋代,比较有代表性的是张邦炜、张忞的《两宋时期的义冢制度》。

南北宋尤其是南宋年间,随着经济、文化中心的转移,很多人前来南方谋生。但是,自古以来南方人迹罕见,很多地方还是蛮荒之地,有些人在南行的路上把性命都搭上了,地方政府和一些家境稍好的民众不忍心那些遗骸曝尸荒野,就出钱出资为他们安葬,慢慢就形成了义冢。

南宋时还有一个明显的经济链。由于北方土地被金人占领,国土面积大幅度缩小，国民经济的发展只好另辟蹊径，于是，海上贸易出现了历史上最繁荣的黄金时代，是中国海外贸易的里程碑。可以说，今天东南沿海的一些大的贸易港口的发展与南宋的海外贸易分不开。

海上贸易在促进手工业、商业、造船业、航海业发达的同时，也推动了海上捕捞业的兴盛。但是，随之而产生的问题也来了，这就是海难事故。无情的海浪掀翻了船只，夺走了渔人的性命，但这只是一部分。除了海难之外，后来的倭寇、海匪海盗在沿海地区烧杀掠夺，许多无辜的生命就死在他们手里，直接抛尸在茫茫大海上，那些无处可归的浮殍就成了孤魂野鬼。它们随着风浪而漂浮，直到遇上其他航海或渔业船只，才会被带到附近的小岛，找个偏僻的岙口掩埋，这个埋尸地就是海岛上的"义冢"。

沿海地区把"义冢"之地称作"无人岙""死人岙"，为了避讳也称作其他名称。民间有一种很诡异的说法：不管是什么船只，只要看到海面上有尸体漂浮着，就不能放手不管，否则，那些"孤魂野鬼"就会找麻烦。据老一辈的渔民说，看到海面上的尸体，如果不把它带回来，那尸体就会一直跟在船的后面，让人心悸。渔民就抛出一段缆绳，说也奇怪，这时，尸体就会主动漂到缆绳上，让渔船慢慢拖着，一直拖到某个有人居住的小岛上。这个做法在浙闽粤沿海地区到现在还一直保持着，这也是沿海岛屿都有"无人岙"的原因。

在洞头，几乎有人居住的岛屿都有"无人岙"，有的岛屿上还不止一个，只是称呼上有所区别而已。

半屏岛。有两个岙：骗人岙和冷清岙。冷清岙在松柏园行政村,最早是个无人岙,后来成为自然村,现在已和松柏园(橡柏园)、北厂连成一体,所以也叫松柏园,但年纪稍大的人还把它叫作冷清岙。关于骗人岙的解释有两种,一是与"三鼎金银"的传说有关,认为此地有海盗留下的金银是骗人的;一是骗人岙在外垟头村的南部的白鹭门附近,应该叫"偏南岙"。第一种解释属于传说,第二种解释在读音上有出入,从闽南话角度读,"骗人"与"偏南"有可能会产生模糊音变,但半屏山最初属于永嘉,南部居民先祖从永强一带迁入,所以,"骗人岙"应是温州的说法,与"偏南岙"不同音。

三盘岛。骗人岙。西山头村境内的海边有一个荒凉无人居住的岙口叫"骗人岙",性质与无人岙同。三盘岛一直是温州方言区,"骗人岙"应用温州话读法去分析。半屏岛的骗人岙与此同。烂滩沙,也属于"无人岙"(另文叙述)。

洞头岛。有好几个"无人岙",最出名的是棺材岙。棺材岙原来是个岛屿,此地解放后和洞头岛连在一起,现在改名为胜利岙,为了纪念洞头解放而命名。其次是无人岙,在后垄村境内,又叫作"番儿墓",有人说番儿墓是因为埋着外国人,也有人认为是忌讳埋死人而名,都有一定的道理。与番儿墓同说法的还有桐桥的番儿岙。第三是乱葬岗,在北岙后方向的三垄岭山脚海边。听老人说,棺材岙解放后,那些被打死的国民党士兵的尸体就埋在这里。第四是王山头,在小朴村境内,现在已整山削掉。此外,在洞头岛西部的九仙、文岙、提步厂、白迭、风吹岙、沙岙一带也应该有无人岙,只是现在已经没人提起而已。

状元岙岛。有三处,一是沙角村的相思岙,顾名思义,是思念的意思，原来是指活人对死者的悼念与祭奠，但历史是在与时俱进的脚步中前行的，现在的相思岙成了恋人、情人、爱人相思相恋相爱的网红打卡点，出双入对的人在这里续写着现代版本的相思岙故事。二是小北岙的死人岙，在小北岙村的北面海边，没人居住，一听地名就可以知道它是什么样的岙口了。三是活水潭的和平岙，最初也是无人岙，后来有人居住了，就成了港口一类的岙口，并改名为"舻艚岙"，现在又改名为"和平岙"，但是，现在的和平岙和原来的和平岙是完全不同的两个概念，以前是讳饰的说法，现在则是象征的意义。

霓屿岛。从目前的地名资料上看，霓屿岛的"无人岙"只有一个，即现在的同心村，以前叫作"棺材岙"。但是，霓屿岛是洞头的第三大岛，人口分霓南、霓北两片而居，过去两片之间交通非常不便，不管从地理环境上看，还是从情理方面说，不可能只有一个"无人岙"，按照常理推测，应该在南山、东郎、下社、长坑垄等的山脚海边可能会有"无人岙"，当然，这仅仅是推测而已。

棺材岙在不同资料中写成"官船岙""搁船岙""官财岙"，这种解释不一定正确，因为这几个名称与"棺材"谐音，甚至同音，是为了对"棺材"的忌讳而改变文字写法，这是其一。其二，有关资料说，"官船"是因为解放战争时期有很多官船停在这里，这个说法时间上不成立。其三，"搁船"的说法是因为岙口靠近洞头峡，南来北往的船只经常要停在岙口等候潮汐，这个说法也显得勉强，因为"搁船"是海岛人、渔商人最忌讳的言语之一，用"搁船"取名不符合情理。其四，从方言读法上看，"材"读作"ca（阳平）"，而"财"读作"zai（阳平）"，

"棺材"与"官财"不同音。当然,现在普通话的读法一样,从这个角度更名不是不行,但这属于另一个话题。

此外,《百岛百村》说同心村(棺材岙)最早名为"龙头岙",并且在本地还有与"龙头""龙舌"有关的传说故事。我个人看法有三点,一是龙头岙可能是垄头岙的谐音写法,因为村庄背后的大贡山就是"垄";二是关于"龙舌"的故事发生在"外山鼻",和"棺材岙"不是同一个自然村;三是既然最初有"龙头岙"的说法,为什么这么吉祥的名字不用,干吗还把它读成"棺材岙"并一直流传至今呢?

还有一种推测:在官财岙自然村的东北面,有一个面积不是很大的岙口,叫北岙儿,其中有一大一小两个片区,所以又分别叫大北岙、小北岙,无人居住,20世纪60年代在这里曾经养过紫菜。官财岙与北岙儿之间是一道坡度不大、距离也不长的小山坡,没有这道山坡,两个岙口几乎就连在一起。那么,最初的棺材岙很有可能就是指北岙儿,有人居住的叫"垄头岙",后来被"棺材岙"所替代。从所处的位置以及周围的海面上,北岙儿是比较适合"义冢"的岙口。换一个角度推测,如果北岙儿一直以来就有人居住,那么,它的名字就会一直是棺材岙,现在的官财岙也会一直保留"垄头岙(龙头岙)"的称呼。

大门岛。从现有的地名看,观音礁的死人岙、和平岙便是。但是,大门岛是洞头第一大岛,人居历史也比较长,应该不止一两个,甲山村的坟前坑、岙面村的太平顶也应属于这一类。在兰湖洞到乌仙头一带的海边或许也有。此外,西朗村的"振文头"地名是否可以理解为"占门头",以前也属于无人岙一类。

鹿西岛。鹿西的无人岙是最具特色的，虽然目前还是无人居住，却是非常不错的旅游景区。那里有一条清澈的小溪从山坪汩汩流动，在快要到岙口的时候变成了几段瀑布直泻而下，形成了一道袖珍型的瀑布景观。岙口周围三面环山，一面对海，树木蓊郁，海水澄碧。岙面有一片石滩，铺满了大大小小的鹅卵石，形状、颜色都具有一定的艺术灵性。岙口旁边还有个地质公园，叫道坦岩，那里的岩石地貌景观和海蚀海积景观各具形态，岩石含铁量高，形成了具有美学观赏价值的红色岩质以及美人床、白龙戏水、红岩龟等自然景观。从"无人岙"华丽转身蜕变为"妩人岙"，也只有在鹿西了。

除了以上岛屿之外，洞头还有几个住人岛，大瞿、南策、花岗、青山、小门，这几个岛上没有"无人岙"。这是有原因的。

青山原来是无人岛，20世纪50年代才有人上岛开荒，现在也成了无人岛；南策以前是海盗居住的地方，所以没人会把海上尸体运到海贼的地盘；花岗是个小岛，挨着三盘、沙角，海上尸体有骗人岙、相思岙就够了；小门也一样，紧靠大门；大瞿岛人居历史短、规模小，以前是渔民季节性暂居地，鱼汛一过渔民就迁回洞头，如发现海上浮泞，带回洞头、半屏即可，把海上尸体埋在无人居住的荒岛上不属于"义"的做法。

最后，补充说一下，棺材岙、无人岙、死人岙、和平岙的地名不仅仅洞头有，舟山群岛、宁波、台州沿海地区都有，叫法写法都一样，可见古代海难事故之频繁、海上"义冢"之普遍了。

2022年2月21日

摇啊摇，东沙搭桐桥

沙岙记忆

岙，最初指的是山间的平地，多用于闽浙沿海一带的地名。澳，指的是海边弯曲可以停船的地方。从造字法看，两个都是形声字，岙从山夭声，澳从水奥声，"岙"与山有关，"澳"与水有关。《说文解字》对"澳"的解释："隈厓也。通作隩。其内曰澳，其外曰隈。"《康熙字典》解释为"澳，崖内近水之处。"由此可见，沿海岛屿上的岙口应该写成"澳"。

但是，语言文字也是在不断发展演变的。在海岛人的思维模式中，对"岙"和"澳"已经产生了两个新的"定势"，一是把"岙"解释为"三面环山一面临海的海湾处"，这个解释虽然属于口头上的约定俗成，但作为新产生的字义，它已经等同于"澳"的含义；二是认为从面积和规模上看，"澳"比"岙"要大多了，海岛的海边弯弯处一般都比较小，用"岙"解释更为恰当。这么一来，用"岙"来表示地名认可度是最高的。

和闽浙沿海地区其他岛屿一样，洞头的"岙口"多着去了。在民间有说法：洞头山七十二岙，这个"七十二"是个模糊数字，表示多的意思，如果从洞头岛有人居住岙口计算，岙口可能没有 72 个，但也有好几十个，如果把无人居住的都算进去，单就有名字的岙口也不止 100 个。这还是"洞头山"的，要是把行政区域中的其他岛屿一起加起来，数量是很醒目的。

凡"岙"都有滩，或沙滩，或泥滩，或石滩。有沙的岙叫沙岙。

说到沙岙，大沙岙应该是最有人气的。大沙岙海滨浴场，是洞头山第一大浴场，在东屏街道东岙顶村境内。岙口形如月牙，平坦开阔，是一个天然海滨浴场。沙滩属铁板砂，沙粒细微，沙质纯净，细柔却不松软。沙滩周围奇礁兀立，怪石丛生，有海豹回头、猛虎下岗、将军观天、龟石岩等，栩栩如生。沙滩正对着东海，凌晨可以观日出，白天可以冲浪、玩沙雕、晒日光浴，夜晚可以听潮赏月，即使一天什么也不做，单单在沙滩上赤足行走，悠闲漫步，也别有一番情趣。

关于大沙岙的开发背景，在《洞头纪事》之《大沙岙是怎样开发出来的》一文中曾写到，那是 1979 年夏天，朋友许有边和他的几个朋友兴趣所致心血来潮玩出来的，那时候的大沙岙还是一片荒芜之地，后来慢慢热起来。20 世纪 80 年代中期，洞头旅游方兴未艾，大沙岙被一眼就看中了，大张旗鼓地开发，报告文学《此生结得旅游缘——记洞头区人民政府副区长叶锦丽》中描述了大沙岙开发建设的大致过程。

和大沙岙相比，其他的"沙岙"（沙滩）就显得比较"委屈"了。

首先是大门岛的马岙潭沙滩。马岙潭沙滩位于大门岛的东北端，在沙岙村和美岙村之间，长约 700 米，宽约 600 米，面积约

0.45平方公里，是洞头列岛的第一大沙滩。我去过普陀山，玩过普陀山的百步沙、千步沙，觉得它们真大真美，但是，当我看了马岙潭沙滩之后，看法立刻改变了。我觉得，不管从面积大小，还是从其他角度看，马岙潭沙滩丝毫不比百步沙、千步沙逊色，有人称之为"温州夏威夷"。

马岙潭的开发定位与大沙岙不同，大沙岙是海滨浴场，马岙潭是休闲度假基地。但是，开业之后的经营方向出了偏差，成了有钱人赌博消遣的处所，且名噪一时。后来，玉环县公安局派出好多警察连夜包抄，马岙潭在一夜之间大伤元气，度假村关闭整改，之后游客逐渐稀少，马岙潭处于半关闭状态。

大、小门大桥建成后，游客们可以驱车直达马岙潭，马岙潭又重新恢复了生机，游客量暴增，马岙潭和大沙岙称兄道弟并驾齐驱。

其次是"白迭沙岙"。白迭沙岙并不大，长约200米，海域面积约500亩，岙口内外是深水港湾，可停泊各类船只上百艘，曾是南来北往渔商船只抛锚休憩之地，也是隔头、白迭、东郊等村渔船出入的门户。

记得是1990年秋天，洞一中工会组织教师到霓屿秋游，中饭在布袋岙吃，其中有一盘狗肉。饭后又嘻嘻哈哈游了宁海禅寺和南山沙滩。在回洞头的时候，船只在蜡烛台门附近一直徘徊，不能前行，而且很有被海浪翻没的可能。大家都说，是因为吃了狗肉又去寺院，把神灵得罪了。船老大最后没办法，只好慢慢让船只在沙岙海滩靠岸，此时天已经快黑了，老师们从沙岙步行了两个小时才回到学校。这算是沙岙记忆的插曲之一。

其实，沙岙的"委屈"有两个。一个是名字。它原来就叫沙岙，村名也叫沙岙，还是个行政村名，据说因为跟元觉的沙岙村同名，所以改成了"隔头村"，它成了隔头村下属的一个自然村。还有，它明明是在隔头村境内，偏偏叫"白迭沙岙"，只因为它与白迭行政村只有一山之隔（现已隧道打通），这就不单单是"委屈"了，多少还有点"冤"。另一个是名牌。村里曾出过一位名人，叫郭爱珠，是名声显要的女民兵，第一届全国民兵代表大会召开之际，她是首选代表，可是因为怀孕了，挺着个大肚子，只好让汪月霞参加民兵代表大会了。如果是郭爱珠去北京参加会议，那现在的"海霞"可能有两个结果：要么是她回来后没有像汪月霞一样组建女子民兵连，那么，洞头也许就没有"海霞"；要么她也像汪月霞一样，把女民兵的队伍继续做大做强，那么，"海霞"品牌就与沙岙有关，先锋女子民兵连纪念馆就可能建在沙岙。

当然，白迭沙岙现在也挺热门的，成了洞头婚纱摄影基地之一。

除了大沙岙、马岙潭、白迭沙岙之外，还有好几个沙滩都有故事和记忆。

东岙沙滩和半屏韭菜岙沙轮。这是两个起死回生的"沙岙"。原来都是不错的沙滩，特别是韭菜岙，沙子很多，沙层很厚，沙滩上有明显的沙子堆积之痕，一层一层的，所以叫"沙轮"。20世纪80年代，建房热像狂风一样在洞头掀起，建的大部分是钢筋水泥建筑，于是，洞头境内离村庄稍近的岙口都遭了殃，沙子逐渐减少，沙滩成了凸筋暴骨的乱石滩。2017年1月，洞头区政府实施了沙滩修复工程，第一个试点就是东岙沙滩。东岙湾沙滩修复工程是国家级海洋公园核心区蓝色海湾整治项目之一，也是温州第一个沙滩整治修复工程，项目总投资概算1000万元，修复沙滩面积1.65万平方米，沙滩岸线总长135米。东岙沙滩修复工程取得了成功经验之后，又对韭菜岙沙滩进行修复，工程包括新建3条拦沙堤、岸线整修、沙滩修复以及排水设施等，整治修复岸线长度约663米，其中沙滩岸线588米，卵石滩岸线75米，是浙南沿海最大的人工沙滩。现在这两个沙滩都成了洞头著名的旅游景点。

大门沙岙村的沙岙和西浪村的大沙岙。1972年，我在浪潭中学读书，学校就在西浪，有时会和同学一起到山脚下的大沙岙玩玩。沙滩虽然不大，但沙质挺好，很好玩。据说，这个沙滩在古代曾经是海上练兵的场所。至于沙岙村的沙岙，只到过一次就忘不了，那不是沙岙，简直就是沙矿，沙滩被挖成一个个沙坑，沙层厚得有楼层那么高，还不见底。岙口的海面上停着好些船只，这些船只是专门运沙的，沙子挖出来后，装在船上，运到上海、广东等地出售，能赚好多好多钱。那时就想：这些沙子都是金子。

三盘烂滩沙。可以说，三盘烂滩沙是我见过的最美的沙滩。1981年，我从霓屿中学调到三盘中学，三盘中学在阜埠岙的山上，翻过一座小山岭就以直接到烂滩沙。有一次学生带我去玩耍，到了一看，惊呆了，这哪是沙滩，简直就是一幅画！沙子细细的、柔柔的，沙滩平平的、匀匀的，竟然找不出更多的形容词来描述它，只好静静地躺在沙滩上。学生在沙滩上尽情地跑动，看我不声不响地躺着，就问我为什么。我说，舍不得把脚印踩上去。学生一听，不跑了，也和我一起静静地躺着，任海风轻抚，听海浪呢喃。时隔五年之后，1986年秋，乐成中学语文组老师来洞一中活动，我是主陪，但我并没有带他们去大沙垚，而是来到了烂滩沙。乐成中学的一位男教师也和我第一次一样，呆呆地坐在沙滩上，理由是不忍心踩它。后来，他轻轻走到沙滩上，用树枝在沙上写了一首五绝。

三垄滩。三垄滩已经不存在了，从20世纪80年代初开始消失，2011年环岛公路建成后彻底消失。三垄滩就在我老家大龙岭（也叫三垄岭）的山脚下，我们不叫它"滩"和"垚"，只叫它"三垄海沿"，那里是我少年时的乐园，有我彩虹般的记忆和朝霞一样的故事。但是，此时，我不想说，真的不想说，我怕控制不住自己内心的波澜，我怕笔端会冒出太多的喜怒哀乐，我只想把这些情感保存下来，默默地陪着这块永远留在我心中的三垄海沿。

2022年2月25日

摇啊摇，东沙搭桐桥

与生产生活相关的地名

在海岛的地名中，有的直接与生产、生活有关。

与生产有关的地名最有代表性的是竹屿。

很多人认为，竹屿应该与竹子有关。但在竹屿岛上，几乎见不到竹子。30多年前，洞一中的一次教师工会活动，拉家带口好几十人上了竹屿岛。那时候还年轻，专门找难走的山坡爬，在竹屿岛西北部的一个山坳坳里，曾发现有几株矮矮的苦竹，但这是20世纪70年代上山下乡时栽种的，并不是岛上原生的，也就是说，这几株苦竹根本不是竹屿岛上的代表性植物。所以，从"竹子"上去理解竹屿很牵强。

其实很简单，对竹屿的理解要从语音上去分析。

我以为，"竹屿"应该是"钓屿"。在洞头方言中，"竹"读作"die"，入声，"钓"读作"dio"，入声，两个音在实际语言交流中很容易产生音变，如果把"钓屿""竹屿"分别读上三遍，那么，"竹"与"钓"便分不清谁是谁。

为什么叫"钓屿"呢？肯定与钓鱼有关。以前，在竹屿岛周围，海洋鱼类很多，特别是一些岛礁型鱼类，简直就把竹屿附近的海域当成了乐园。我的父辈、祖辈曾经在这里钓过带鱼、鳗鱼、黄鱼等，也在附近捕过墨鱼，抓过海蜇。几十年前，竹屿岛附近还常常有渔船在钓鱼，听父亲说，那是福建渔民在这里钓石斑鱼。石斑鱼很多，一天能钓好几十斤，放在水桶里养着，活鱼运到香港能卖好几十块钱一斤呢。石斑鱼，也叫"贡鱼""国鱼"，洞头话读作"过鱼"。瞧，"贡""国""过"都产生了音变，钓屿变成竹屿也就不奇怪了。

在浙江沿海，叫钓屿的岛屿有几个，但也都写成"竹屿"。

除了竹屿岛，下面再罗列几个与生产有关的地名。

墨贼湾，在鸽尾礁村。过去，每当墨鱼旺产季节，这里便有很多墨鱼在产子，村民拿个长竹竿的网勺，站在海边的礁石上，便便当当就能捕到墨鱼。除了墨鱼，礁石上还有很多贝类，20世纪80年代的某一天，我在这里曾大把大把抓过海螺，一口气抓了好几斤。现在，这种经历只有在回忆里才有。

看牛湾，属小三盘行政村，有人写作"看牛弯"，也有人写成"看牛安""看牛鞍"。这里水源充沛，是风门水库的水源地；这里草木茂盛，是放牛放羊的好地方，所以叫"湾"。从地理上看，水流弯曲，地势不平，写成"弯"也行。后来有人在这里建房居住，地名就成了"安"，但是被写成了"鞍"。这几个字在洞头方言中都读作"wa"的鼻化音，现在，受普通话影响，"湾""弯"读成"wan"，平声，"安""鞍"读成"an"，平声。我以为，除了"鞍"之外，其他三个写法都各有道理。

舻艚岙，共有两处，一处是霓屿石子岙村的自然村，一处在元觉活水潭村，曾经叫和平岙，后来叫舻艚岙，现在又改回和平舿。舿艚，也可写成舻艚，是一种载货的木船。平阳鳌江也有个舻艚舿，可见，其舿口以前是渔船、商船出出进进的地方。也有人认为舻艚舿应该是乌艚舿，乌艚是生产船只，也可以用来商运，如果从音变的角度看，写成"乌艚舿"也未尝不可。

摇网舿，是三盘的一个行政村，名字直接以近海张网生产命名。

网寮，霓屿下社属地的一个地名，因张网生产临时结寮而名。

生咸路头，在北舿街道车站路的北端，即现在鑫盛花苑、望海山庄与九厅公路的结合点一带。生咸是过去的一种海滩生产方式，在北舿后海滩上生咸作业时往来都要经过这个路口，因此而取名。鑫盛花苑建在过去玄帝公庙的旧址上，玄帝公是北方护卫神，可见这个路口过去没人居住，甚是冷清，直到玄帝公旁边建起了车站才逐渐热闹起来。如今，生咸的作业方式早已没有了，这个路口的名字也渐渐被人忘记。

还有两个地方稍微提一下：铁炉头和蛰埠厂。

铁炉头属小长坑村，从目前所涉及铁炉头名称的资料看，都与炼铁有关，认为在宋代的时候，此地就是炼铁的地方，而且说得头头是道，甚至村里人还从炼铁的角度对周边的几个地名都赋予了炼铁的元素，如风柜山、卤管等。可是，走遍铁炉头自然村的山坑旮旯，并没有任何与炼铁有关的遗址遗物，让我对这种解释产生了怀疑。我以为"铁炉头"可以从语音上去分析，理解为"堵（读作'踢'）路头"，意思是指村前的"风柜山"堵住了村里渔民出出进进的路头。当然，这种解释只是一面之词，不一定得到认可。

蛰埠厂属隔头村,有关资料还是从字面分析,认为此地曾经有一定规模的海蜇加工厂。这种解释很明显错了。"厂"并非工厂,而是指房子;"蛰埠"与"提步"的读法同音,所以,我认为应该是"提步厂",意思是山头顶片区最早的移民从这里起步登陆并居住于此。

以上铁炉头和蛰埠厂两个地名,不管哪种解释,见仁见智,但都与生产有关。

与生活有关的地名一般离不开吃喝拉撒、柴米油盐、生老病死等。海岛地区最缺乏的是水资源,有些地名就直接与"水"有关。

打水鞍,即现在的海天佳境。200多年以前,打水鞍所在地方还是个小岛,九亩丘与风门之间有一条水道隔着,清嘉庆二十五年(1820)前后,埭口围塘建成后,风门水道滩涂淤积,小岛不复存在。打水鞍村缺水,村民经常用小船到对岸的后垄或风门取水,于是就有了这个命名。"鞍"应该写作"安"。

打水岙,属柴岙村,也是缺水的地方之一。有人把它写成"泼水岙","泼"和"打"语音相近,也有可能产生音变。但是,海岛上的水像金子一样宝贵,哪有那么多的水用来"泼"呢?我老家岭头的水资源还算充沛,是后垄沟山溪的发源地,20世纪60年代还建有水库供北岙、洞头片区的自来水饮用,但是,小时候只要用饮用水泼来泼去,就会遭到大人们的破骂,可见水的宝贵。"泼"与"打"一字之差,但意思全反了。对了,柴岙也与生活有关,曾是劳苦人家"创草、斫柴"的地方。

在海岛地区叫"打水岙"或与"打水"有关的地名多得是。

水桶擂,现在叫燕子山,属九厅村,与三盘岛隔海相望。燕子山是洞头人的说法，三盘人一直叫水桶擂。过去，缺水的三盘人会划着舢板到这里取水，因为山势较陡，没路，常常会连人带水桶一起摔倒，水桶会骨碌碌滚到山下，人倒好没事，就是可惜了那水桶和宝贵的水。

在海岛地区，很多地名与死人有关，那就是"棺材岙"，是专门收埋海难尸体的地方，几乎每个住人岛都有这种岙口，有的还不止一处。由于各地的语言和风俗习惯不尽相同，对这种地名的表述也不一样，骗人岙、无人岙、冷清岙、死人岙等，比较含蓄的是元觉的相思岙、和平岙，现在，相思岙成了恋人们、情人们相拥相抱表情达意的网红打卡地，还有鹿西的无人岙，自从改成妩人岙之后，情景发生了翻天覆地的变化。

关于"棺材岙"方面的内容另文专述。

与生产生活有关的地名还很多，有直接的，有间接的。当然，生产和生活本来就是不可分割的，就看你怎么理解了。

2022 年 10 月 9 日

掉"坑"里了

不管是大陆还是海岛，以"坑"命名的地名为数不少。

古今字典对"坑"的解释是比较一致的，基本义解释为：地面凹陷的坑洼。但是，在《百岛百村》的资料中，词义有所延伸，几乎解释为"溪坑"。本人认为该资料的解释是正确的，因为从洞头带"坑"的地名来看，都与两山冈之间的谷底，或者与山间的小溪有关。本文将该资料中带"坑"的村名进行罗列，并稍加解释，也是属于个人的看法，请有缘看到本文的朋友不要掉进本人所"挖"的坑里。

洞头以"坑"命名的行政村有以下几个，括号中的文字引自《百岛百村》。

大长坑村（因村内有一条3000多米的狭长坑溪而得名）。

长坑溪是洞头岛境内最大最长的溪流，水源比较丰富。1970年，为解决洞头岛部分居民特别是城镇居民的生活用水困难，刚成立一年的洞头县革委会决定，集中一切可以集中的力量，以打歼灭战的方式建设长坑水库。4月，长坑水库开始施工，每日投入200多名义务劳动者，有驻岛部队指战员、机关干部职工、学校教师、各村村民等，自带粮票、草席、棉被、蚊帐、碗筷等生活用品，劳动热情非常高涨。1971年水库建成，库容量为53万立方米。大长坑村以坑溪命名，名正言顺。

小长坑村（据说是因村里有一条较长的溪沟，但比大长坑的小，故名）。

这个说法有误。大长坑村原来就叫长坑村，是个移民比较早的村庄，后来有些村民迁居到村旁边的另一个山坳，之后陆续有人迁居而来，山坳成了自然村居，因村居规模比长坑村小，取名为"小长坑"，变为行政村之后，长坑村更名为"大长坑村"，以示区别。所以，小长坑村的命名与"溪沟"无关。

后坑村（因境内有一条坑沟，村建坑沟后方，加上辖区内有上、下后坑两个自然村而得名）：

这个说法也有点牵强。如果是因"村建坑沟后方"而得名，那么，村名就应该叫"坑后"，而不是"后坑"。另外，因"辖区内有上、下后坑两个自然村"而得名的说法更是不通，哪有大哥的名字是因为二弟、三弟的名字而取的呢？本人以为，"坑"的解释没错，但是"后"的解释错了，它的参照点不是"坑沟"，而是中仑村。中仑是洞头岛最早的移民中心点之一，村前有坑沟叫"前坑"，村后的坑沟就叫"后坑"，而且，当时的后坑村规模是很小的，所以，在洞头方言中到现在还一直保留着"后坑儿"的叫法。

前坑寮村（据传祖先系福建曾坑人迁此搭寮定居而得名，原称"曾坑寮"，后谐音演变为前坑寮）。

此说法值得探讨。前坑寮村前有一条溪坑，发源于垄头岭与寮顶岭之间的山谷，溪流穿过前坑寮村后继续向前，穿过中仑村后又向后垄流去，最后流入大海。中仑村最早的中心地带应该是玄帝宫前的老街，溪流从街前流过，所以，这条溪流就叫作前坑，中仑村后面的山背那条溪流就叫后坑。先民在前溪边搭寮而居，村落取名前坑寮，其山垄后面的村就是后寮。至于是不是"曾坑寮"的音变，那就要去查一查前坑寮的有关家谱了，前坑寮的曾氏祖先是福建曾坑人，但他们是不是最早来前坑寮搭寮居住的呢？如果不是，那"前坑"与"曾坑"就属于"巧合"了。

长坑垄村（村名根据地理环境而得名，从山尖田岙平到岙底有一条很长的溪坑，房屋就建在溪坑右边的山垄上，这条垄很长，这个地方就叫作长坑垄）。

这个说法有道理。

枫树坑村（因辖有上、底、外、南枫树坑自然村而得名。相传早年周边多枫树）。

看了这个解释，觉得有两处不妥。一是没有解释出"坑"的含义；二是村名不是因为有四个自然村叫枫树坑，而是枫树坑辖区有四个枫树坑自然村，颠倒了。应该说枫树坑也是一条溪坑，溪坑周边多枫树，所以叫枫树坑，四个自然村的取名也是根据溪坑的走向与村落方位之间关系而定的。

以上几个是带"坑"的行政村。下面再列举一些带"坑"的自然村和地名。

三盘下尾村有东坑、西坑自然村（因坐落在片村东侧、西侧坑坳，故名）。把"坑"解释为"坑坳"也可以，因为"坳"的本义就是"低凹的地方"。

大门的大溪村（西边有一条长而宽的溪坑，因此取名"大溪"，村民称之为"溪坑儿"，东边也有一条溪坑儿流经沙岩村，取名"沙岩溪坑"），大溪村虽然没有以"坑"命名，但其地名仍然与"坑"有关。

仁前途村有个"划船坑"（据老人传说，有一位外地唱龙船曲艺人，身背龙船行走不小心跌入溪坑死亡，为纪念他而取名龙船坑，后因该地门前是海滩，海上做生意的小船很多，靠手划桨，就衍为今名），这里有几点要说。第一，传说的东西一般可信度不高；第二，唱龙船曲的是流浪艺人，其功德与贡献还不足以让人取一个地名来"纪念"他；第三，"门前的海滩"与"溪坑"是两回事，不能混为一谈。依我的看法，这个"坑"应该属于"坑洼"，是个比较大的水坑，大到可以"划船"。当然，这只是一种夸张的说法。

甲山村有坟前坑（村旁有好多坟墓，一条溪坑从村西边顺山势沿村而下），应该这么理解：一条溪坑从村西边顺山势沿村而下，溪旁有好多坟墓。

扎不断村西金坑（因位于扎不断西部，又相传昔时有个出金子的坑，故得名。光绪《玉环厅志·东臼山》有记载地名）。这里要补充说明一下，光绪版的《玉环厅志》只记载了有这个地名，没有说出这个地名的缘由，如果这地方有个"出金子的坑"，那也只是过去的相传，准与不准、信与不信那只有各人自己把控了。至于把"坑"解释为"坑洞"之类，也显得勉强。

东郊村的大坑、尾坑（大坑因处于一条较大的山坑内，故名；坑尾因处在一条大山坑的尾部，故名）。这个解释有点模糊，让人看起来好像有两条山坑，"一条较大的山坑"，"一条大山坑"。其实只有一条，大坑在起源部，尾坑在末尾部。当然，这个山坑也是山溪、溪坑，是用"条"来表述的。

大长坑村的鹿坑（相传该山坑早年曾是一片山林，常有鹿群出没，其山座势形如鹿首，两块竖石状如鹿角，故名"鹿坑"；又因早年来此开垦建村的杨氏宗族先辈乃福建同安人，故曾用名"同安寮"）。鹿坑自然村最早叫"同安寮"是对的，但"常有鹿群出没"和"山形如鹿首，竖石如鹿角"的说法自相矛盾，应该把它们分为两个方面来解释。写到这里，笔者突发奇想，觉得"鹿坑"与"鹿"无关，而跟地理环境有联系，可以解释为"六坑"。理由是，在大长坑的尾端，还有六条小溪流，它们是大长坑的发源地，前五条小溪分别属于隔头、东郊地域，鹿坑属于大长坑村，这样，由远而近数过来，鹿坑有可能就是"第六坑"了，只不过一到五坑是比较荒凉的地带，一直无人居住，因而早早被人遗忘。

写到这里，我又想到了"龙潭坑"。

龙潭坑原来叫"龙潭窟"，在隔头后面山和大长坑鹿坑山沟的交会处，是古时候求雨的地方。1987年，在长坑沟的源头尾坑、面前山、后面山、鹿坑等自然村的结合部建成了"龙潭坑水库"，作为长坑水库的备用水库。之后，龙潭坑作为一个地名而流传开来。现在站在龙潭坑水库的库坝上，面对水库看去，还能清晰地看到几条溪坑，从左到右数过来，鹿坑正处于第六条。这就很大程度提升了笔者对"鹿坑"名字来源猜想的"中奖率"。

以上是对《百岛百村》资料中有关"坑"的村名解释的探

讨，不一定正确。当然，《百岛百村》的解释有些还是没问题的，比如：

营盘基村的当中坑（因坐落在南北两山的当中山坳，故名）。

小荆村有中坑、西坑、三条坑（因周围有三条溪坑，中坑处于中溪坑旁，西坑位于中坑西侧，三条坑居中坑东侧，曾称"东坑"，溪坑自西向东顺序处于"三"，故名）。

石浦村的兰田坑（因村前小坑坳有几亩水田，方言称"烂田"，故名"烂田坑"，后雅化"兰田坑"）。

沙吞村的南条坑、北条坑（因村里有南北两条坑）。

大瞿村的西坑、东坑自然村（村居溪坑西侧、东侧，故名）。

口筐村的东坑、西坑（东坑位于片村东部的溪坑两侧，故名；而两侧村落又分为黄泥等、梅树坑。西坑居溪坑旁且在东坑西侧，故名）。

《百岛百村》资料对"坑"的解释大部分是正确的，但是，对村名的解释有进一步探讨的空间。

2022年1月10日

地名中的"大"与"小"

在洞头地名中,有一些和"大、小"有关,但说的并不一定就是村庄规模的大小,而要从其他的角度去理解。本文要表述的属于个人的看法,不一定正确,有的可能还是主观臆想。

一、大长坑与小长坑

大长坑原来就叫长坑,小时候家乡的老人小孩、厝边头尾都这么叫的。取名为"长坑",是因为村庄的西面有一条很长的水沟,这条水沟就是长坑,村庄以水沟命名,可以说,长坑是洞头岛上最长的水沟,20世纪70年代初建造了洞头岛内最大的饮用水库,就叫长坑水库。

长坑村的居民祖上来自闽南,大多姓张;小长坑村的居民大多姓甘。应该说,这两处村民最早移居此地的是张姓。在古代,宗族(姓氏)之间排他性很强,后来移居的甘姓就在长坑村的边上定居,因为两村比邻,甘姓居住点也以"长坑"命名,但为了有所区别就叫作"小长坑",原来的"长坑"自然就成了"大长坑"。

可见,长坑的"大小"是以先后来定的。当然,有人认为大长坑的村居规模比小长坑大,这种说法也许有一定的道理,因为当初张姓的移民数量要比甘姓多。

二、大文岙与小文岙

首先要说的是，"文岙"要写成"门岙"。门，指的是陆岛与陆岛之间的水路，如大门、小门、青山门、花岗门、炮岙门、蜡烛台门等。门岙的"门"指的是小文岙村与霓屿岛之间的水道，村庄以水道命名，所以叫"门岙"，后因谐音关系写成"文岙"（"门"的文读与"文"同音）。由此可以看出，文岙是山头顶片的移民登陆点之一。一开始居住在小文岙，后因移民人口不断增多，或者因生产生活需要，逐渐向山上移居，形成了两个自然村落，所以，就有了大文岙、小文岙之分。文岙的"大、小"是因为居住人口数量的多少而定的。

三、大九厅与小九厅

九厅的"大小"跟文岙的大小一样。最初的时候，因为只有九户人家，叫九厅，"厅"指的是房子。后来，居住人口多了就渐渐向北扩移，南部沿山势而建的房子数量不多，所以就叫小九厅。北面原来是一片滩涂，对面是燕子山，是个岛屿，温州话叫"水桶擂"，东北面（现在的杨文工业区）是一片海，叫"后海"，后来填了一条小坝，在现在工业区与九厅村之间的红绿灯处。小坝的填造促使滩涂淤积，地面上升，燕子山和九厅连成一片，移民增多，村落自然形成，因为与原来的九厅有一条小山坡隔着，村落成为自然村，其人居规模比原来的九厅大，所以叫大九厅，原来的九厅变成小九厅。后海围塘建成后，后海也没了"海"，成了一片土地，后开发成"杨文工业区"，因"杨文洞"（自然村落）而命名。"杨文洞"既不姓杨，也没有"文"味，是"蝤蠓洞"的谐音写法。

四、大朴与小朴

一直以来，所有的文字记载和民间口传都这样认为：大朴、小朴是因为村里曾经有年岁较长的朴树，所以叫"朴"。这里我要反问一下：这种解释是不是因为大朴村里的朴树比小朴村的朴树大、多、岁数长？很显然，这种解释是很勉强的。那么，"朴"又做何解释呢？我以为，"朴"应该写成"浦"。字典中解释，"浦"指的是水边或河流入海的地区，从地形上看，大朴、小朴符合这种解释，它们的村后紧靠着烟墩山（山头顶），村中都有山溪水流注入大海，符合这种地理特点，所以应该写成"浦"。台州、宁波地区的沿海也有叫"浦"的地名，如石浦，这就是很好的佐证。

那么，大、小又怎么解释呢？我以为大、小不是村庄的规模和移居时间，而是与村落的距离远近有关。距离远近必须有中心点作为参照才能比较，这参照点有两处：或是小三盘村，或是山头顶炮台村。如果是小三盘作为参照点，大朴村近，小朴村远，符合洞头的语言表达习惯，"小"有"偏远"的意思。如果把参照点说成山头顶也有些道理。过去，山头顶炮台村到大朴、小朴都有山路互通，大朴村的山路离山头顶要近，相对"好走"一点，而小朴村则相反，从这点看符合距离远、近（小、大）的条件。但是，从实际情况看，这两条"山路"并非正常的行走之路，而是一些人"临时"走出来的。这两条"路"30多年前我曾经走过，虽然还有点"路"的"样子"，但很难走，根本无法叫"路"。所以，参照点应该是小三盘，山头顶显得勉强。

五、大三盘与小三盘

三盘，指的是三盘岛，《洞头县志》上把它说成"大三盘岛"。关于"三盘"的名字来由是这样说的：岛的西南面有三个孤屿，洞头人叫"三个屿"，也许是它们形似盘子，便叫它们"三盘"，三盘岛在三个屿旁边，也就顺理成章叫"三盘"。这种说法似乎没有异议，一直都这么叫，但历史上的三盘指的是洞头，是玉环属下的一个区，叫"三盘区"。

小三盘在"三个屿"的南面，也隔着一片海区，村庄的命名也和"三个屿"有关。但有个很有趣的现实："三个屿"既不属于大三盘，也不属于小三盘，而是属于北岙，20世纪70年代上山下乡运动，北岙青年在没有巴掌大的鸟不拉屎的"三个屿"居住下来，在其周围的海面上养殖海带。现在，"三个屿"成了洞头"海上西湖"的标志（三潭印月）了。

其实，把三盘岛说成大三盘岛是因为要区别于小三盘，但显得有些不伦不类，因为小三盘是个村，大三盘是个岛，两者不在同一标准上，不能用"大"与"小"来区分。小三盘的命名也许因为有"三盘"的命名在前，必须要加个"小"，但是，因为有"小三盘"的命名而把三盘说成"大三盘岛"就有点"矫枉过正"了。在洞头人的交流中，几乎没有人把三盘说成"大三盘"的，这就足以说明"大三盘"中"大"的多余了。不过，既然已经把"大三盘"写进县志，受到法律的支持，那就只能说：两个"三盘"的"大、小"是根据区域面积来划定的。

六、大北岙与小北岙

在洞头人的口语中，有人居的"大北岙"只有一个，在半屏山，也叫"大岙"，公社化时叫"二村"。"小北岙"有三个，一个在半屏大北岙村的旁边；一个在元觉状元村的北面；一个在霓屿正岙村的东北面，又叫"北岙儿"。这三个"小北岙"有个共同的特点：都处在各自岛屿中心村落的北部。半屏岛的中心村落是金岙，大北岙处在金岙村北面，小北岙又在大北岙北面，且村庄规模比大北岙小。元觉的中心是状元，元觉岛又叫作"状元岙岛"，说明这个中心在经济、文化、地理、历史各方面的重要，小北岙村在状元村北面。霓屿岛原来分成霓南、霓北，祖先来自不同地方，正岙是霓南的中心。由此看来，三个"小北岙"与现在的区政府所在地的"北岙"没有半毛钱的关系。可是，在有的资料中说到，状元岙的"小北岙"是为了区别于洞头岛的北岙而取名的。应该说，这里的"大"与"小"是因为村庄的规模。

在霓屿同兴村（棺材岙）的东北面也有个无人居住的岙口，与同兴村只有一道小山岭之隔，这个岙口也叫北岙儿，岙口不大，但被一条礁石隔着，岙面呈"W"形，于是，村里人就把它分别叫作"大北岙""小北岙"。这种叫法听起来很顺，但到实地一看，显得有些多余。因为这里其实只有一个岙口，不仅岙面上的沙石滩连在一起，岸上的陆地也很自然地连成一体，没有被地形地势所隔开，所以没必要分成"大"与"小"。

七、大门与小门

大门岛，原来叫"青岙"，也叫"黄岙""黄大岙"。大门的命名是因为大门岛与青山岛之间的水道而来的，在浙、闽、粤沿海，因水道而命名的地方很多，如厦门、澳门、坎门、楚门、沈家门等等，即便是在洞头，带"门"的地名也很多，如深门、浅门、炮岙门、白鹭门、蜡烛台门等。我在《洞头纪事》之《大门无门》文中就举了这些例子，上文说到的"文岙"为"门岙"之误，论据应该是可以立足的。小门岛与大门岛隔海相望，中间也横着一条水道，所以用"小门"命名来区别。大门与小门的"大小"区别是因为它们的陆岛面积、人居规模、水道通航的不同，这一点应该没有异议。

八、大瞿与小瞿

大瞿，最早的意义与"大"无关，应该叫作"渡居"。大瞿岛上的居民是永强一带的移民，说的是温州话。温州话中的"渡居""大瞿"读音相同，后来的书面文字把"渡居"写成"大瞿"。因为有了"大瞿"，其旁边的两个岛屿根据岛屿面积的不同分别叫作"中瞿"和"小瞿"。关于这点，史志也好，民间口头也好，说法基本一致。

洞头地名中，还有一些"大、小"的所在，如"大荆"与"小荆"，"大竹屿"与"小竹屿"等，与村庄规模、岛屿面积有关。但有些地名是不存在"大、小"对应的，如"大树脚""大山"等，没有"小树脚"和"小山"，且不去说它。

2021 年 3 月 2 日

地名中的"头""尾""鼻""脚"

地名中,有很多带有"头""尾""鼻""脚"的说法,尤其是在具有特殊地理地势特征的沿海岛屿,这种地名很是普遍。洞头也是如此。这种命名是相互对应的,必须有个中心点作为参照物,然后按照高低、远近、方位等进行区别。

稍加归类,关于"头""尾"的地名有以下三个方面。

一、有头有尾

最具代表性的是三盘岛的西山头和下尾,大门岛的潭头、乌仙头和尾岙。

西山头和下尾是按地域远近、地势高低来区分的,它们的中心点是大岙和阜埠岙,西山头在大岙的西面山冈上,下尾在三盘岛最东面的海边。"西"说明方位,"山""下"说明高低,"尾"说明距离。

大门岛的潭头、乌仙头和尾岙是相对远近、方位而言的。大门岛的中心在沙岩一带,过去洞头人叫它"黄岙",潭头(严格说应该叫"坦头")在大门岛的东部,乌仙头在西南部,这两个地方都是大门岛与外界出入联系的主要埠头;尾岙在北部,而且离中心点比较偏远。坐北朝南是中国文化中很重要的一个部分，所以，孰头孰尾就很清楚了。比较有趣的是，别地方的"头""尾"都是一对一的，而大门是两个"头"带着一个"尾"，这就很富有趣味性了。

另外要说一下的是，很多大门人觉得"尾"岙不好听，前些年，纷纷通过人大议案、政协提案的渠道，要将"尾岙"改名为"美岙"，经过不懈努力，终于改名成功，现在的尾岙名正言顺地成了"美岙"。其实，改成美岙也很恰当，因为美岙有一个洞头最大的沙滩，是休闲、旅游、度假的绝佳去处，改成美岙不仅名字好听，而且起到了锦上添花的作用。只是这里要提醒一下，几十年、几百年后的人要是研究地名，不但要从"美"的字义上去解释，也要从"美"的语音上去理解。

除了三盘、大门这两个大地名外，还有一些小地名中的"头"和"尾"，比如"鼻儿头""鼻儿尾"，有的地方也叫作"鼻头儿""鼻尾儿"。

有个比较特殊的地方，即后寮村的山头自然村，因处于后寮村后面的大龙岭山头而得名。虽然是一个自然村，但有两个分布，以永福寺为界，一东一西，东面的村落叫山头，西面的村落叫山尾，是从山头迁建过去的，所以就叫山尾。以上是岭头、寮顶村人的说法，而后寮村的人直接就把山头说成山尾，这个自然村的"头""尾"就混在一起了。

还有一个地方是北岙中心街，以前叫北岙街。北岙街很短，只有200来米，后来城镇变大了，北岙街分成了上街和下街，以十字路口为界，由此出现了"头"和"尾"的叫法。区府广场一带叫"上街头",十字路口一带叫"下街头",也有人把它叫作"下街尾",下街与赴学路交接的地方也叫"下寮尾",与"顶寮"相对应。这么以来,北岙街也有两个"头"一个"尾"。随着时间的推移,"上街头""下街尾"的说法逐渐被人淡忘。

二、有头无尾

有头无尾的代表村庄应该是垄头。

"垄"指的是山冈,从垄头村的地理位置看,这条"垄"就是村部东面的山冈,最早的移民就在这个山冈头定居,山边有年代较久的陈府庙可以说明。后来,移民一下子多起来,村庄慢慢向西延伸,村庄规模大了,于是就分成了上甲、中甲和下甲。

其实,垄头也是有"尾"的。村里原来有一条小溪流,溪流的最尾端(将要与惠头寮、东岙顶接壤的地方)有个水坑,后来被改建为水库,这个地方就叫作"坑儿尾",只是过去没人居住而已。这么一来,就有了"垄头""坑尾"的说法,"头"是村庄的中心,"尾"是村庄的末端。

顺便就想到了笔者的老家。笔者是寮顶回族村岭头自然村的人,"岭"就是大龙岭(北面叫"三垄岭")。按常理说,既然是岭"头",那村庄就坐落在"龙"的头部,但是,从大龙岭的走向看,龙的头部应该是在永福寺,岭头就要变成岭"尾"了。看来,岭头的命名要从这样两个方面去理解:一、一般说龙头最好是朝东的,岭头自然村就在大龙岭的东部,是笔者把龙的形状看反了;二、大龙岭地界分别属于后寮的山头自然村和寮顶的岭头自然村,岭头就在"岭"的顶部,故名。如果这样分析成立,那么,岭头是以地理位置的高低来命名的,它的"尾部"属于后寮村，即现在的后寮水库位置，这个地方不叫"尾"，所以岭头没有"尾"。

类似这种"有头无尾"的地名还有，如半屏山的外堁头、内堁头，小朴村的王山头，白迭村的白迭岭头、隔头等。

还要说一下"洞头"，也是有头无尾的。但是，笔者认为，"洞头"不能从字面意义去找"洞"，而要从语音方面去分析，它应该是船只"掉头"的意思。那么，洞头的"头"就根本不需要有"尾"了。

三、无头有尾

代表村是贡尾。

贡尾是岙仔村下辖的自然村，村前临三垄港、垄头岙，是看海护港的重要军事山头，过去曾有炮台据守。

以上的"头""尾"是洞头地名中比较有代表性的几种现象，类似这种称头呼尾的现象，在一些没有人居住的山包或海边还很多，就不一一列举了。

最后来说说"鼻"和"脚"。

鼻，是海边、山脚比较偏远的小地方，有的成了人居自然村，有的没人居住。因为地方小，所以叫"鼻儿"，其实这也是谐音写法，应该写成"丕儿"。"丕"在《说文》中解释为"大"，是个形声字，从一，不声，但在洞头方言中解释正好相反，是"小""少"的意思，如"一丕儿"。这种反其意而解释的语言现象不仅洞头方言中有，普通话中也有，比如"一觉睡到大天亮"的"觉"，原来是"醒来"的意思，在这里成了"睡梦"了。

从有关地方性资料来看，到目前为止，对"鼻"的解释还停留在"望文生义"的层面上，把它解释为"鼻子"，如《百岛百村》《洞头地名志》《洞头县志》等，都解释为"像人的鼻子而得名"。这是很牵强的，洞头没有这么多"像人的鼻子"的地方。真心希望有更多的人能从更多方面来解释"鼻儿"和其他方言地名。

脚，在洞头方言地名中解释为"下"，表示方位。这一点认可度比较高。在洞头方言中"下面"一词就读作"下脚"。用在地名上也一样，如"大枞树脚""树莓（杨梅）脚""大厝脚""岭脚"等，这些地名有的也仅仅是地名，有的成了自然村。

以上只是个人的看法，仅供参考。

2022 年 1 月 7 日

摇啊摇，东沙搭桐桥

地名中的方位词

在洞头地名中，有很多带着方位词，具有明显的方位特点，不妨罗列一下。

第一，地名之间相互对应，且有中心地名作为参照。

洞头的北岙、东岙并非说北岙在东岙之北，东岙在北岙之东，它们的中心参照点是中仓，因为中仓是洞头岛上最早的经济、文化中心，以中仓为中心，其周围带有方位词的地名（村落）分别有前坑寮、后寮、后垄、店儿顶。随着人居、生活、生产的发展变化，东岙、北岙（包括店儿顶）后起之秀，甚至在某些方面超过了中仓，影响到了洞头的其他区域，所以，其他岛屿上的东岙、北岙的地名后来只能改成"小东岙""小北岙"了。比如，在东沙片区内的王爷宫旁边就有一个东岙，后来改成"小东岙""东岙儿"，以示区别，但是，它的方位参照点是王爷宫。这样的例子还有几个，如半屏山的大北岙和小北岙，其中心参照点是金岙；元觉的小北岙，参照点是状元岙；霓南的小北岙参照点是正岙。

有的地名指的不是村落，而是某个片区。霓屿岛的霓南与霓北以山尖为中心点，洞头岛的北沙与南塘以北岙为中心点。

以中心地名作为参照点的地名在山头顶片区有好多，如，东沟、西沟、面前山、后面山、过水沟等。

有中心地点作参照的情况在现在的城镇道路命名中也屡见不鲜，如县前路、县北路、县东巷以县政府为中心点；城南路、城北路以北岙为中心点；岭背东路、岭背西路以岭背十字路口为中心点。类似情况还很多。

第二，地名之间相互对应，但没有中心参照点，只是根据地名处于陆岛的整体方位来命名。

这种地名相对而言较多，有的地名没有具体的村落，而是指某个片区，如，上文说到的霓南与霓北、北沙与南塘等。有的指整个岛屿，如东策、南策与北策。有的是村庄（自然村），如元觉的状南、状北与状中，大门的东浪与西浪、东石浦与西石浦，大门沙岙村的南条坑与北条坑，长沙村的东长沙与西长沙，大门横山村分别有中、东、西、下横山，霓屿的上郎、下郎与郎等，东郎与西郎，鹿西的东山坪与西山坪，南策的南屏、北屏、东屏，霓屿的桐岙（东岙）、西岙等。

在三盘的下尾、鹿西的口筐、大瞿岛，都有东坑和西坑的地名与村落，它们不是以某个"坑"为中心，而是相对处于整体村庄的某个区域而言。

第三，地名指的是某个有明显方位的边缘，也有一定的中心参照点，但没有相互对应的地名。

如半屏山的北厂，其中心参照点是金岙，但没有东厂、西厂、南厂与之对应，大门的东厂自然村、小门的东屿、鹿西的东臼、三盘的西山头等也一样。比较例外的是霓屿的南山，它既以正岙为参照，也和小北岙相对应，而且还处在霓屿岛的最南端。

以上所举的大多是东南西北的例子，下面再举一些前后内外上（顶）下的地名。

称"顶"的地名还是比较多的，这些带"顶"的地名有两个特征：一是地理特征，一是与村庄的方位有关。与村庄有关的为数不少，占了带"顶"地名的大部分，如二垄顶、三垄顶、妈祖宫顶、坑儿顶、长坑顶、小长坑顶等。

在地名中，"顶"与"上"同义，语音读作"顶"，文字可以写作"顶"或"上"，而且与"下"相互对应。如："上社"读作"顶社"，与"下社"对应；"上郎"读作"顶垄"，与"下郎"对应；"顶寮"不读作"上寮"，但与"下寮（尾）"对应；顶厝写作"上厝（屋）"，与"下厝"对应。在一些规模比较大的村庄，会分成相对的片区，垄头分为上甲、中甲、下甲，前坑寮分上甲、下甲、对面甲，后寮分顶后寮、下后寮、中甲，中仑分上仑、下仑，后坑村有上后坑、下后坑，桐岙村有上东岙、下东岙等，在这些名称中，"上"都要读作"顶"。但这只是相对闽南方言区而言的，如果是温州方言地区，"上"就不读作"顶"了，如观音礁村的上南台、下南台、上南垄、下南垄，甲山村的上屋、下屋。

"顶"在地名中所处的位置不同，所指的对象也不同。"寮顶"与"顶寮"不同地方；"东岙顶"与"顶东岙"不是同一概念。"顶"还可以同"头（上）""脚（下）""前""后"等连用，如岭顶与岭脚、店儿顶与店儿后、柴岙顶与柴岙脚等。

有人曾戏说，洞头较有名的"顶"有四个：山头顶、东岙顶、寮顶、店儿顶。关于这几个"顶"，另文专述。

最后说说前、后、内、外。

前坑寮、后寮，外埕头、内埕头，内深门、外深门，面前山、后面山，坑儿内、坑儿外等等。这些地名有的是两个地名相对应，有的只是一个地名，有的还需要从另外角度去解读。北岙有"岙内"没"岙外"，有"岭后巷"没"岭前街"；东沙有"东沙后""山后"没有"东沙前""山前"；潭头村有"大树下""下沙头"，没有"大树上""上沙头"；鹿西有"岙外"没"岙内"；洞头村有"岙内"，"岙外"要用"岙口"解读；大门有"岙内"，"岙外"要用"岙面"解读；九厅村有"内瑾"，但"内"是"擂"的谐音，当然就没有"外瑾"了。

顺便要说的是，内深门和外深门的命名是错的，它们的参照点既然是深门，那么，离深门近的村庄应该是内深门，而不是外深门，当然，如果以状元岙为参照点，那就没错了。

比较例外的是枫树坑村，居然有上枫树坑、底枫树坑、外枫树坑、南枫树坑的区分，如果把"南"读作"内"（谐音），那就上下内外成"立体型"布局了。还有一个是活水潭，应该是"下水潭""无水潭"的谐音，用了一个"活"字，就把原来最欠缺的东西给盘活了。

2022 年 4 月 19 日

摇啊摇,东沙搭桐桥

置"顶"一下

在洞头的地名(村名)中,带"顶"的地方有那么几个,本文稍将它们罗列一下,弄一个"标题党"以哗众取宠。

洞头本岛最出名的"顶"当数山头顶,家喻户晓无人不知。

其实,山头顶不是一个简单的地名,它包含三层意思。其一,指的是洞头本岛西部山区,包括东郊、九仙、白迭、隔头等村,以前,这个片区的人都被称为"山头顶人",就连他们自己也这样认为。其二,指的是东郊村,因为东郊村在山头顶的最高处,山下就是小三盘、大朴,距离北岙比较近,山头顶就成了东郊的别称。其三,专指烟墩岗,它是洞头岛的最高峰,具有一定的代表性,现在成了文化旅游景点,著名的望海楼就建在山顶上,人们一抬头就看见这座山峰和望海楼,脑子里冒出的第一个地名概念就是"山头顶"。

曾经有人问我老家哪里的,我说,我的老家是洞头四大顶之一,对方立刻就说,哦,是山头顶。可见山头顶在洞头人心目中的地位了,这个地位的特点有三个:一是地理位置偏僻;二是生活条件贫困;三是语言带着地道的闽南腔。现在,随着经济的发展、文化的融合、时代的进步,这三个特点已消失,尤其第三个特点,年轻一代的语言交流已经听不出"山头顶腔"了。

除了山头顶之外,还有其他三个"顶"。

店儿顶。也是一个片区,不是行政村或自然村,现在叫作"岭背社区",但这只是文字上的写法,在人民群众的口头上还是称之为"店儿顶"。

既然叫店儿顶,就肯定有"店",那么,"店"又在哪儿呢?比较公认的说法是中仑。中仑是洞头岛最早的经济文化中心之一,它周围带着"东、北、前、后"的地名,说明中仑之"居中",事实也正是这样,曾经的中仑商铺林立店面栉比,这从中仑村文化礼堂中展示着许多"洞头之最"就可以略知一二。还有一种说法,这个"店"在北岙的上街地带,从北岙街后来的繁荣情况来看,这种说法并非没有道理。但是,北岙街的繁荣是从中仑街的繁荣延伸扩展出来的,年代要迟得多,是北岙埭口围塘建成后才慢慢形成的集市规模,并逐渐超过甚至取代了中仑街的繁荣。所以,如果从时间上来看,这个"店"应该指的是中仑街。

东岙顶。是行政村,又叫作"炮岙顶"。顾名思义,东岙顶的名字跟东岙有直接的联系,它因地处东岙村的上方而得名。

东岙也是洞头较早的商埠之一,因地处中仑(洞头)的东部而得名。在东岙村的正前方有一个海上水道,叫"门",每当起风的时候,水道波浪汹涌,涛声震天,仿佛是万炮齐发,非常壮观,所以,东岙最早就叫作"炮岙",有的资料中把它写成"打岙",这可能是语音上的误读而产生的文字上的误写。

虽然现在东岙顶和东岙是两个行政村,但在过去它们是不可分割的整体，东岙行政村有一个自然村叫"炮岙底"，和炮岙顶相比邻，随着人居规模的扩大，现在已经连成一片了。

寮顶。也是行政村。对了，笔者的老家就是这个"四顶之一"的寮顶。

寮顶的命名是因为处在前坑寮、后寮的东北部，地理位置在前、后寮之上，所以叫"顶"。从人居规模上看，寮顶不能与前三个"顶"相提并论，从交通条件、经济元素上看更是远远不如。但是，寮顶的东屴、西屴自然村的村民大部分是回族后裔，虽然被汉族文化逐渐融合，但在生活上仍然保留着许多回族元素。现在，寮顶村是洞头唯一的少数民族村。从这一点看，其他的三个"顶"是望尘莫及的。

讲到寮顶顺便提一下另一个带"顶"的地名，叫"顶寮"。

顶寮在北岙的状元巷、顶寮路一带，因处于北岙街的上方而得名，原来也是一个名不见经传的人居点，后因出了几个仕途学术上的名人而更名为状元巷，现在是北岙街道上新社区属下一个居民生活片区。

以上是洞头本岛比较有名的几个"顶"。此外，还有几个自然村的"顶"和地名中的"顶"。

山头顶片区有石岗顶、文岙顶、沙岙顶、凸垄顶等。凸垄，意思是有一条小山垄凸出来，但是，洞头话的地名读法是"pong lang"，而"凸"的读法是 tai，所以，这个写法还有待于探讨，有可能是"膨"。

南塘片区的有长坑顶、小长坑顶，因处于长坑村、小长坑村的上方而得名。

东沙（北沙）片区的有二垄顶、三垄顶、妈祖宫顶等。

还有几个带"顶"的，虽然有的也有人居，但不是自然村，仅仅是地名而已，如北岙的教堂顶，北沙的柴岙顶、杨文洞顶，洞头的宫山顶，垄头的坑山顶、大龙岭（陵）顶等。

有一个现象很值得一说。查看了有关资料后发现，带"顶"的村名大都是在洞头本岛片，而大门、鹿西、三盘等温州方言区几乎没有，这就说明了"顶"的说法属于闽南方言。

顶，《说文》中解释为"顶颠也"，形声字，从页丁声。"页"，人头，音"xié"。这就表示"顶"的本义与人头有关，是指"人头的最上端"，如"头顶"便是。随着语言的发展，产生了许多引申义，如最（顶好）、支撑（顶天立地）、对着（顶风）、担当（顶班、顶罪）、争辩（顶嘴）等，其基本义是指"最高、最上面的位置"。

但是，在洞头地名中，"顶"并非只是指最高部位，而是指某个中心点的上方，上文中所列举的带"顶"的名称，其前面那个地名就是中心点。这种说法不管是闽南方言区还是温州方言区都有，只不过在文字表达上不同而已，温州方言区的写法是"上"而不是"顶"。

既然说到带"顶"说法与方言文化有必然的联系，不妨再举两个例子。

青山岛有个地名叫"山头顶"，原来为小北岙村的地盘，20世纪70年代，青山岛单独作为一个农业大队，归属元觉公社，这个大队就叫作"山头顶大队"，后来也叫"青山大队"。这也可以看出，小北岙村（青山岛）虽然处于闽瓯方言的交集区，但受闽南方言文化的影响还是很深的。

另一个例子是大瞿岛的大坪顶，1933年之前大瞿岛归属永嘉县，划归洞头县管辖之后，居民数量和定居点逐渐多起来，且大部分是洞头、闽南的移民，闽南方言文化在短时间内同化了瓯越方言文化，于是就出现了"大坪顶"的地名元素。

闽瓯方言文化交融最为突出的是霓屿岛，单就地名而言，有好几个村落读法上是闽方言，写法上却是瓯文化的元素。三条垄分为两个行政村之后，读音是"顶社""下社"，写法是"上社""下社"；霓南片区的几个地名更有意思，"顶垄"写成"上郎"，"垄顶"写成"郎等"，如果不是从语音上去解释，单从字面上去寻找地名的本义，那解释就会变得很勉强。这种现象现在也逐渐影响到了闽南方言区的洞头本岛，有的口头说法叫"顶厝"，但写法上是"上厝"（温州方言区的写成"上屋"），后寮村有"顶后寮""下后寮"的区分，"顶后寮"写成"上后寮"，这就是很好的证明。

但是，所有的文化都有它根深蒂固的特点，并不是说改就可以改、说同化就可以同化的。不信试看，把"山头顶""店儿顶""东岙顶"分别改成"山头上""店儿上""东岙上"，那就真的不伦不类了，就像邯郸学步一样，赵国人"六亲不认"的走法学不会，反而把原汁原味的燕国走法给忘了，最后只有一个结果：爬着回去。

2022年9月29日

摇啊摇，东沙搭桐桥

第四辑

摇啊摇，东沙搭桐桥

中界山在哪？

十几年前，洞头文化馆的人曾说过，史书上记载的"中界山"就是洞头，后来又专门开过一次讨论会，本人也有幸受邀参加，因为与会人员大都第一次听到"中界山"一词，本次座谈会最后也没谈出一个子丑寅卯来。不过，我始终认为，如果没有比较有力的史证和分析，单凭"一厢情愿"的说法是不能以理服人的。

有一天，我与曾当过洞头县副县长的陈欣欣老师半夜三更微信聊天，他问中界山是不是洞头。说真的，我是一脸茫然的。座谈会后，我对这个"中界山"没有太大热情，主要是自己太懒了，不肯花精力去读一些历史书籍，慢慢地就把"中界山"给忘了。和陈老师的夜谈让我又重新理了一下思路，于是，就有了下面自己的看法。

上网搜索了一下，发现有关中界山的文章有那么几篇，有的说中界山就是洞头，有的说中界山不是洞头，而是玉环，其中没有自己的分析和论证，所列举的资料也一模一样。这倒让我省去了许多查阅资料的时间，可以借用其引用的资料分析一下，中界山到底是不是洞头。

一、嘉靖《温州府志》卷二

中界山去城东南一百四十里，倪岙山去城东南一百五十里，鹿西山去城东北二百四十里，青岙山去城东北二百八十里，在海中，两山如门，宋颜延之立亭于此观海。

这则资料有三处说法有待讨论。

第一，"中界山去城东南一百四十里"，比倪岙（霓屿）还近十里。从地理位置上看，洞头岛离大陆、离府城都要比霓屿远，所以，很难说中界山是洞头。

第二，"鹿西山去城东北二百四十里，青岙山去城东北二百八十里"。青岙山就是大门岛，关于这个说法已经得到了认可。那么，问题又来了，从温州府往东北方向延伸，鹿西山竟然比青岙山还近四十里？显然，这个表述是有误的。

第三，"青岙山在海中……两山如门"。首先要说的是"门"的说法有待讨论，它不是"两山如门"，而是两山之间的通航水道叫"门"；其次所谓的"两山"，除青岙之外，还有一山是哪山？鹿西山？重山（青山）？还是另有所指？

通过以上分析，结论是，这个史志资料有误差，说服力不够。

二、乾隆《温州府志》卷四

中界山在府城东北三百里海中，西去青岙百里；青岙山在府城东北二百里；倪岙山在府城东北百余里。

乾隆版的《温州府志》与嘉靖版的府志，无论从方位还是距离上看，两者说法是相矛盾的，中界山一个在东南，一个在东北，一个一百四十里，一个三百里，相差很大，可以说，乾隆版的府志全盘否定了嘉靖版府志的说法。当然，乾隆版的府志比嘉靖版的府志迟200多年产生，如果从历史的发展、文化的传播、科技的进步等方面看，乾隆版准确率要比嘉靖版高。也许这并不能说乾隆版关于中界山的说法是正确的，但用乾隆版的府志来说明中界山是洞头，那就完全错了。

从乾隆版来看，城府、青岙、中界应该在同一方位的线上，且青岙居其中，按这个说法，中界山不是洞头，有可能是玉环。

另外，"倪岙山在府城东北百余里"的说法是错的，应该是"东南"。

三、弘治《温州府志》卷十七《防海》

中界山巡检司管拨：枫叶山、东白山、蜜辣山、黄家山、殊磊山、川石山、大岙山、长沙山、沙下山、沙汇山、洛湾山。

这个资料一枪就把"中界山是洞头"的说法给毙掉了，因为这些山都不是洞头山的别称，这些山另有其岛，它们都不在洞头岛附近。说"中界山就是洞头"的文章作者这个常识应该还是有的。

四、嘉靖《永嘉县志》卷五

中界山巡检司初在中界山，洪武二十年迁置一都。

这个县志说得比较清楚，中界山曾经是巡检司的驻地所在，洪武二十年（1387）搬迁到一都。一都属华盖乡管辖，区域为永强一带。假设中界山是洞头，把巡检司的办公场所从洞头迁往永强，是完全有可能的，因为当时的永强经济比较发达，特别是盐业经济，永强又叫作"永嘉场"就是最好的证明。但是，最关键的是：洞头历史上没有设置过巡检司，所以，"初在中界山"也不是指洞头。

五、张又新的诗

张又新，字孔昭，深州陆泽县（今河北省深州市西旧州村）人，生卒年代不详，大约生活在唐宪宗元和年间，但他当过温州刺史是真的。他曾经是个学霸，科举时连中三元，这在中国科举史上也是不多见的。虽然是个才子，但他留下来的诗不多，只有20多首，而且大都写温州的"山"，比如《积谷山》《华盖山》《吹台山》《罗浮山》《孤屿》等，《青岙山》《中界山》也在其中。

《青岙山》：

灵海泓澄匝翠峰，昔贤心赏已成空。
今朝亭馆无遗制，积水沧浪一望中。

《中界山》：

瑟瑟峰头玉水流，晋时遗迹更堪愁。
愁人到此劳长望，何处烟波是祖州。

中界山的说法最早就是从张又新的诗中出现的。从《中界山》的诗中有几个因素可以分析：第一，中界山具有"瑟瑟"的山峰和瀑布般的流水；第二，具有"晋时遗迹"；第三，张又新来过此山。从这几个因素看，洞头不具备《中界山》诗中所描述的特征。事实上，张又新没来过洞头，但一定去过青岙山和中界山。

可见，中界山不是洞头已经昭然若揭了。

分析了以上的史料，我又想到了一个问题，即何为"中界"？

按照常规的说法，"中界"应该是两个有差异的区域之间的界限地带，包括地理、历史、文化等方面的因素。从这些方面看，洞头不具备"中界"的特征，倒是玉环可能具备。

另外，网上也有文章说，在《清一统志》中，中界山、玉环山又同时出现，而且，在《清一统志》舆图中，明确在洞头岛位置上标明"中界山"。如果按照这个说法，中界山应该是在洞头。但是，《清一统志》卷二百三十五之《温州府》是这样表述的：

中界山在永嘉县东三百里海中。明洪武二年倭尝犯此。旧有中界巡司戍守，后迁于永昌堡。又有灵昆山与中界山并峙海中。

这则史料可以做如下分析。

其一，"中界山在永嘉县东三百里海中"，从方位和距离上看，中界山并非洞头，而玉环的可能性更大。

其二，"旧有中界巡司戍守，后迁于永昌堡"的说法与弘治《温州府志》、嘉靖《永嘉县志》一致，上文已经说过，洞头没有设过"海防巡司"的机构。

其三,"灵昆山与中界山并峙海中",关键词是"并峙",能与灵昆岛"并峙海中"的可以是倪岙山(霓屿),或者是青奥山(大门),也许是黄华岐头山,与洞头山并峙似乎很勉强。

其四,《清一统志》舆图中在洞头岛位置上标明"中界山",这个"标明"是不是百分之百的正确呢?会不会也像嘉靖版的《温州府志》一样有误差呢?

2021 年 12 月 15 日

摇啊摇，东沙搭桐桥

霓屿，霓虹之屿乎？

霓屿，霓虹之屿。果真是这样吗？它的名字和霓虹有关？

先从"屿"和"霓"入手。

海洋中露出水面、大小不等的陆地统称为"岛屿"，但岛和屿还是有区别的。在洞头，"露出水面的陆地"可以分成四类，分别是岛、屿、峙、礁，分类的标准比较复杂，最主要是从陆地面积的大小来区分的，此外还有植被、水源、人居等。

一般说，"岛"是有人居住的，且陆地面积比较大，但过去没人说"岛"的概念，统统说成"山"。这里要稍加说明的是洞头还有个没人居住的"鸟岛"，鸟岛是现在的说法，过去叫"鸟儿屿"。"屿"，指没人居住的小岛，如竹屿、四屿、五屿、冬瓜屿等，例外的是"屿仔"，是个人居岛。至于"霓屿"是不是"屿"，看了下文就可以明白。"峙"比屿还要小，而且没植被、没人居，但是，斧头屿植被很好，面积也挺大的，它在洞头人的口语中一直叫"斧头峙"。"斧头屿"是现在的书面说法，不过，这个说法是对的，比口头上的"峙"科学多了。"礁"是水中很小的不毛之地，露出水面的叫明礁，水底下的叫暗礁。

说了岛屿的区分,再来看看霓屿岛。

霓屿岛原来叫"霓岙山",后来也叫"霓屿山",海岛面积10.43平方公里,其中山地10.02平方公里,滩涂14.29平方公里,岸线总长30.18公里。山峰以中部山尖为最高,海拔331.6米,山脉向四周延伸,把全岛分南北两部,以前叫霓南、霓北。在洞头列岛中,霓屿岛排行老三(大门岛第一,洞头岛第二),从常规思维来分析,比它面积小的都叫"岛",它是不可能当成"屿"的。所以,霓屿应该是"岛"而不是"屿"。

"霓"解释为"霓虹"好像也顺理成章,而且海面上也常常会出现霓虹,站在洞头岛上看,霓虹正好处在霓屿岛的上方或左右两边,那么,霓屿就是"霓虹之屿"了。但是,在洞头人的思维定式中,从来都不曾把霓屿同"霓虹"联系在一起,而且,霓虹也不是霓屿所独有,任何地方都会出现彩虹,如果没有特别的原因,霓屿是怎么也成不了霓虹的"出生地",当然也不能顺利获得"霓虹之屿"的美称。

接着从霓屿的地域归属来看。

霓屿过去属永嘉县管辖。清光绪六年(1880)《玉环厅志》记载,玉环二十都的地盘包括现在洞头境内的洞头、大门、状元岙、花岗、三盘等住人岛,但霓屿岛不在其内。民国二十二年(1933),鉴于"交通不便,施政管理亦极困难",经浙江省政府批准,报中央内政部备案,把霓屿岛划入洞头管辖区域,把原来属于二十都管辖的灵昆岛划归永嘉,划入洞头的除霓屿岛之外,还有半屏、大瞿、北策等岛。

这就充分说明了一个事实:霓屿岛上最早的住民有很大一部

分是从永嘉地界（永强）迁移过来的。随着人居规模的不断扩大，来自闽南、洞头以及其他地区的移民也相继迁入霓屿，形成了两个有着鲜明文化特征的片区，即霓南和霓北，霓南片区以讲温州话为主，霓北片区讲的则是闽南话。因为南北两片有山尖阻隔着，相互之间的往来交流并不频繁，语言的融合、同化很慢，两种方言各自占据着半壁江山，一直到现在。虽然现在有一部分人同时会讲两种方言，但还有很多人只会讲自己的方言母语。

时间回到90年前，那时整个霓屿岛还是永嘉的属地，政治、经济、文化、生活等方面与龙湾、永强的交流要比和洞头的交流多得多，因此，温州方言就成了霓屿岛的主流语言。再往前推移200年、300年，甚至更早，瓯越一带的人看到霓屿，来到霓屿，最初接触霓屿的时候，总不会用闽南话给它取名字吧，更不用说是普通话了。所以，要解读"霓屿"一词的来历，必须从温州话入手，否则，即便有满天的"霓虹"，那也是迷迷糊糊不着边的。

下面再从霓屿的地理特征来分析。

上文已经说到，洞头第三大岛的霓屿几乎都是山，平地只有0.41平方公里，只占海岛面积的3.93%，但滩涂面积有14.29平方公里。也就是说，这样的地理特征可以决定霓屿的生产结构，即以浅海捕捞和浅滩养殖为主。

20世纪60年代初，紫菜人工养殖在洞头获得成功后，便在全县大面积推广。霓屿的滩涂有着得天独厚的条件，紫菜养殖也就成了当地经济发展的主要渠道。在几十年的紫菜养殖历程中，无论是养殖规模，还是养殖技术，无论是紫菜品种，还是紫菜品质，都是数一数二的，有许多沿海地带的人都来霓屿学习养殖技术,尤其是苍南人。徒弟学了本事之后,一脚踢开了师父,苍南的霞浦竟然得到了"中国紫菜之乡"的金名片。此时,霓屿人也好,洞头人也好,开始后悔起来,于是赶忙也申请"紫菜之乡"的名号,可惜,只得到了浙江省的级别。

紫菜养殖是几十年前的事,再往前数,这片滩涂还有一些很著名的宝贝。蛏子、花蚶、蛤蜊、蚰蠓、跳跳鱼、泥螺等,每当潮水下退,滩涂上都是赶海的人。这里简单举两个例子就可以充分说明霓屿的滩涂经济了。一是"涂橇儿",既是滩涂上的作业工具,也是交通工具和运输工具。这种工具在洞头也只有霓屿才能看得到,尽管现在还有人在使用,但也可以算是文物级的生产工具了。二是方言俚语、词语,温州话有"死人派打鰦鮥"的俚语,意思是装腔作势、一本正经。"鰦鮥"即跳跳鱼,也叫弹涂鱼,只要你见过"打鰦鮥"的生产场景,就会知道这个俚语所包含的意义和它的生动性了。我在《洞头闽南方言俚语掌故·死人派打鰦鮥》一文中描述过这种场景。另一个词语是洞头方言中的"死麦螺",比喻不善言语、反应笨拙等。

麦螺就是泥螺,是霓屿一带滩涂上最具代表性的产物。每当春夏之交麦子扬花抽穗的季节,滩涂上的泥螺密密麻麻成群结队的,所以,洞头方言称它们为"麦螺"。它们爬得比蜗牛还慢,让人两个指头就能轻松将它们捏住,于是,麦螺也是"死麦螺",成了那些迟钝、不灵活人的代名词。

写到这里,霓屿是不是"霓虹之屿"已经很清楚了。

我曾在微信朋友圈发过一条短信息,现在把它引过来,作为本文的答案。微信是一问一答形式的。

"霓屿是不是霓虹之屿啊?"

"先问你一个问题：霓屿过去盛产什么?"

"泥螺。"

"泥螺温州话怎么说?"

"泥日。"

"霓屿温州话怎么说?"

"泥日。"

"那不就得了。"

原来，霓屿跟霓虹没关系，它的小名叫"泥螺"（泥日）。这种命名并不奇怪，在海岛旁边钓鱼，这个岛就叫作"钓鱼岛"（浙江沿海有几个"竹屿"岛，其实也是钓鱼岛的音变而导致文字上的误写)。那么，在海岛边抓泥螺，这个岛也可以用"泥螺"命名。

当然，现在把霓屿同霓虹联系在一起也行，霓虹之屿表达了人们美丽的心态和美好的祝愿，未尝不可。但是要知道，祝愿归祝愿，只是不要忘了霓屿的小名。

2022 年 1 月 24 日

霓屿灵潭摩崖石刻之我见

1980年，我在霓屿中学任教。初冬的一个周末，出于好奇，我和几个学生顺着山尖陡峭的山坡来到三条垄的霓岙正，寻看这一处一直被人称为"无字天书"的摩崖石刻。

来到石崖前一看，并非"无字"，在石崖右上角和左下角分别有明显的"樂清邑"和"敬立"几字，其他字迹都很混乱模糊，无法辨别。学生们很是卖力，用水潭中的水泼洗石壁，再用粉笔将石壁上的缝隙涂上，经过将近一下午的努力，还是无法辨别到底是什么字。就在我们准备放弃的时候，石壁上的线条在夕阳的反射下呈现出不同的光亮度，蓦然间找到了灵感，继而连续作战，将石壁上大部分的字体描摹下来。关于这一经历曾写在我的《洞头纪事》之"霓屿灵潭记"一文中。

描摹下来的字是：

右上角：樂清邑令勝處（小楷，阴刻）

中间：灵潭（隶书，阴刻。民间称为"空心字"）

左下角：××××××××××敬立（因为时间已晚，×××的内容无法继续考究）

揭开"无字天书"的面目后,一个叫翁通姆的学生当场跳了起来,回到山尖学校后立刻趁着夜色还没完全降临,马不停蹄赶回老家布袋岙,一路跑一路喊:"无字天书有字了!"就这样,这个消息在霓屿山不胫而走。

1981年秋天,全国第二次文物普查开始之后,洞头县文物所多次到灵潭进行实地考证,最终的结论是:

①确认中间部分二字为"灵潭";

②××××××××××敬立中的"×××"还是×××,没有考据出来;

③"樂清邑令勝處"几字定为"樂清邑令騰忽"。

1986年10月,霓屿灵潭摩崖石刻被定为洞头县第二批县级文物保护单位。以上的考据文字被写入1993年12月出版的《洞头县志》。

石刻的内容确定之后,文物所的同志从"腾忽"两字入手,经过多方考证,认定该摩崖石刻产生时间是元代,论据是"腾忽"是"腾忽儿",蒙古族人,曾任乐清邑令,石刻是这位乐清的第一任县长刻的。之后有关文章都按照这个结论来认定。也有人把"腾忽儿"写成"胜忽儿"。

现在要说的是,这个结论还不够正确,值得进一步探讨。理由有以下几点。

第一,右上角的文字不是"腾忽儿"。大家知道,书信体、公文体、书法石刻等是有一定格式的,如果是"腾忽儿"刻的,那人名就应该在落款处,而不是放在抬头。这是最基本的常识,但是，一开始就被所有人忽略了，没人发现这个明显的错误，以致后来一传十十传百，甚至到现在还没人发现这个错误。所以，我认为"腾忽"应该还是"勝處"。

第二，如果"腾忽"处的文字不是人名，"邑令"两字也要另做解释。"邑"的字迹当时还是很明显的，没有异议，那么，问题也就出在"令"字上了。因为当时天色将暗，光线不足，时间不够，体力疲乏，而且我们不是考古工作者，属于嘻嘻哈哈游玩性质，所以草草了事。县文物工作者多次考证，可能因为难度大，也可能被我的错误迷惑了，也认为它是"令"。现在回想起当初的细节，觉得很有可能是"之"，上面的"人"是石壁上的自然裂纹。那么，把右上角的文字理解为"樂清邑之勝處"就顺畅多了。

第三，石壁当中的字是"灵潭"，而不是"靈潭"。在古代，"靈"和"灵"是不同含义的两个字，《广韵·字类》中收有"灵"字，音同"靈"，义为"小热貌"；《正字通》把"灵"解释为"靈"的同音替代字，即通假字。《广韵》是北宋真宗大中祥符元年（1008）陈彭年、丘雍创作的一部语言学著作，《正字通》是一部按汉字形体分部编排的字书，共12卷，为明代崇祯末年国子监生张自烈撰，本书保存了大量俗字异体。也就是说，用"灵"替代"靈"的写法是从《正字通》开始的，和元代的"腾忽儿"没有关系。

第四，从落款处的"敬立"分析，霓屿的"灵潭"应属于被崇敬的神灵一类的处所。事实正是如此，它是求雨的地方，这在永乐《乐清县志》、万历《乐清县志》、嘉靖《永嘉县志》以及在有关《温州府志》中都有记载，特别是永乐版的《乐清县志》，还记载了一次因求雨而遇上的海难事故。但这些史料都把"灵潭"写成"龙潭"。这就是问题所在：如果灵潭石刻在元代就有了，那么，这些后来的史志为什么不直接写"灵潭"，反而多此一举说成"龙潭"呢？原因只有一个，那就是元代、明代的永乐、万历、嘉靖年间此处还没有石刻。

第五，从石刻的风格上看，没有古代书法的韵味，凿工很粗糙，很随意，字迹也很肤浅，一看就不是古代文人、书法家所为。这跟石刻在并不见长的时间里就被风吹雨蚀成"无字天书"有直接的关系。由此看来，灵潭石刻应该是民间求雨的老百姓所为，这从"敬立"的落款上看也符合情理。此外，当石刻的字迹变成"无字天书"的时候，"勝處"和"腾忽"孰是孰非真的很迷糊。

通过以上分析，本人认为，霓屿灵潭摩崖石刻的产生时间应该在明末清初。

那么，为什么300多年来石刻一直无人知晓，以致被认为是"无字天书"呢？这跟清初的海禁有关。从顺治十二年（1655）六月开始，清政府反反复复在闽、粤、江、浙沿海一带折腾了多少次的"海禁"和居民内迁，等到洞头诸岛有永久性人居的时候，时间已过去了100多年。在这段时间里，洞头诸岛几乎成了荒岛，谁还来这里求雨呢？清政府的史志部门哪有时间和精力来书写这个名不见经传的灵潭石刻呢？再说，100年的时光，物是人非，已经隔了几代人了，老百姓的口头相传之断代也就不足为奇了。

以上分析纯属个人观点，不一定正确，见仁见智罢了。

2022 年 2 月 10 日

摇啊摇，东沙搭桐桥

半屏山两半爿

我曾写过一篇《半屏耶？半爿也!》的文章，通过对"屏"的分析，认为"半屏"应该是洞头话中的"半爿"。

本文想换一种思维，从有关村名（地名）的角度来说说。

民国二十二年（1933）8月之前，半屏属永嘉县管辖，后因地域管理上的不方便，半屏、霓屿、大瞿诸岛与灵昆岛对调，划归玉环县第四区，即后来三盘区（洞头区），灵昆划归永嘉。既然它的前身属于永嘉县，那么，最初的半屏岛上的居民应该是从当时的永嘉辖区内迁居过来的。

事实也正是这样。半屏最早叫"喜儿头"，怎么解释这个"喜儿"呢？从字面上很显然不知是啥意思，只有从语音上分析，但用洞头方言去解读也是一头雾水，只能用温州方言读。果然，在温州方言中，"喜儿"就是"小孩子"的意思。也就是说，半屏山的形状像小孩子的头。这种解释很顺溜，至于像不像孩子头，那是另外一回事。

"喜儿头"只是它的乳名，在它划入洞头之前早就没人这么说了，都叫它"半爿山"，洞头岛上的人用洞头话称呼它的时候，都说成"半暝山",一听就让人觉得是"半夜"的山。这是语言的音变造成的,且不管它。

半屏有四个行政村:松柏园村、大北岙村、金岙村和外埕头村。别看村庄少,有一段时期内它可是乡镇级别的行政区划,辈分不小呢。

1952年10月,虽然那时洞头还是属于玉环的一个区,但半屏就建政为乡了,1956年2月,在撤区并乡的改革中它归属洞头乡,1964年11月,从洞头人民公社析出,成了半屏公社,后来改成乡,直到2001年11月,半屏乡撤销,归入东屏镇,2012年5月成了社区,直到现在。

在它和其他大乡镇称兄道弟平起平坐的年代里,金岙村一直就是半屏政治、经济、文化、教育等领域的中心,乡政府、中心小学、电影院等都设在金岙村,就连部队驻军及军事设防都以金岙为中心。这是有一定原因的。

还是从地名上分析吧。

首先,从语音上分析。既然半屏山的先民是从永嘉境内(龙湾、永强一带)迁居过来的,那么,地名的解读也应该用温州方言(永嘉话、永强话)为钥匙。我在另一篇文章中就是用这把钥匙把金岙解读为"正岙"。在永嘉话中,"金"与"正"声母相同,韵母相同,"金"的声调平声,"正"是去声。声母、韵母相同好理解,声调不同怎么解释?这是属于语言交流中的"变调"现象。变调,指的是音节在连续发出时,其中有些音节的调值会受到后面音节声调的影响,发生临时性的改变。这种现象不仅普通话有,汉语的各大方言也都有。所以,"正岙"读成"金岙"

是正常的。

　　第二，从周围村庄分析。金岙村的前方（南面）是外埕头村，外埕头村有外埕头、内埕头、小廊、南岙、白鹭门、偏南岙等自然村，较大的是外埕头和内埕头。"埕头"，是大门口外的场地。此处，邻近金岙的"场地"叫"内埕头"，再向前延伸的叫"外埕头"，可见，金岙就是这个"场地"后面的中心了。再来看"南岙"，它处于金岙村的西南方。金岙村的整体坐向是坐东北朝西南，在它的右手边的山下有一个岙，叫"大北岙"。这就对了，一南一北，其中心参照点就是金岙。"大北岙"原来就叫"北岙"，因为它背面还有个小岙口，叫"小北岙"，所以就改成"大北岙"，两个岙口相互比较，也同洞头岛的"北岙"区别开。也有叫它"大岙"的，区别度更大。当然，大岙村也有个"南岙"自然村，那是相对大岙村而言的，与金岙村没关系。

　　这里顺便补充一下几个地名的写法，埕头也可以写成"坦头"，小廊要写成"小垄"，偏南岙叫"骗人岙"。

　　第三，从人居环境分析。必须肯定，先民迁居过来最早是从白鹭门登岸的，一开始也许就住在白鹭门。可是，后来先民们发现，沿着一条溪沟向上，走到山岭的时候，竟然有一个风水宝地在等着他们，这就是金岙。即便是现在，站在金岙村中心向四周望去，左边是条溪流，右边是条山垄，背后是座山岭，前面是大海，这是典型的左青龙、右白虎、前朱雀、后玄武，这样的宝地正是他们求之不得的。最关键的是，这里的山坳比较平缓，而且还有丰富的水资源，可以发展农耕，改变单一的渔业生产结构。于是把金岙当成他们永久性的居住点，白鹭门就成了落脚点。随着人居规模的不断扩大,金岙就成了半屏岛的中心,成了"正岙"。

第四,从"白鹭门"的角度分析。白鹭门也叫"正岙",怎么解释?这也好理解。上文说过,永嘉话中"正"与"金"同音,那么,白鹭门的这个"正岙"其实就是"金岙"。这就像两个兄弟,一个叫"阿伟",一个叫"阿委",叫"阿委"的在登记户口时把名字写成"阿伟"了,那么,原来叫"阿伟"的只好写成"阿委"了。从这个角度分析并非没有道理,白鹭门是渔业生产出入的门户。生产为了什么?为了赚钱,钱不就是金银财宝吗?还有,白鹭门一带跟传说中的"三鼎金银"有直接的联系,那么,叫"金岙"不是很顺溜的事吗?看来,金岙与正岙真的是阿伟与阿委之间的关系了。

第五,从姓氏角度分析。绝大部分的人认为,金岙村的命名是因为村里人大多姓金。这个说法很名正言顺,似乎经得起任何辩驳,甚至连本人对上面的分析与看法都产生了动摇。不过,还是要提出几点疑问的。一是金岙村的姓氏很多很杂,其中,方姓、甘姓的比例要比金姓的比例大,为什么单单以金姓为名?二是金姓的祖先有没有出过地方名人、要人、贤人之类,而且其名气要比其他姓氏的名人大的?三是在大北岙村金姓是大姓,人数比金岙村多,在村里的姓氏比例也要比金岙村的姓氏比例高,为什么大北岙不叫金岙呢?由此,我得出的结论是:金岙还是应该叫"正岙",把正岙写成金岙并认为与金姓有关,纯属巧合,最后歪打正着。我们不妨再从另外一个角度来看看,在中原,以姓氏取名的比比皆是,高家庄、赵家庄、陈家庄、马家庄等,但是在洞头，能找出第二个以姓氏命名的地名似乎很困难。垄头、东岙姓陈的占绝大多数，为什么不叫"陈岙"？寮顶村有郭、庄两大姓氏，干吗不叫"郭庄"？还有一个顺口溜叫"沙角庄，状元岙唐，霓屿山上半柯黄"，这些地方都不是用姓氏命名。对了，东沙有个自然村叫"吕厝"用姓氏命名，但只是极个别现象，不具有普遍性和代表性，况且，当初"吕厝"指的是一间房子，而不是一个地名。

以上讲了三个村，是半爿山的一爿，那么，另一爿呢？自然是松柏园村了。

松柏园村下辖松柏园、小北岙、北厂、冷清岙、韭菜岙五个自然村，先说一下这几个地名。

冷清岙，一听就觉得好凄凉，事实也确实这样。这个岙最早是没人居住的，它只是停放那些从海上漂过来的尸孥，在沿海有人居住的岛屿上几乎都有一个这样的岙口，如洞头岛、霓屿岛的棺材岙，元觉岛的相思岙、死人岙，三盘岛的骗人岙，鹿西岛的无人岙等，虽然名称不同，但功能一样。这些岙口后来有的有人居住，成了村庄；有的没人居住，还是一个冷冷清清的岙口。

北厂，即北边的房子。《百岛百村》资料中记录了另一个版本，根据谐音解释为"扒抢"，说此地是强盗落脚的地方，对过往的行人进行抢劫而落下的名字。这种解释跟把隔头村"提步厂"解释为"海蜇加工厂"（蜇埠厂）的说法如出一辙，根本原因就是不知道"厂"的古义。"厂"古代是房子的意思，如明代的东厂、西厂等。现在"厂"的古义已经慢慢被人接受了，"扒抢"的说法也会渐渐自行消失。

小北岙，因位于金岙的北面、人居规模比大北岙小而得名，上文已经说了。

韭菜岙，这个地名倒可以顾名思义，与"韭菜"有关。然而，韭菜岙在冷清岙的北边，比冷清岙还冷清，这个岙口地处偏僻，水源不足，哪来的地盘种"韭菜"呢？不过，岙口有一个很大、很厚积的沙滩，叫"沙轮"。因为厚积，沙轮的上端高出潮间带以上，即使是大潮海水也漫不到，年深月久，沙面上长满了草丛，看上去就像一片绿油油的韭菜。这个解释是我凭想象的，但是，不一定没道理，因为50多年前我就见过沙轮上长满"韭菜"的场面。

松柏园，它的写法是十足的普通话格式，在洞头方言中，松树叫作"橡柏儿"，到现在还一直这么叫着，没有松柏的说法；"园"也应该写作"垣"，解释为山上的旱地，水地叫"畦"。

五个自然村的地名有个共性，即要用洞头方言来解读。正是这个"共性"的读法激起了我写作本文的灵感，认为半屏山北片区松柏园一带自然村的先民应该是从闽南或闽南话区域迁移而来的。为了获得更有力的分析依据，笔者专题走访了松柏园村下辖的几个自然村，随访了有关人员。

韭菜岙，因为此村正在开发旅游休闲民宿，所有的民房都在改建，村里见不到人，找不到随访对象。

冷清岙随访三个人：75岁的陈先生、65岁的林先生、70岁的甘先生。

陈先生：冷清岙就是橡柏儿垣，我们陈姓是大姓，阿祖这一辈从王爷宫或妈祖宫搬迁过来的，爷爷小时候一到清明节都会去王爷宫扫墓祭奠。冷清岙只讲洞头话,不讲温州话。

林先生:这里就是橡柏儿垟,我是30年前从外埕头搬过来的,温州话只会听不会说。

甘先生:冷清岙和橡柏儿垟一样的,30多年前我从金岙村搬过来,不会讲温州话。

小北岙随访两个人:84岁的郭大妈、70岁的×大妈。

郭大妈:我娘家是大北岙,我会讲温州话。18岁就嫁过来,当时的小北岙只有三间草房,人很少,都讲洞头话。后来人慢慢多起来,有的是北厂搬下来的,有的是外地搬过来的。我夫家姓方,和金岙村的方姓同属于一个宗谱。我们的祖先是闽南人,大儿子前些年会经常到福建去寻宗。小北岙村前面过去是一片很好玩的沙滩,但小时候很少过来玩,因为要从大北岙海边的礁石上爬过来,绕过山脚下才行,这个山脚下叫"北沙角"(北沙角用温州话说的),很冷清,听说经常有鬼神,害怕死了。

×大妈:我也是从大北岙嫁过来的,但不会讲温州话,有时听也听不懂。对了,"北沙角"的这个山岭叫"虎山"。

北厂随访一人,50多岁的女香客。

女香客:这里就是橡柏儿垟啊,北厂?我是外地嫁过来的,具体情况不清楚。现在村里都没人,想问别人你也找不到人。

通过以上随访,可以总结出几点:

一、几个随访者把松柏园行政村同橡柏儿垟的地名相混淆了,而且也不大清楚自然村的概念。这一点可以理解,而且,现在冷清岙、橡柏儿垟、北厂、小北岙四个自然村已经基本连在一起了,真的很不好区分。

二、可以肯定，松柏园五个自然村的最早住民是从闽南话地区迁入的，迁入的时间要比金岙、大北岙迟，迁入方式零零散散，线路南北不一，大部分是从洞头岛迁入的，但来自洞头岛不同的村落，有的是从半屏岛南面三个村迁入。

三、半屏岛上的温州话（以大北岙为主）在 20 世纪 60 年前就已经被洞头话基本同化，50 年前被完全同化。金岙（外埕头）的温州话被同化的时间还要向前推。笔者读高中时有三个半屏山的同班同学，分别来自大北岙、金岙村和外埕头村，他们仨既会讲温州话，也会讲洞头话，但温州话讲得半南半北，洞头话讲得不三不四，这就充分证明了他们这个年龄段的人就是这个语言同化期的过渡"产品"。

最后，回到本文的题目上来：半屏山两半爿。

半屏山就是"半爿山"，根据海岛的地形地貌而得名，它的东南面有一段山岭像被刀削斧砍过似的，成了一面雄伟壮观的屏风，被叫作"神州海上第一屏"，现在是洞头著名的旅游景点之一。"爿"，洞头话读法，"一半"的意思。

"两半爿"是从人文环境来区分的，它以大北岙村北面的虎山为界，把半屏岛分成南北两个人文片区，一个是瓯越人文片区，一个是闽南人文片区。当然这只是过去。现在这两个片区已经完全融合在一起，分不清谁是谁了。随着历史的发展、社会的进步，闽瓯文化的碰撞与交融将会让半屏山激发出更加灿烂的文化之光。

2022 年 1 月 18 日

说说"洞头之名说"

洞头区闽瓯文化研究会 2021 年 12 月 29 日在《品读闽瓯》公众号平台发表了署名文章《"洞头"地名，我的理解——"洞头"地名文化观》（作者郁蓊），其中在《"洞头"之名说》部分罗列了"洞头"地名来源的七种说法。本文就此谈谈自己的看法。

第一种：生活说

原文：清代年间，福建渔船经常到洞头海面一带捕鱼。一次，一艘福建惠安的"得利"号船来讨海，舵工叫陈得利。有一天，渔夫用盘斗（即船上吊桶的俗称）打水刷船板时，桶绳断了，盘斗落下海，随即就被海浪卷没冲走，冲入崖边的洞里去了。等渔船绕到岛东北端的一个岙口——官材岙（现今胜利岙）口海边时，意外发现海上竟漂着一只吊桶。有个伙计叫起来："哈喊，盘斗，盘斗！"大家一看，真的是一只盘斗，从一个黑幽幽的崖洞顺水流出来。伙计把盘斗捞起，盘斗竟然刻着"得利"字号，原来是先前流水冲入洞的那一只！于是渔夫猜测，海底一定有个洞，当时吊桶被卷入海洞里，海洞一直通到这个岙口。于是把掉盘斗的盉口叫作"洞头",吊桶浮上来的盉叫洞尾(即现在的桐桥尾)。

看法:这种说法来源于洞头民间故事,应该属于民间传说版本。自20世纪70年代这个故事以书面形式流传于社会之后,这种说法就被社会广泛认可,在对外宣传或其他资料上,都以它来解释。但是,随着时代的发展,渐渐也有人对此说法提出了异议,理由是,洞头并没有民间故事中所说的"洞"。

第二种:生产说

原文:除民间传说外,洞头地名或许源自渔民的生产。闽南方言学者对"洞头"得名有另一番的考证。其以为,所谓的"洞头",很可能是闽南方言"调头"的谐音。洞头历来是浙江的第二大渔场,鱼类品种多,鱼量丰富,为渔民海上捕捞的最佳区域。最初来洞头岛上的,大都是福建讲闽南话的渔民。这些人很少有在岛上定居,只是每年鱼汛时追鱼而来。他们以此为临时住所,鱼虾满仓后便在此地起锚扬帆,掉转船头返航。所以,这个地方往往被称为"调头"之地,久而久之,就因谐音,变成了"洞头"。故洞头也成为渔民出海鱼虾丰收、满载而归的象征了。

看法:这种说法是本人提出来的,属于"语音说"。本人认为,洞头有很多地名不能从字面上解释,而要从语音入手,因为这些地名是先有名后有字,而后来产生的文字往往有"同音替代"的写法。闽南方言"洞头"读作"dong tao",车船掉头也读作"dong tao",这并非偶然。元明时期,洞头岛的住民还是属于半定居状态,居住时间根据鱼汛而定,洞头港是渔民最重要的登陆点和落脚点,当然也是渔船往来的起始点和终点,"掉头"

241

成为地名应该是最有特征性的。

补充说一下：郁蓊把"掉头"写成"调头"，是现在受到普通话影响之后的洞头话读音，读作"diao tou"。

第三种：神话说

原文：跨过仙叠岩那层层叠叠的山石，在临海的岩岸上，循着轰轰的水声，俯瞰有个岩洞，深隐在港湾里。听说早年从福建流徙来的先人，在海上遇到了风浪，避进这个岩洞，恍恍惚惚走到了洞的深处，却发现是东海龙王的所在，龙王遣使款待他。离开龙宫后他为了纪念，便将这避难与奇遇之所起名为"洞头"，并定居下来。

看法：此神话说版本跟民间故事版本大同小异，都是从字面上去寻找故事来解释"洞"，无非故事内容有差异而已。这里，笔者要提出三点异议来讨论。一是有没有"洞"，虽然在仙叠岩底下的海边有个较大的"洞"，但它也不是洞，而是岩石的缝隙；二是仙叠岩在东岙顶境内，即便有"洞"或像洞也不属于洞头村，因为严格说，洞头的命名直接来源于"洞头村"，这一点是无可非议的。三是传说也好故事也好，其产生的时间必须是在人居规模形成时候，这期间有或长或短的历史过程，在这个历史过程中，生活在岛上的居民不可能没有给自己的居住点起名。当然，神话、传说作为解说版本是可以的，但不一定就是洞头名称的最初起源。

第四种：方位说

原文：档头，谐音为"洞头"。档头原意为房子的大房位，即房子左上方的最顶端飞檐部分。因洞头的方位在福建的东北方位,也就是闽南语中的"档头",故谐音把这个地方称之为"洞头"。档头,在洞头的民间俚语中,意思是最高位,最重要的位置,相当于现在的"独占鳌头"。

看法:这种说法本人第一次看到,虽然也属于"语音说",从语音的角度分析,"档"在洞头方言中读作"dong",声韵调都一样,但从"方位"来确定写法就值得讨论了。一是洞头虽在福建的东北方,但并不是福建的东北极端地,没有"门户""顶梁柱"之类的象征意义;二是"洞头"名称产生的时候洞头已不属于福建管辖;三是"独占鳌头"的说法有些勉强。当然,郁蓊的说法如果是"东头",那认可度可能会提高很多。

第五种:爱情说

原文:洞头也是一方浪漫之岛、爱情之岛。因为渔民的生活极其艰辛,出海捕鱼的均为男性,而家里侍奉公婆、养育儿女,维系家庭大小诸事的,只能是妻子。因此,家就是出海男人的温馨港湾,就是夫妻同心、坚守爱情的见证。故又有"洞房花烛夜,一生到白头"之说。

第六种:文学说

原文:2010年1月15日下午,余光中先生偕同夫人范我存和女儿余季珊,应邀来到了洞头。在游览仙叠岩景区时,听闻了洞头地名来历的故事。余光中先生见到仙叠岩小庙上有"洞天福地"的字样,面对着浩瀚烟波的蓝色大海,极目远眺,他静思了片刻,脱口而出:"洞头、洞头,洞天福地,从此开头。"话音一落,众人便齐齐拍手叫绝。"洞天福地"一词由来已久,是指道教仙境的一部分。"从此开头"的"此",既表示此地,也表示此时，十分贴切。将"洞头"二字拆分开来，赋予浓厚的文学色彩，这是余光中先生的绝妙之处。"洞头"一名从此有了新的诠释。

第七种：奋进说

原文：洞头自1952年解放之后，尤其是改革开放和海上花园建设15年来，取得了辉煌的成就。洞头是温州唯一兼具海岛与大陆地理特征的区，自然生态与人文风情独具魅力，政治清明，民风淳朴，经济发展，社会和谐，是温州，乃至浙江的一片热土、乐土，故又被誉为"洞头福地，独占鳌头"，自此，"洞头"之名又融入了时代的特征。

看法：以上三种说法是属于"畅想法"，它们的着眼点还是从字形来解释字义，通过"洞头"两字的联想，融进了新的内容。这种解释作为一种新的期盼完全可以，但作为对洞头名称来历的解释，那就显得比较主观了。如果按照这种方法，那可能还不止三个"解释"。"洞天福地，很有看头""洞开思维，最有奔头""洞中有天地，世界无尽头"，像这些解释也不是不行。如果按照这样解释，那关于"洞头"的说法就会五彩缤纷。

此外，在郁蓊的文章中还说到"洞头"之名的另一种解释。

原文：在瓯江外海的各岛屿中，有许多海岛的关口位置标为"门"，如"西鹿门""夹门""宫后门""乾门"等，是指岛屿之间的海上通道。在明代浙江东南沿海的海防图上，有一处岛屿相间的通道，称为"洞头门"。经考证，乃是地处现在洞头村外的铁钉屿区域的海上通道，即俗称"炮门"之所在。清光绪年间彩绘本"呈送温州外洋图"，也在同一个位置，标识"洞头门"。

或许，东屏街道的洞头村名由此而来，"洞头"之名也许与之有关。

看法："洞头门"，指的是仙叠岩与半屏山之间的水道，这里海浪很大，涛声就像打炮一样，所以也叫"炮门"。从地理位置上看，"炮门"离陆地最近的是东岙，而不是"洞头"，所以，东岙又叫作"炮岙"，水道最早叫"炮岙门"，"洞头门"的说法要迟得多。还有一点必须要注意的是给"洞头门"（炮门）、"洞头"（炮岙）起名的时间先后，一般说，有人居的地名要早于无人居的地名，也就是说，"洞头"的名字要先于"洞头门"。郁翁文中"洞头村名由洞头门而来"的说法把时间顺序弄反了，因而把因果关系也颠倒了。至于"洞头门"为什么用"洞头"命名，很好理解，因为作为渔港，洞头的名字比东岙的名字响多了，北上南下通商渔贸的水道用洞头命名一点都不为怪。还有，到现在为止，在东岙人和老洞头人（全岛）的口头上，一直把水道叫作"炮门"，叫"洞头门"的为极少数。

总结：关于地名的解释，有些可以直接从文字上着眼，有些则必须要从语音上入手，因为有的地名，特别是文化比较落后的海岛地名，大都是先有名称再有文字的，而文字的产生可能要比语音的产生迟很多年代。在时间的进程中，有些语音会发生音变，失去了最初的原音，后来者把语音写成文字的时候往往会根据"同音相借"而出现"误读"，从而产生"误写"，再后来者根据"误写"的文字产生"误解"，为了能自圆其说，便出现了一些故事。

为了进一步阐明"洞头"的名称起源要从语音入手，本人不久前写了《再说洞头名称之来历》，从"正证""反证""旁证"几个方面进行说明，以论证"掉头"说。

关于洞头地名之来历，不管哪种说法，没有谁是谁非，谁对谁错，只不过是谁的说法更加有道理而已，只不过社会的认可度高低而已。当然，作文者在阐述自己的观点时候，往往会指出他人的说法存在着的不足，这都是学术上的探讨，见仁见智，用不着大惊小怪。

2022 年 9 月 2 日

三垄二垄没一垄

双垄村原来叫"三垄村"。民国二十五年（1936）属三盘乡第八保，1952年2月为北沙乡第二村，1961年改为三垄大队，1964年更名为双垄大队，1984年改为行政村，2012年5月社区化以后，是北岙街道北沙社区的一个行政村，下辖五个自然村，其中，二垄、三垄是最大的自然村，把"三垄"改为"双垄"，就因为村内有这两条"垄"，成双成对的。

那么，问题来了，为什么有"三垄""二垄"，却没有"一垄"呢？初听起来有点摸不着头脑，怎么老大没出生老二老三就有名字呢？但是，细细一分析，恍然大悟：原来老大还是在的，就是没有名字。且听下面分解。

先来解释一下"垄"。

《说文解字》说：丘垄也。从土龙声。力鍾切。《广韵》注音为力踵切，《集韵》《韵会》为鲁勇切。不管哪种"切"，读音都一样，读作 lǒng，与"笼"同音。（洞头方言把"垄"读作"郎"，第二声。）

《说文解字》虽然是我国的第一部字典，但解释比较简单，

《康熙字典》《中华大字典》《新华字典》的解释就相对详细些。归纳起来有五个释义。

1. 田地分界高起的埂子。如：田垄、垄沟。

2. 农作物的行（háng），或行与行间的空地。如：宽垄密植。

3. 像垄的东西。如：瓦垄。

4. 高丘，高地。如：丘垄。

5. 坟冢。

从字义产生的时间看，"坟冢"应该是本义，其他几个是引申义。段玉裁《说文解字注》做了较好的总结：丘垄也。高者曰丘垄。周礼注曰：冢，封土为丘垄也。曲礼：适墓不登垄。注曰：为其不敬。垄，冢也。墓，茔域，是则垄非谓墓畔也。郭注方言曰：有畎埒似耕垄而名之，此恐方语而非经义也。垄亩之称，取高起之义引申之耳。

再来听听战国时期的一个故事。《战国策·齐策》中有一句话："由是观之，生王之头，曾不若死士之垄也。"说的就是这个故事。

齐宣王召见下臣颜斶（chù），说：颜斶，你上前来。颜斶说：大王，你上前来！宣王听了很不高兴。左右大臣说：大王是人君，你是人臣，怎么能这样跟大王说话？颜斶说：我上前是趋炎附势，大王上前是礼贤下士，与其让我趋炎附势，不如让大王礼贤下士。宣王听了还是一脸怒气，说：是王尊贵还是你尊贵？颜斶说：当然是我尊贵了。接着他向宣王讲了一件事：从前秦国进攻齐国的时候，秦王下令说，有敢在柳下季墓地五十步之内砍柴的，判以死罪；有人能砍下齐王的头，封邑万户，赐金二万两，由此看来，活王的头还不如死士的墓。齐宣王听了颜斶的话无言以对，尽管他心中的怒气一点没消退。

柳下季，原名展获，字子禽，又字季，谥号惠，周朝鲁国人，曾担任鲁国大夫，后人尊称其为"柳下惠"，广为流传的坐怀不乱的故事与他有关。

这个故事说明什么不去管它，反正故事中"垄"解释为"坟墓"。

在《扬子·方言》中有这么一说：秦晋之闲，冢谓之垄。可见"垄"的本义了。

《史记·陈涉世家》说陈胜是"辍耕之垄上"的农民，这个"垄"解释为"田埂"，属于基本义。

《楚辞·东方朔·七谏沉江》：封比干之丘垄。注释说：小曰丘，大曰垄。垄，一作陇。

"引经据典"抄了一大串，只是想解释一下"垄"的含义。至于"二垄""三垄"的解释，应该属于第四个义项：丘垄，即小山冈。

现在回到文章的题目上来，分析一下"一垄"到底有没有。

双垄村的区域范围一直以来都属于北沙，而北沙历来的经济、文化、人居中心在东沙。这就一下子明白了。东沙的右边（从坐向说是右边，从正面看是左边），有三个小山冈，包着两个岙口，呈 m 形状。从东沙（中心点）往外数，第一个岙口是二垄，二垄的上面叫二垄顶；第二个岙口是三垄，三垄上面叫三垄顶，又分成南北两个区域；三个小山冈顺理成章就分别是"一垄、二垄、三垄"。

那么，问题又来了。为什么单单没有"一垄"的叫法呢？

其实，二垄、三垄既是地名，也是村名，两者有根本的联系，也有细微的差别，只不过一直以来，我们的思维方向都被某种模式固定死了，认为地名和村名是合二为一的。要知道，有人住的地名自然会成为村名，且会因为与外界的交流而被人认可，而没人住的地名，传播度是很小的，从而被外人所忽略，以致渐渐被忘记，最后遗失在历史的长河中。

现在可以下结论了：一垄，作为村名不存在；作为地名或许存在，但被遗忘了；而作为一个地点（山冈）它是实实在在存在的。

可是也有人说，一垄就是垄头（村），头，首也，不就是第一吗？

这个说法有些牵强。理由有二。其一，垄头这地方和二垄、三垄不在同一个地理轴上，二垄、三垄在东沙的西部，垄头在东沙的南面，而且和东沙隔着岙仔、三垄滩、垄头岙等村庄和岙口，东沙放羊垄头放牛两不相及。其二，垄头一直以来属于寮垄乡，即现在的东屏街道，东沙的井水和垄头的井水两不相犯。这是两个最关键的证据，如果一定要把垄头和东沙牵连在一起，并且把"委屈"垄头去当东沙的一个"小地方"，东屏人是不同意的，垄头人更不会同意。

洞头政协文史委编的《百岛百村》资料，在双垄行政村关于村名的由来这一章节时，虽然没讲到一垄，但解释"垄"为小山冈，村庄因小山冈的地理位置而起名。不妨抄录于下。

"三垄村域有几条长形小山冈,形似龙,村因辖有二垄、三垄,故名。有二垄、二垄顶、三垄、三垄顶南面山、三垄顶北面山五个自然村。二垄自然村因处于第二条垄沟而得名,二垄顶自然村因处于二垄的山顶故名,三垄自然村就是处于第三条垄沟,故名。三垄顶南面山处于三垄自然村的山顶南面方位,故名。三垄顶北面山处于三垄自然村的北面方位,故名。"

2022年1月4日

摇啊摇，东沙搭桐桥

番儿岙之谜

"番"，对外国的统称，"儿"，儿化音，读作"啊"。洞头方言中，还保留着一些与外国有关的词语读法，比如番儿人（外国人）、番儿话（外语）、番儿油（煤油）、番儿教（基督教）、番薯、番柑（番茄）、番儿芦黍（玉米）、生吃番等。

在洞头的地名中，有两处与"番"有关：一是中仑村境内的"番儿墓"，此地因埋着一个英国人，就叫作"番儿墓"；另一处是番儿岙，在桐桥村境内的海边。关于番儿岙取名的缘由，没有任何历史资料记载，也没有口头流传，即便是桐桥村的人也说不出子丑寅卯。

于是，番儿岙名字的来历就成了一个谜。

番儿岙在桐桥村的东北面，在村部（村口）的三岔路口往桐桥脚、胜利岙方向的公路上走几十米，右手边有一条机耕路，沿着机耕路往山下走两三百米就到了海边，海边有一个石子滩，这便是番儿岙。石子滩很小，小到让人无法形容的程度，要不是脑中已经有了番儿岙的元素，怎么也不会把它同那些"岙"的特征联系起来。

一直以来，番儿岙属于无人岙。20世纪90年代末，有一家水产品加工企业在这里加工羊栖菜，此时的番儿岙才有了生气，但没几年也关闭了。十多年前，有个洞头村姓叶的人，放弃了福建东山的鲍鱼养殖，来到番儿岙养殖对虾，叫繁昌水产养殖公司，从开始二十几个养池发展到现在的六十几个养池，规模逐渐扩大，并且盖了一栋蛮大的二层楼洋房定居下来，春夏季节，养殖公司聘用了好些工人，番儿岙便有些热闹起来。

借个周末时间，到番儿岙走一走。正是寒冬季候，对虾早已收成，养殖池成了一个个不蓄水的坑，棚架上薄膜全没了，养殖场变得斑斑驳驳。番儿岙重归于寂静。

走了一圈，心里冒出了几个想法，似乎是对番儿岙之谜的解答。一是这里曾经有外国商人或军队登陆过；二是这里也有埋着外国人尸体的坟墓；三是在岙口附近或山上有貌似外国人头像的石头或小山峰之类。虽然这几个"解答"似乎有些"道理"，但没有证据支撑，还是很靠不住的。

正在徘徊之间，小洋房的楼上探出一个女人的头："你是谁？干什么？"

哦，原来房子里有人！于是，用亲亲切切的洞头话和她交谈，她不仅没了戒备心，反而邀请我上楼喝茶。

楼上还有个男人，就是养殖公司姓叶的老板。女人是他的妻子，60岁，娘家棺材岙（胜利岙）。当问起为什么叫"番儿岙"时，她说，这里的风浪特别大，海上的浪不是涌过来的，而是翻过来的，所以，娘家人都叫这里"翻儿岙"。她还特地强调，是这个"fan"，不是那个"fan"。对了，她读成"huan"。

摇啊摇，东沙搭桐桥

这又是一个奇妙的解谜！

不过，她的解谜马上被我否定了。原因很简单。虽然此时番儿岙口的浪"欢"得很厉害，在关着门窗的屋里还能听得见汹涌的涛声，但是，以下几点就可以推翻"翻"的说法。

番儿岙浪大是有条件的，必须是风力比较大的东北风，或者台风季节，如果风力小、不是北风，那番儿岙的浪怎么也"翻"不起来，这是其一。在洞头，起风的日子，所有的岙口和海岸礁石都会大浪滔天，而且都比番儿岙的浪大，不可能把这个翻浪的"功劳"归于眼前这个名不见经传的小石子滩，这是其二。番儿岙虽然是无人岙，但过去偶尔也会有渔民从这里下海上岸，如果这里的浪一年四季都在"翻"，那渔民不会冒这个险，这是其三。当然，还有其四、其五等。

她笑了：你是读书人，说不过你。

告别了楼房的主人，再次来到海边，海浪声似乎比原来小多了。

番儿岙还是个谜。看来，要解开这个谜，还是要寻访一些上了年纪的桐桥老人。于是，返身，回程。

在桐桥村村部，连续问了三四个七八十岁的老人，一听到番儿岙的来由，都是一脸的茫然。不过，其中有个人很热心，帮忙引荐了另一老人。这位老人快90岁了，还很健康，语言表达也没有障碍，只是说到番儿岙也说不知道。再三启发之下，老人突然说，他小时候曾听奶奶说过，奶奶小时候，看过一些穿着白衫白裤的"番儿兵"。

真是柳暗花明！原来番儿岙真的跟"番儿人"有关！

现在要解谜的是：这些番儿兵是什么时候来到番儿岙的。

老人今年89岁，假设"番儿兵"的事是他八九岁时听奶奶说的，那就是80年前，80年前奶奶有50来岁；如果"奶奶小时候"也以八九岁算，那么，时间还要往前推移40多年，如果奶奶是从外地嫁到桐桥的，那就是"年轻时候"，而不是"小时候"，即便是"年轻时候"，以20多岁计算，那也要向前推移30年。也就是说，番儿兵是在100多年前（即清末民初）来过这里的，番儿岙的名字也只有100多岁。这是解谜之一。

"穿着白衫白裤"，那就是水兵了。这是解谜之二。

那么，这些水兵为什么会到这个荒无人烟鸟不拉屎的岙口呢？是武力征讨？不是，没有任何历史记载或民间口头流传有关战争的事。是把死掉的番儿兵弄到山上埋葬？也不是，据老人说，岙口的山上只有一处桐桥本地人的坟墓，除此之外没有任何孤坟野冢。是山上有酷似外国人头像的岩石？更不是，既然已经明确跟"白衫白裤"的番儿兵有关，石头之说就根本站不住脚了，再说山上也没有这样的岩石。

谜只解开了一半，还有另一半只能靠猜测和联想了。

联想之一：这些番儿兵可能是军舰上缺淡水了，上山寻找水源；

联想之二：番儿兵在军舰上待久了，偶尔到山上放松一下；

联想之三：这些番儿兵压根就没上山，只是军舰、船只在岙口附近的海面上停泊了一阵子；

联想之四：有些困难，再也想不出其他缘由了。

有人可能会问：番儿岙与日本兵有没有关系？答案是否定

的。第一，上文说到，"89岁的人小时候听奶奶说的""奶奶小时候看到的"就已经回答了这个问题。如果是抗战时期的日本兵，就不是奶奶"小时候"了；如果是倭寇，那奶奶"小时候"根本看不见，也不可能是穿"白衫白裤"。第二，最直接的论据：日本人是黄种人，不属于金发碧眼的"番儿人"。

写到这里，脑袋中又忽然蹦出两个疑惑：一是89岁的老人说"山上没有孤坟野冢"是真的吗？二是他的奶奶小时候看到的"白衫白裤"是在番儿岙吗？在洞头有一种岙口，是过去专门埋葬海上浮殍的地方，名称叫法各有不同，最普遍的是"死人岙""无人岙""棺材岙"等，但是，这些叫法太直接了，为了避讳，有的地方就会换一种说法，如"相思岙""和平岙"等，其中有一个说法就是"番儿岙"。那么，桐桥的"番儿岙"（还有洞头后垄的"番儿墓"）是不是属于这种"讳饰"的说法呢？如果是的话，那么，所有的谜都迎刃而解了。

以上多多少少算是对番儿岙之谜的解答。

但是，旧的谜解开了，新的谜又出现了。当沿着机耕路走近番儿岙的时候，路边立着一块近几年前才竖起来的牌子，叫"湾（滩）长公示牌"，上面赫然写着："湾（滩）名称：大胜利澳。"

怎么，番儿岙改名为大胜利澳了？又是一个谜！

胜利岙也叫棺材岙，过去是停放海上尸殍的地方，《玉环厅志》中有记载过沿海岛屿上的棺材岙、山上有"义冢"的内容。解放洞头的时候，因为攻打棺材岙，牺牲了好多解放军战士，为了纪念这场战斗，后来就把棺材岙改名为胜利岙。然而，胜利岙是个孤岛，和桐桥脚只有一条石板桥相通，和番儿岙也隔着一片海面，不在同一个区域，而且，那场解放棺材岙的战斗也不在番儿岙发生。现在把两个"岙""胜利"在一起，确实很牵强。

退一步说，即便两个岙口有联系，即便番儿岙当年有军队经过或打过战，最后也"胜利"了，那也不能后来者居上，把它当作"大胜利"的战果吧，还把"岙"改成"澳"。如果把番儿岙改成"大胜利澳"，那么，原来的胜利岙似乎就成了"小胜利岙"了，这就真的让人不知其所以然了。

咳，番儿岙之谜，旧谜未解，又添新谜。

2021 年 12 月 28 日

摇啊摇，东沙搭桐桥

烂滩沙与冷滩沙

　　1981 年秋天，我从霓屿中学调到三盘中学，虽然离洞头近了许多，只有一水之隔，10 分钟的小舢板摆渡就可以两岸互通，但在交通不便的年代，坐车坐船来往还是蛮麻烦的，于是，如果没什么特别重要的事情要办，一般也要一个星期才回家一趟。

　　住在三盘的业余时间安排比在霓屿山尖丰富多了，在学校、供销社、卫生院、水产公司等上班的有好几个年龄相近的洞头人，下班之后总会不约而同地凑在一起，除了偶尔喝点小酒之外，大部分时间就是在海边，一边听海浪，一边看浪花，一边捡海螺，一边嘻嘻哈哈。当然，这些节目日复一日地玩，也会有疲倦的时候。

　　有一天，几个学生说："老师，带你到一个很好玩的地方去玩玩，包你满意。"

　　巴掌大的三盘竟然还有"包你满意"的好地方？兴致一下子被提了起来，我连忙问是什么地方。

　　学生说："là tā suō。离学校不远，翻过这座小山岭就到了。"

　　我不知道这"là"是什么意思，怎么写，学生也说不出所以然，毕竟他的前辈们都不知道这个字怎么写，支支吾吾一阵子之后他才憋出来一个字：烂。

到了以后才知道，tā suō 就是沙滩，但一点都不"烂"！可以说，这是我见过的最美的沙滩。

沙滩平平的、匀匀的，铁板沙细细的、柔柔的，虽然不大，但正是退潮时间，仍然给人以空旷的感觉。看着平展如纸的沙滩，竟然不知不觉地沉醉在其中，舍不得踩上一脚，静静地躺在沙滩上，让身心随着海风和海水轻轻地呢喃着。本来在沙滩上尽情奔跑的学生看见我不声不响地躺着，也收敛了许多，陪我一起静默（见《沙岙记忆》）。

突然，我回头骂了一下学生："别胡说！这么美的沙滩怎么会烂呢！"但是，看到学生尴尬的样子，又觉得不好意思，因为我也不知道这个"là"怎么写，最后还是默认了他的说法。

也许这就是烂滩沙最早的文字表现形式。从此之后，凡是有文字涉及这个沙滩的都写成"烂滩沙"。后来也有人写成"懒滩沙""癞滩沙"，但都是根据当地方言读音来写的。

不久前，我写了一篇《义冢和地名》，稍微罗列了洞头境内早年的那些专门停放海上浮殍的无人岙，其中讲到了半屏岛的冷清岙，此时才恍然大悟茅塞顿开，原来，三盘岛的烂滩沙应该写成"冷滩沙"，也是属于无人岙之类的"义冢"。

我们不妨从语音上分析一下。三盘人历来讲温州话（乐清话），现在也一样。在温州方言中，"烂"与"冷"声母相同，韵母相同（温州方言无前鼻音韵母），但声调（调值）不同，"烂"是去声，"冷"是上声，如果单个音节读起来，两者还是有明显的区别。但是，在具体的语言交流环境中，会产生临时性的

259

变调，其调值就相当接近甚至是相同，不信的话，请把"烂滩沙"和"冷滩沙"用温州方言读一下，它们竟然没有区别。

不过，话还是要说回来，"冷滩沙"的读法是它的本音，"烂滩沙"是变调。也就是说，这个沙滩本来就应该写作"冷滩沙"，只是因为没有人想到，才把它写成"烂滩沙"的。

从地理位置上来看，"烂滩沙"也确实是个冷沙滩。它在三盘岛的北面，属于阜埠岙行政村，虽然其周围有阜埠岙、大岙、擂网岙、下尾等村庄包围着，但是，烂滩沙一直以来是个没人居住的岙口，三盘岛上的居民不管是生产上还是生活上，似乎都与烂滩沙无关，相互之间连一条小路都没有。那次和学生去玩，就是穿过山岭中的草丛和荆棘才得以到达的。

烂滩沙虽然一点都不"烂"，而且很美，但是在三盘人的眼中并不是一个好地方，大人们是极不喜欢自己的孩子去那里玩的，除了沙滩朝北风浪大之外，最主要的原因那里太冷清了，说不定还会看到海难的尸体漂过来，那是很不吉祥的。可见它的"冷清"程度了。

随着经济的发展、社会的进步，"冷滩沙"就像新的传说一样，发生了脱胎换骨的变化。

20世纪90年代初，有家企业看中了这片沙滩和周围的环境，在此投资兴建度假村，这在海岛旅游业刚刚起步不久的洞头来说，也是一笔浓墨重彩，甚至有和大沙岙海滨浴场、仙叠岩景区、半屏景区等称兄道弟的势头。开业之初，烂滩沙爆满了人气，可是，经营没几年就关闭了。原因是多方面的，其中，交通的滞后直接影响了客源。当时，五岛连桥工程还没提上议事日程，就连三盘岛自身的交通也很落后，度假村的关闭似乎也在情理之中。不过，度假村的出现让烂沙滩从此不再冷清，虽然其中也曾寂寞过几年。

2002年，烂滩沙再度热闹起来，金海岸度假村又开启了新的建设步伐。原来的度假村处在烂滩沙的沙滩边沿，规模较小，现在的度假村却是另一番景象。

首先是酒店，全称叫"温州金海岸开元大酒店"，由浙江亿鸿置业投资有限公司投资兴建，由中国颇具名气的民营高星级连锁酒店集团——开元酒店集团进行管理，是洞头第一家按五星级标准建造的海岛度假酒店。酒店就建在烂滩沙背后的山岭上，依山而建，五楼才是地面的客堂大厅，很有重庆楼房的特点。

其次是别墅，叫"曼墅"，以沙滩为界分为东、西两区。东区和下尾村连成一体，已经建成，几十幢别墅全部售罄；西区建在沙滩西、北部的山坡上，正在建设之中，其规模和数量超出了东区，气魄非凡。还有其他的配套设施和环境建设。

当然，酒店也好，别墅也好，这一切的变化都直接根植于沙滩，如果没了沙滩，那就什么都不是了。所以，沙滩就是度假村的一颗璀璨的掌上明珠。

烂滩沙还是原来的沙滩，它一点都不烂，很清美，静静地躺在山水的环抱之中。

冷滩沙不是原来的沙滩，它一点都不冷，很温馨，柔柔地融在周围的热闹之中。

2022年5月30日

摇啊摇，东沙搭桐桥

铁炉头之"怪"

铁炉头之"怪"是带引号的，并非说铁炉头有什么奇异灵怪的事，而是有几个事情觉得挺有趣的。

一、村部之"怪"

铁炉头是个自然村，隶属于小长坑行政村。小长坑村从人居规模来看，并不是大村，总面积0.98平方公里，下辖小长坑、铁炉头、小长坑顶、鼻儿头等四个自然村，总人口不多，小长坑自然村的人口稍稍居多。

小长坑村在民国期间（1936年）曾归属于三盘区南朴乡第七保，新中国成立初期归于长沙乡第二村，1961年以后叫南塘公社小长坑大队，1981年7月公社改为乡，1984年以后大队改为村。

按理说，行政村以"小长坑"命名，那村部应该是在小长坑自然村，但是，不然，小长坑村的村部就设在铁炉头。问了村里几个人，他们说：我们也搞不清楚，好像一直就在铁炉头。这就奇了怪了。

其实并不奇怪，小长坑的村部原来并不在铁炉头，而是在小长坑，只是年纪轻的人不知道而已。我们可以做这样的反向推理：小长坑村的村名过去并不叫"小长坑"，而是"第七保""第二村"，后来才叫"小长坑村"，如果一开始就把村部设在铁炉头，那应该是"铁炉头村"了。这是很符合常理的一种解释。

那么，村部为什么会从小长坑"搬到"铁炉头呢？这可能要从铁炉头的区域、交通、经济、人脉等条件去理解。过去，铁炉头曾经一度繁荣过，是渔业生产的基地和鱼商贸易的地方，现在的村部正前方场地上，有一组小品雕塑，内容就是鱼货交易市场的场景。听村里的人说，他们爷爷辈以上是小长坑（鼻儿头）人，后来才迁建到铁炉头的。这就好理解了，铁炉头确实辉煌过一阵子，是小长坑村的经济中心，村部迁到这里顺理成章。

这种情况就像"洞头"一样。过去，洞头一带是洞头岛经济最繁荣的港口之一，后来，经济中心慢慢转移到北岙，再后来，北岙成了洞头县的中心，但是，县名还是"洞头县"，并没有因此而改为"北岙县"。

二、村名之"怪"

关于铁炉头地名的起源有三种说法。

一是认为在宋元时期这里曾经炼过铁。虽然这种说法见于官方的某些史料，但这些史料都是近些年来编撰而成的，在这些史料中没有确凿的历史文献佐证，因而，这个说法也就属于"见字猜义"，可信度并不高。在村庄面积不大的铁炉头，甚至是方圆不到一平方公里的小长坑村，即便搜遍所有山头，也找不到一丝一缕有关炼铁的痕迹。

二是说铁炉头后山像个炼铁的锅炉。这种说法还是从"铁炉"的字义入手，也有一些"想当然"的思维定式。关于这个说法有两个解释版本。一种是村前有个孤屿，形状四方方，像风箱，与村口之间原来并不相连，有一道浅浅的水道隔开，这条水道就叫作"囱管"，即风箱与铁炉之间的送气管。另外一个版本说这个"风箱"不是孤屿，而是村口右前方的一座山势比较平缓的小山坡，像风箱。

三是说村边有一条小山溪，村口有一片泥滩，山溪的水、海滩上的泥是红色的，带有"铁"的成分，所以村名与"铁"有关。

不管哪种说法，都摆脱不了"铁炉"的限制。

本人认为，"铁炉头"应该理解为"堵路头"。这是从语音方面来分析。那么，"铁炉"和"堵路"在语音上有何联系呢？

"铁"，洞头方言读作"thi"；"堵"读作"thot"，与"踢"的方言读音一样，入声。

"炉"读作"lo"，阳平；"路"，读作"lo"（去声），在"铁炉头"的语境中，"路"的读音产生变调，相当于阳平，这是音变规律之一。

"堵（踢）路头"在实际的语言交流时会产生模糊音变，与"铁炉头"接近，以致后来人在写成文字时就以"铁炉头"替代了。现代人从字面意义理解，于是就与"炼铁"有关了。

那么，为什么是"堵路头"呢？这要从地理位置的角度分析。

过去，南塘围垦之前，铁炉头村傍海而居，大长坑、小长坑的渔船出海必须要经过铁炉头的地盘。但是，铁炉头村口的海面上有一座山屿阻挡了进出的通道，这便是前文说到的"孤屿"。

出海的渔船驶到孤屿前要向左拐弯,到了打水安的海面上进入洞头港,再向右驶向黑牛湾,最后出白鹭门,回家的渔船也要按照这个路线往回驶,出出进进很是不便。于是,渔民们就把孤屿说成了"堵(踢)路头"。

也许有人会问,孤屿是个小屿,铁炉头是个村庄,村庄可以用小孤屿命名吗?

回答:可以的。地名是一个地方最有特征最有代表性的地标符号和文化符号。在洞头类似这种方式的地名不止"铁炉头",脚桶石村就是其山后有酷似洗脚桶的天然石头而取名的;三盘是因为它的西部海面有三个孤屿,像三个盘子;还有大门的观音礁村、豆岩村,等等。

把"铁炉头"的命名缘由理解为"堵路头",只是我的"一家之言",估计认可度不高,不会有人赞同。因为在洞头,从古今语音演变规律的角度来分析洞头方言,尤其是分析地名,还是一个冷门,一直以来洞头的地名探讨都是民间传说式的,还没有从"望字生义"的思维定式中摆脱出来。所以,"一家之言"就成了"一面之词"。

也许在大家的眼里,铁炉头村的名字原来并不怪,倒是我的这种解释显得怪怪的。

三、对联之"怪"

铁炉头村有两座宫庙:杨府庙和徐娘娘庙。两座庙都有一些年头,但经过后来的扩建和维修,时代感没了。杨府庙在村口,从外面看上去有点规模和庄严,徐娘娘庙在村后的山脚边,庙的规模比杨府庙小多了,但也有明显的翻修与改建痕迹。

两座庙的大门都有一副对联,一看就觉得很"怪"。

杨府庙的对联是:

圣德服中外大口共山河不变

英名震古今精忠同日月常明

看,怪吧?对联的内容是歌颂杨家将的圣德和英名,这点并不怪,怪的是那个"大口"是啥意识。

猜,只能靠猜了,靠我这个三脚猫的脑袋来猜。大概是"大国"吧。第二次汉字简化改革就是把"国"简化成"口"的,不伦不类,弄得全国一片哗然。撰写对联的人也许用的就是这个不伦不类的第二次简化字,不然,从对联的水平看,怎么也不会整出一个谁也看不明白的"大口"出来。

再来看看徐娘娘庙的对联:

胎穆明其礼教

组豆荐外馨香

这可真的有点怪了。看看到底怪在哪里。

正确的写法应该是:昭穆明其礼教,俎豆荐以馨香。

12个字中有3个字是错的,占了1/4。

看来这两副对联是叫外村人写的,写了之后就交给木匠制作牌匾,制作之后没有经过校对就直接挂在宫庙大门上。挂在庙门上之后估计也没有人认真看过,进出的人只顾烧香了。

  铁炉头村也出过好多读书人,他们对这两副对联有什么看法?

  不知道庙里的杨府爷和徐娘娘看懂看不懂对联,但是,看懂了怎么样,看不懂又怎么样,大概他们也觉得怪,但时间一长就没话说了,还是顺其自然吧。这就叫作:

  见怪不怪。

2022 年 1 月 2 日

摇啊摇，东沙搭桐桥

状元岙三版本

在洞头地名中，状元岙算是最有文气的，其次是九仙的文岙。

说它文气，是因为名字与"状元"有关。那么，这个命名到底是怎么来的呢？一直以来都认为与一个民间传说有关，说是状元岙上曾出现过一名状元，这种说法似乎得到了社会的认可。但与此同时，没有任何历史资料记载过此地出过"状元"，从目前状元岙的居住人群来看，也没有哪个家族和"状元"有关。于是，大家对这个传说的真实性又产生了怀疑，由于找不出更有力的证据来反驳，只好默认。本文将从三个版本来说一下其产生的缘由，不一定正确，仅供参考。

第一个版本：字义版，即民间传说。笔者在孩提时代就听说了"状元岙"的故事，以下就是小时候听到的故事内容，如果与其他的传说故事有出入，那就当作字义版的另一个版本。

古时候，有一只福建的商船北上经商，经过洞头诸岛境内的时候，有一个年轻人得了麻疹之类的病，已经奄奄一息。船上无医无药，同船的人没办法，又不忍心让他死在船上，只好把他抬到一个小岛上，反正死在船上尸体还得埋在山上，不如早点抬上山，让他自生自灭。

小岛上没有人居，只有荒山野岭、乱草杂木、野禽野兽。年轻人被抬上山之后，生活无法自理，躺在山沟里度过了几天几夜，身上的皮肉都烂得不成样子。就在他弥留之际，身边来了一只母灰熊，看到将死的年轻人，灰熊用舌头去舔他的皮肤，并用自己的奶喂他。一天，两天……一段时间后，年轻人的病奇迹般好了，慢慢恢复到原来身强力壮的体质。年轻人在荒岛上开荒种地、捕鱼狩猎，灰熊天天跟在他身边，吃睡都住在一起。日长月久，年轻人对灰熊产生了抹不去的感情，和它过起了夫妻般的生活。

灰熊怀孕了。几个月后，灰熊要生孩子了，但是难产，怎么也生不下来。灰熊对年轻人说："把我的肚子剖开！"年轻人下不了手。灰熊说："如果不打开肚子，死掉的不仅是我，还有孩子。"年轻人无奈，只好切开灰熊的肚子。灰熊产下一个儿子后，死了。

孩子在父亲的养育下慢慢长大成人，变成了又一个年轻人，而年轻人也慢慢变成了中年人。

长大后的年轻人学了不少东西，参加朝廷考试，居然得了第一名，高中状元。

状元回家省亲，拜过父亲，又来到厅堂祭拜母亲。祭拜将要结束，状元亲自焚烧冥币，当他抬头的时候，突然看到母亲灵牌前居然有一只熊，被剖开的肚皮一张一翕，把刚烧掉的冥币灰烬吸到自己的腹腔里。状元看了大吃一惊，这是烧给母亲的冥币，你一只野熊跑来抢什么！于是，从怀中抽出"状元笔"，很精准地投向那只熊。

父亲急忙跑过来阻止，但为时已晚。熊不见了，厅堂上一片黑暗。

父亲含着眼泪把事情前后一五一十告诉状元，状元这时才知道了自己的真实身份，但后悔也来不及了。

某一年清明节前后，有一只福建商船经过此地，船上下来好些人。他们是当年那个年轻人的宗族亲人，来此扫墓祭拜的。当他们上岛之后，找不到年轻人的坟墓，却看到了岛上有好多人生活在这里。一问才知道，原来这个岛上还出过一位状元。

这个岛就叫作"状元岛"。

第二个版本：形态版。对状元岙的取名，也有少数人在猜测：是不是跟状元岙岛的形状有关？

这个版本的猜测也有一定的道理，但是要把时间往前推移几十年，看看以前的状元岙岛形态如何。

在状元岙深水港还没建成之前，状元岙岛的状元村前面是一片海域，涨潮的时候潮水可以涨到村口，退潮的时候便是一片泥滩，状元村的地带就是一个岙口。因为人口规模的扩大，状元村分为状北、状中和状南三个自然村，在状北村旁边还有一个小岙口，叫小北岙村。几个村连在一起，形成了一个弧形的大岙。

从海面上看过去，岙口屈伸自如，山上草木葱茏，村后的山冈丘峦起伏，绵绵延延，整个海岛形态呈冠状，极像是古代文人戴在头上的帽子。如果站在岛上最高的山峰，或者从空中往下看，整个状元岙岛的轮廓就更像状元戴的帽子了。这可能就是本版本产生的直接理由，但是不一定能得到社会的广泛承认。

现在，国际深水港的建设日新月异，状元岙岛早已不是当初的形态，要是用现在的航拍镜头来看，原来的海滩地带怎么看也看不出"帽子"的样子。不过，状元岙岛东面的海岸线曲折凹凸，尤其是东北部的延伸部分，真的像状元帽上面的装饰。古代人没有照相，更没有航拍，但岛的周围是状元岙人生产的地方，出出进进来来回回，对岛屿的一礁一石一草一木再熟悉不过了。既然形状像状元帽，那就用"状元"来取名，那也说得过去的。

这个版本似乎还有点道理。

第三个版本：语音版。这版本以前都没有人说过，是本人从语音方面去猜测的，或者有一定的道理，但肯定不会得到更多的认同。所以只是"一面之辞"。

状元岙居民的祖先是从永强、永嘉、乐清一带移居过来的，讲的是温州话，语音版的分析也要从温州方言入手。

状元，温州话读音与哪个词同音或者近音呢？本人以为只有"穷湾"比较恰当。分析理由有三。

其一，从语音的演变规律看。在漫长的语言流传过程中，有些音节的音符会逐渐弱化，到最后就不发音了，这就是语音脱落，无论是普通话还是地方性语言，都有语音脱落的现象。另外，在语言的实际交流中，有些语音会与原来的读音有所差异，但还不到全部否定的程度，听起来还是很接近的，这种现象叫"模糊音变"。"穷湾"和"状元"两个读音相当接近，从"穷湾"到"状元"，"语音脱落"和"模糊音变"两方面的因素都有。

其二，从语言的交流情况看。可以做这样的推理：一开始，人们的口头上只有"穷湾"读音，没有具体的文字表现形式。随着时间的变化，几十年甚至几代人之后，地名取名的最初原意被人逐渐忘记，只留下口头上的语音交流，待到需要把地名以文字形式体现，只能用"同音替代"的办法写出相应的文字，所以，"穷湾"就写成了"状元"。这种情况不仅在海岛地区比比皆是，在大陆也很常见。

其三，从地理区域的条件看。海岛地区一直以来属于偏远地区，贫穷、落后、孤居、闭塞是其生活和文化的特征。以前，温州人称洞头人为"下山人"，带有很大程度的轻视，状元岙岛也在"下山"之列。温州乐清一带过去属于永嘉郡，跟海岛人比起来，他们可以称自己为富人，是城里人，那么，称"状元"为"穷湾"也是顺理成章的事。

其四，从旁证的角度看。状元岙岛对面是青山岛，《洞头县志》记载是洞头十四个住人岛之一。但居住者很少，以前只是一些因为当网生产需要而临时居住的渔民，生产期一过，岛上的人就会搬回状元岙。"大跃进"时期因为在岛上开发了一个农垦点才开始有人定居，20世纪70年代，在农业学大寨、知识青年上山下乡的运动中，小北岙村有一些农户响应党和政府的号召，拉家带口迁居到青山岛，岛上人口有了几十户人家，有了青山大队。但是，因为资源衰竭、交通落后等因素的制约，岛上生活极为不便，后来都迁回小北岙村了。

话回到语音版的解读上来。青山，原来叫"重山"。为什么叫"重山"呢？是不是"重重叠叠"的山呢？不是，它只是一个小岛屿，没有这个特点，解释显得勉强。如果从语音上分析，一听就恍然大悟了："重山"和"穷山"在温州方言中是同音！原来，青山住不了人的主要原因就是"穷"。既然青山可以叫"穷山"，那么，状元是不是也有可能是"穷湾"呢？

另一个"旁证"的例子是"元觉"。元觉的正确写法应该是"元角"，取状元岙、沙角两个地名中的各一字而成，因为温州话中"角"与"觉"同音，就写成了"元觉"，后来将错就错成了现在的法定地名。这个旁证说明：元觉很多地名要用温州话去解读。

以上是对状元岙地名来源的三个解释版本。第一个版本是流传最广的，社会的承认度也最高。第二个版本只是极少数人口头说说，没有见到相关的文字表述。第三个版本则是本文作者的"突发奇想"，估计社会认可度会是"零"。

当然，本文只是猜想，并不是说状元岙很"穷"，如果本文把状元岙的人"得罪"了，在此深表歉意。实际上，在过去海岛地区的人都很穷，穷得让人看不起。现在，状元岙一点都不"穷"，深水港就在状元岙的门口，带动了各行各业的发展，在家发展的、外出做生意的，都获得了成功，几乎家家户户都"富得流油"。从文化方面来看，更是名人辈出、济济一堂，文化人士、科教名师、艺术人才、企业精英、社会能人等比比皆是，行行出状元，他们真的无愧于状元头上的这顶帽子，无愧于状元岙的桑梓之情。

状元岙三版本，你认为哪个版本更有道理？有没有第四版本、第五版本呢？

2022 年 1 月 12 日